Für alle Autoren von Regionalkrimis oder -romanen,
die mit ihren Geschichten ihre Liebe zur Heimat zeigen.

Ich bedanke mich bei meinen Testleserinnen und -lesern und
natürlich bei Michael und Ursi für ihre Korrekturen und Kritik.
Ihr seid schon so lange an meiner Seite, und ich bin
sehr dankbar für die unkomplizierte Zusammenarbeit.

Mein Dank geht diesmal besonders an:

Witgar, Bierkatakomben-Fachmann und Vorsitzender der
Kellerfreunde Wasserburg sowie Kripo-Beamter,
für die Spezialführung und das kriminalistische Mitdenken;

Raffael, Jäger und Lehrer, für die Hilfe bei der waidmännischen
Sprache und beim Entwickeln eines »schussfesten« Motivs
sowie für die spannenden Hintergrundinfos;

Franz, ehemaliger Bankpersonaler,
für Alex' sinnvollen Personalentwicklungsplan;

Christof, alteingesessener Wasserburger, der mir städtisches
»Insiderwissen« verrät, etwa über die Fähre zum Blaufeldwirt.
Er erinnert mich manchmal ein bisschen an den Romberger
Gustl, weil er ebenso gerne in den Cafés sitzt
und Gott und die Welt kennt.

Zur Autorin

Bei einem kurzen Stopp in Wasserburg am Inn sagte die damalige Münchnerin spontan: »Hier würde ich so gerne leben!« Drei Jahre später war es so weit. Seit 2000 lebt Monika Nebl im nahen Einzugsgebiet und saust gerne mit der Vespa in die »nördlichste Stadt Italiens«, wo sie das Flair zwischen Mittelalter und Moderne genießt.

Die Autorin hat bereits über 20 Bücher veröffentlicht und ist dabei vielseitig unterwegs.

Wasserburgs Gassen und Mauern dienen als mystische Vorlagen in ihren Fantasyromanen (geschrieben unter Pseudonym Ainoah Jace).

Ihr Fernweh lindert sie mit ihren Romantikthrillern, deren Handlungen den Leser in andere Teile der Erde entführen (geschrieben unter Pseudonym Katie S. Farrell).

Ihre Reisen und wie sich diese in ihre Bücher schmuggeln, beschreibt sie im Bildband »Geschichten im Gepäck«.

Und nach einigen Kurzgeschichten für zwei Anthologien mit den »Rosenheimer Autoren« war sie plötzlich da:
Die Lust, einen Lokalkrimi zu schreiben.
Das war die Geburtsstunde der »Krimi-Minnie«, ihrer Freunde und des Verbrechens in Wasserburg …

Warum ein weiterer bayerischer Lokalkrimi?
Ganz einfach: Wasserburg ist wie für einen Krimi gemacht.
Und einmal erfunden, möchte ich meine Minnie nicht mehr missen, weshalb sie und ich – und die Leser – nun wieder zusammen eine Mords-Geschichte erleben.

Falls ein bairisches Wort (sparsam verwendet) nicht selbsterklärend ist, findet ihr im Anhang ein kleines alphabetisches Glossar, denn dieses Buch soll nicht nur Bayern Vergnügen bereiten. Wichtig ist mir, die bairische Sprache nicht zu »verhunzen«, ich habe mein Möglichstes getan. Auch liegt der Humor keineswegs auf der woanders häufig übertrieben dargestellten Charakterisierung eines »Null-acht-fuchzehn«-Bayern. Minnie und Co. sind (fast) normale Bewohner einer oberbayerischen Stadt.

Inhaltsverzeichnis

Nicht ganz allein im Wald

Sein Atem geht hart und rasselnd, obwohl er ein gesunder Mann mit einem Haufen Kraft ist. Kann jemand das Keuchen hören – ein Frühaufsteher oder Spätheimkehrer? Die Atemzüge, die ihm wegen seiner Last so schwerfallen, erscheinen ihm lauter als das Quietschen der alten Tür, die er öffnet. Doch zu dieser Zeit schläft Wasserburg am Inn, nachdem die Stadt spät zu Bett gegangen ist – wie so oft in den Sommermonaten, wenn ein Event das nächste jagt. Gegen zwei Uhr morgens kehrt endlich Ruhe ein. Darauf hat er gewartet. Nun muss er sich beeilen. Denn in einer Stunde beginnen die Bäcker ihr Tagwerk.

Glücklicherweise kann er mit dem Wagen bis vor die Tür fahren. Die Tür, die in den kommenden Wochen nicht geöffnet würde. Diese Tatsache hat den Ausschlag für seinen Plan gegeben. In zwei Wochen wäre alles vorüber, und keiner könnte ihn aufhalten. Er wäre unantastbar, mit einer treuen Gefolgschaft hinter sich. Zuerst hieß es jedoch, den Unfähigen zu beseitigen. Kaltblütig hatte er sein »Wild« gestellt und mit seiner Autorität jeden

Widerspruch seines Opfers erstickt. Es war so einfach gewesen – wo kann man einen Jäger am besten allein antreffen? Na freilich: auf seinem Hochsitz am Abend oder frühen Morgen.

Den leblosen Körper hatte er einige Stunden verstecken müssen, sodass er nicht von späten Spaziergängern mit Hund entdeckt werden konnte. Aber es war gutgegangen.

Und bisher weiß nur einer, was geschehen ist. Auf ihn wartet er mit Ungeduld. Er wirft einen geringschätzigen Blick auf den Sack, der vor seinen Füßen liegt. Bald schon würde man den Mann darin vermissen. Bis zu seinem Auffinden würde allerdings noch viel Zeit vergehen. Der Mörder öffnet die Tür, dann zieht er den Sack hinter sich her und hinterlässt auf dem staubigen Boden eine deutliche Spur.

Laden zu vermieten

Wasserburg am Inn im August

Mir ist kalt. Es riecht nach Moder und überfluteter Stadt.

Ja, in Wasserburg kann man das tatsächlich in manchen Häusern und Kellern riechen. Denn immerhin hatten wir in den vergangenen Jahrhunderten so einige Überschwemmungskatastrophen.

Die Lampe an der nur grob behauenen Mauer funktioniert nicht – mal wieder. Ich aktiviere meine Handylampe und suche mir vorsichtig meinen Weg zwischen undefinierbarem Gerümpel, einem alten Fahrrad ohne Räder und labbrigen Kartons. Vermutlich geht von denen der Muffelgeruch aus.

Plötzlich fahre ich zusammen und halte den Atem an.

Etwas Dunkles baut sich am Ende des Ganges auf. Dort, wo sich mein Kellerabteil befindet. Es scheint auf mich zu warten, hält still und lauert.

Hätte ich nur meinen neuen Mitbewohner dabei. Aber mein Hund George ist ebenso selbstständig wie ich und sonnt sich sicher gerade lieber vor dem Café *Schranne* anstatt seinem Frauchen beizustehen.

Ich schlucke und gehe unwillkürlich einen Schritt rückwärts. Und noch einen und einen weiteren, bis ich an etwas stoße, das eben noch nicht da war.

In der nächsten Sekunde löse ich Jamie Lee Curtis als Scream Queen ab. Ich weiß allerdings nicht, ob ich nach vorne oder hinten fliehen soll. Durch mein Kreischen hindurch registriere ich, dass mich jemand festhält. Ich beginne, um mich zu schlagen, mit dem Erfolg, dass ich mich nicht mehr bewegen kann.

Dann dringt eine Stimme in mein Bewusstsein, die ich kenne:

»Verdammt, Minnie. Hör auf, die Verfolgte im Kettensägenmassaker zu spielen. Ich bin es nur.«

Dieser letzte Satz lässt mich gleich noch einmal kreischen, während ich mich umdrehe. Diesmal vor Wut.

Hat Alex eigentlich noch alle Tassen im Schrank, mich so zu erschrecken? Er nimmt seine Hände von mir und hält sich stattdessen die Ohren zu. Zitternd starre ich ihn an. Also den einen dunklen Umriss, von dem ich jetzt weiß, dass es mein Freund ist. Mein Handy liegt am Boden und leuchtet schräg von unten herauf, was Alex' Gesicht einen dämonischen Zug verleiht.

Zögernd schaue ich mich um. Da – am Gangende – steht nach wie vor das viel größere Dunkle. Und wenn Alex schon mal da ist …

Der entfernt vorsichtig seine Hände von den Ohren.

»Fertig mit dem Geschrei?«

»Du hast mich zu Tode erschreckt«, erwidere ich heiser, während er mein Handy aufhebt und es untersucht.

»Sieht noch funktionstüchtig aus.«

Er reicht es mir, und ich leuchte ihm unhöflich ins Gesicht. Ah, ein bisschen schlechtes Gewissen ist da.

»Warum bist du eigentlich rückwärtsgegangen, Minnie?«

Ich zeige den Gang hinunter. »Deshalb!«

Er runzelt die Stirn, dann versucht er, das Licht einzuschalten. Ich erkläre, weshalb ich hier im Dunklen rumzittere und kreische.

»Geht nicht, ich muss die Birne erneuern. Kannst du erkennen, was das ist? Ich habe da nichts hingestellt.«

»Schauen wir halt nach«, meint Alex, der Eben-noch-Schocker und jetzt wieder mein Held.

Als ich kurz zögere, nimmt er meine handyfreie Hand und sagt: »Komm, mein Angsthäschen, leuchte uns den Weg.«

Ich verkneife mir eine zickige Antwort, denn ich bin ja ehrlich froh um seine Begleitung. Dabei bin ich kein Angsthase! Eigentlich.

Aber mein Held hat mich gestern gezwungen, einen gruseligen Fantasyfilm anzugucken. Nicht einfach mit Kopf abhacken wie in »Herr der Ringe«. In dem Film wurden mit einer latent boshaften Grausamkeit Elfen abgemurkst. Ich gucke die weiteren Folgen nicht! Elfen sind Wesen des Lichts (außer die Dunkelelfen natürlich). Und deshalb liebe ich sie.

Auf jeden Fall hat mich der Film Schlaf und Nerven gekostet. Da kann Alex heute in seine Wohnung gehen, wenn er den weiterschauen will. Ich bleibe hier – ohne fernzusehen. Oder ich gehe sicherheitshalber mit – ebenfalls ohne fernzusehen. Da ist ein Spielabend als psychische Wiedergutmachung angesagt, mein Freund. Aber das fordere ich erst, wenn wir uns wieder im hellen Sonnenschein befinden.

Wir nähern uns dem Gebilde und meinem Kellerabteil.

»Leuchte mal hin«, fordert mich Alex auf, und ich überwinde mich schweren Herzens. Blaues Plastik leuchtet auf: Es handelt sich um zwei aufgrund ihrer Größe beeindruckende Müllsäcke, die jemand aufeinandergestapelt hat. Zumindest Minnie beeindruckende Müllsäcke!

Alex schlägt sich an die Stirn.

»Ach, da hab ich nicht mehr daran gedacht, es dir zu sagen. Das ist das restliche Verpackungsmaterial vom Franz. Ich dachte mir, du kannst es vielleicht mal brauchen, wenn du Figuren verschicken oder ausliefern musst.«

Der Franz war bis vor Kurzem der Erdgeschossmieter meiner Mutter, der Hausbesitzerin. Dann wurde er leider – auch meiner nicht geringen Beteiligung wegen – des Mordes und Betrugs überführt.

Nun zu dem klugen, aber vergesslichen Mann an meiner Seite.

»Gute Idee, bis auf den Umstand, dass du es nicht erwähnt hast. Falls du dich von mir trennen willst, weil du feststellst, dass ich weiße Haare habe, kannst du das vergessen! Denn die verdanke ich dir.«

Seine Hände wuscheln durch meine kastanienroten Locken. »Das wäre nur gerecht, so viele graue Haare, wie du mir schon angehängt hast.«

Jetzt nimmt er mich in die Arme und küsst mich zärtlich. Ich sinke zurück an die Müllsäcke, die zwar ein weiches Innenleben haben, aber Kellerkälte ausstrahlen. Eine Gänsehaut breitet sich auf meinem Körper aus, der nur von einem leichten ärmellosen Sommerkleid bedeckt ist. Energisch schiebe ich meinen Freund weg.

»Mir ist eiskalt, Alex. Ich wollte nur kurz etwas aus meinem Keller holen. Könnten wir das bitte machen und schnell wieder nach oben gehen?«

Er seufzt. »Du findest es hier also nicht romantisch?«

Meinen bösen Blick sieht er nicht. »Eher weniger. Das ist hier ja nicht ein historisches Gewölbe.«

»Eigentlich schon«, unterbricht er mich, aber ich rede weiter.

»Sondern ein alter Muffelkeller voller Gruschzeugs.«

»Sollen wir aussortieren und ein romantisches Gewölbe daraus machen?«

Manchmal bin ich mir nicht sicher, ob er diese abstrusen Ideen vielleicht ernst meint. Doch Alex ist ein nüchterner mathematischer Mensch, wie ein Banker eben sein sollte. Bis auf diese gelegentlichen Anwandlungen. Und seine seltsame Freundin, die so ganz anders ist. Ich bin kein Kellerkind und lasse ihn dies auch entschieden wissen.

»Nein, das machen wir nicht. Leuchte mir bitte mal.«

Ich suche nach dem Schild »Laden zu vermieten«, das ich hier unten deponiert habe. Der Tierbedarfsladen vom Franz war jetzt etwa zwei Jahre in dem großen Raum mit Lager, hinter dem sich mein Atelier befindet. Aber irgendwie dachte ich mir, dass es nicht schaden kann, das Schild aufzuheben. Obwohl ich den Franz nicht unrecht fand. Da sieht man mal, wie man sich täuschen kann, und dass doch der erste Eindruck nicht der verkehrteste ist.

Ich gehe Alex voraus nach oben und versperre nach ihm die Kellertür. Mein Atelier – Werkstatt wäre auch kein falscher Begriff – geht Richtung Inn hinaus, der Laden nach vorne zum Marienplatz.

Es war nie ein Thema zwischen meiner Mutter und mir, dass ich den Laden dazu bekomme. Denn ich könnte mir die Miete nicht leisten. Außerdem brauche ich nicht so viel Platz. Wobei es schon schön wäre – aber leider eher unwahrscheinlich –, wenn ich meine getöpferten Figuren nach wie vor im Schaufenster ausstellen dürfte. Mit einem Tesafilm klebe ich das Schild ans Fenster zum Gehweg. Zwischen die Wolpertinger, Hunde, Katzen, Eulen und Kühe, die sich momentan hier tummeln. Hey, man sollte jede Werbemöglichkeit nutzen!

Der erste, der davor stehen bleibt, ist ein guter Freund: Gustl Romberger, Ex-Polizist und mein »Recherchepartner«, um es vorsichtig auszudrücken. Das muss ich, weil Alex immer sehr allergisch reagiert, wenn Gustl und ich »ermitteln«, statt zu »recherchieren«. Zu Alex' Rechtfertigung muss ich zugeben, dass es im »Fall Franz« für meinen Ellbogen und meine Hüfte etwas schmerzhaft ausgegangen ist. Weil ich saublöd auf dem Friedhof zu Boden gegangen bin.

»Ja, Minnie, da bin ich ja gespannt, wer zu dir ins Geschäft einzieht.« Mit diesen Worten betritt der Gustl den leeren Laden und begrüßt Alex. Mit ihm kehrt auch mein Hund zurück, den ich nach dem Franz-Fall gewissermaßen adoptiert habe. George – nach George Gershwin, dem Musicalkomponisten – hat sich für mich entschieden. Ich musste ihm nur die Tür aufhalten.

Gustl und meine Mutter mahnen, dass ich verantwortlich bin, wenn Schorsch – so nennt ihn manch ein bayerischer Banause – jemanden beißt. Aber das würde er nie tun, denn er ist der geborene Beschützer. Gefährlicher ist eher seine Angewohnheit, beim Überqueren der Straße plötzliche Verkehrsstaus zu verursachen. Bis jetzt ist alles gut gegangen. Und ich will nicht zugeben, dass ich Angst habe, dass er bei nächster Gelegenheit für immer das Weite sucht, weil ich ihn an die Leine nehme.

»Das wird ned so einfach werden«, seufze ich zu Gustls beunruhigendem Auftakt. »Derjenige muss aushalten, dass ich durch den Laden laufe, um ins Atelier zu kommen.«

»Kann man ned eine eigene Tür durch die Wand ins Stiegenhaus brechen für dich?«, fragt der Gustl, der zwar ein großer Ermittler vor dem Herrn mit einer gesegneten Spürnase ist, leider jedoch zu den Männern mit je fünf linken Daumen an beiden Händen zählt.

Alex, der da eher herkömmlich ausgestattet ist, lacht dementsprechend. »Da musst du durch etwa einen Meter Mauer, Gustl. Und ob das alte Gemäuer dann nicht über der Minnie zusammenbricht …«

»Schmarrn, das nicht, aber die Traudl lässt mich doch kein Loch in die Wände schlagen. Da bröselt ja alles runter, was an Putz im Stiegenhaus an der Wand hängt.«

»Na und? Das ist ja jetzt dein Job, so was zu richten, Minnie.«

Bevor ich zum hundertsten Mal den Bob-der-Baumeister-Witz hören muss, sage ich: »Ja, freilich kann ich das organisieren. Wenn du die Traudl fragst.«

Er wird ein bisschen blass, der Herr Kriminaler. Und jeder, der meine Mutter kennt, versteht das. Denn ihren weichen Kern, von dem ich neulich erst erfahren habe, verbirgt sie gut. Sie ist respekteinflößend, die Traudl Mayrhofer, ihres Zeichens Astrologin und reiche Geschiedene.

Und ich, Arminia die Starke – wie mich außer meiner Mutter niemand nennen darf –, bin neuerdings die Hausmeisterin des vierstöckigen schmalen Hauses in Wasserburg am Inn. Den Job habe ich vom jetzt inhaftierten Franz übernommen, worüber ich sehr glücklich bin. Sogar doppelt glücklich: über den Franz, der für sein böses Tun bestraft wird, und über den Job. So kann ich meine Miete für das Atelier im Erdgeschoss und meine Wohnung oben unterm Dach mit Blick auf den Inn bezahlen.

Ich habe ein paar handwerklich begabte Finger, die zu mehr als zum Töpfern, Romane Schreiben und im Eiscafé Abspülen imstande sind. Und ganz ehrlich – alles ist besser als ein geregelter Job, bei dem ich Punkt irgendwann am Schreibtisch sitzen muss, obwohl die Sonne draußen scheint. Da ist es doch viel erfüllender, wenn mich ein Tonklumpen sprechender Weise anstarrt: »Minnie, mach etwas Wundervolles aus mir, beispielsweise ein Glücksschwein.«

Hört sich das für euch seltsam an?

Na ja, mag sein, aber so tickt eine Keramikerin eben. Und mein derzeitiges Thema hat mit Ringelschwänzchen zu tun.

Neulich auf dem Nachtflohmarkt hat es meine Freundin Antonia, genannt Toni, geschafft, ein deutlich vermurkstes Schweinderl, von meinen Künstlerhänden gefertigt, zu verkaufen. Keine Ahnung, was ich an dem Tag der Erschaffung für ein Problem hatte – ich tippe schwer auf Alkohol. Mich abzufüllen, sprich arbeitsunfähig zu machen, dazu bedarf es nicht viel. Alles, was mehr Prozente in meinen Körper bringt als ein Grappa oder ein Spritz, kann fürchterliche Folgen für die Kunst haben. Das Ergebnis ist dann ein vor Rechtschreibfehlern wimmelnder Text voller Unsinn – seltsamerweise oft erotisch und damit nicht zu veröffentlichen – oder eben ein verhunztes Viecherl wie das Glücksschwein.

Um auf das Ringelschwänzchen-Thema zurückzukommen: Die Käuferin des Schweinderls besitzt einen Laden für Dekogegenstände, und unter ihren

Verkaufsobjekten steht das Schwein, dem sie Charakter bescheinigt hat.

Annemarie, von bayerischen Freunden Annamirl genannt, tickt ähnlich seltsam wie ich. Vermutlich reichen ihre Einnahmen ebenso gerade für die Ladenmiete und das Überleben – eine weitere Gemeinsamkeit. Sie strickt übrigens wunderschöne Sachen und war in der Phase, als die Leute Laternenpfähle verschönten, voll am Start. »Urban Knitters«, also »städtische Stricker«, nennt man diese Künstler, die Gegenstände, deren Aussehen sie stört, bunt überziehen.

Das Annamirl ist wohl etwas ruhiger geworden, denn statt auf öffentliche Statements zu setzen, bietet es Wollschals und Decken an, aber auch mit Wolle überzogene Vasen und Boxen. An den Wänden hängen Bilder von allem, was der Wollprofi schon umstrickt hat: Fahrräder, Steinpoller, hässliche Geländer – und eine Statue hat warme Gamaschen bekommen. Es gibt sogar ein Foto von einem »bestrickten« Panzer. Als ich meine Freundin gefragt habe, ob sie daran beteiligt war, hat sie bloß gegrinst und die Aussage verweigert. Hat vermutlich Ärger gebracht.

Das ist also das Annamirl, die begeisterte Abnehmerin meiner Handwerkskunst. Sie macht das, bis auf das bereits erworbene Schweinderl, auf Kommission und hat ein besseres Händchen für den Verkauf als ich. Was nicht schwer ist, denn ich bin als Eigenloberin ungeeignet. Ich finde meine Tonviecherl wunderschön, empfinde es allerdings als überheblich, das selbst zu sagen.

Aber gemeinsam mit meinen anderen Jobs bekomme ich das Finanzielle in meinem Leben einigermaßen auf die Reihe.

Und für das Annamirl gestalte ich nun eine Schweinderl-Kollektion. Angeblich hat sie dafür Sammler an der Hand. Mir soll es recht sein, es gibt Schlimmeres auf dieser Welt als Schweinderl zu sammeln. Außerdem plant sie eine Ausstellung, bei der auch meine Kunst vertreten sein wird.

Alex und Gustl haben das Thema Ladenumbau ad acta gelegt und begutachten nun die abgeschlossene Renovierung des Ladens. George hat sich in die Werkstatt verzogen – kluger Hund, da ist es viel schöner.

Der Gedanke an den Nachmieter des Franz macht mich nervös, denn meine Mutter entscheidet sich bestimmt für jemanden, der nicht unbedingt zu mir und meiner Werkstatt hinter dem Laden passt. Was nicht schwer ist, muss ich zugeben.

Immerhin hat sie mich gefragt, was für mich gar nicht passen würde. Darüber war ich so überrascht, dass mir nichts anderes eingefallen ist als: »Bitte weder Café noch Döner-Laden, weil ich sonst Dauerhunger habe. Außerdem muss ich durch den Laden in die Werkstatt laufen können, das funktioniert in dem Fall aus hygienischen Gründen nicht.«

Traudl hat mich mit einem leisen Seufzer angesehen und genickt. Sie hofft immer noch darauf, dass ich mir einen »richtigen« Job suche.

Tonis Seufzer war da deutlicher: »Mensch, Minnie, du hättest viel mehr sagen sollen, wenn sie dich schon fragt. Kein Notar oder Rechtsanwalt, weil der deine lehmigen Fußspuren nicht verkraften kann, kein Hypnosezirkel, weil dann deine Musik stört, kein Zahnarzt.«

Mir wird ganz anders. Ein Zahnarzt! Wie soll ich begleitet vom Bohrergeräusch Kunst hervorbringen?

»Du hast recht. Ich bin so dumm! Ich hätte mir einen Blumenladen wünschen können. Da hätten meine Schuhabdrücke dazu gepasst. Ein Hypnosezirkel wird es ebenso wenig wie ein Sado-Maso-Laden, da mach ich mir keine Sorgen, das ist trotz allen Schwebens in höheren Sphären nicht ihr Ding.«

Toni hat sich dann eine Zeit lang vor Lachen gekrümmt, als sie sich die Varianten vorgestellt hat. Und mich – verzweifelt in meinem Kämmerlein dahinter – völlig ausgebrannt und uneffektiv.

Mir ist mittlerweile pessimistisch zumute, wenn ich daran denke, was der nächste Mieter für mich bedeuten könnte. Da war der Franz doch nicht die schlechteste Wahl. Leider hat er sich als Mörder und Dateiendieb entpuppt.

Zwei Tage später ist es so weit: Meine Mutter hat sich und eine Interessentin, die gute Chancen auf den Laden hat, angekündigt.

Durch das Schild hatte ich fleißig Besuch. Darunter war tatsächlich ein Döner-Koch, den ich schweren Herzens abgelehnt habe. Ein weiteres Uhren- und Schmuckgeschäft braucht Wasserburg vielleicht auch nicht dringend, die Exklusive-Handtaschen-Dame hat ihre Anfrage zurückgezogen, als sie mein »Atelier« durch die offene Tür gesehen hat. Dabei bin ich nicht unordentlich – zurzeit.

Die Damen kommen gegen zehn Uhr vorbei, und ich breche meine Arbeit widerwillig ab. Ein Radiobeitrag hatte mich heute früh so inspiriert, dass ich sofort mit einer Wildschweinrotte beginnen musste. Jetzt wickle ich die vorgeformten Tonklumpen in einen feuchten Lappen und hoffe auf später.

Harriet Sanders, »Sie können meinen Nachnamen gerne deutsch aussprechen«, ist schlank und groß, trägt ein weißes Kostüm und die blonden Haare in einer festen Betonwelle à la von der Leyen. Fast hätte ich auf Versicherung oder Kreditinstitut getippt, wäre da nicht der Regenbogenanstecker am Revers, der nicht ganz ins Bild passt.

Meine Autorenfantasie begibt sich rasant auf ideenreiche Pfade: eine Sekte, ein soziales Projekt, eine politische Gruppierung oder eine Heilpraktikerin? Da drückt sie mir ihre Visitenkarte mit dem dicken Regenbogen und ihrem Namen darauf in die Hand.

Vor dem Namen lese ich ein Dr. phil., darunter: Lebenscoach!

Nun höre ich ein *Wham*, wie es im Buche steht! Ich muss gar nicht zu meiner Mutter hinübersehen, ich spüre das Glitzern in ihren Augen. Und wie gleichzeitig meine Kreativität abnimmt.

»Minnie, ist das nicht wunderbar? Frau Sanders hat kein Problem damit, dass du durch ihren Laden gehst …«

Frau Sanders unterbricht sie: »Studio, Frau Mayrhofer. Ich nenne es Kreatives-Leben-Studio.«

Meine Mutter zuckt zusammen. Niemand unterbricht sie sonst. Das könnte jetzt das Aus für die Dame sein … ist es aber nicht. So schnell gibt die Traudl nicht auf, wenn es darum geht, ihre Tochter fürs Leben fit zu machen. Sie fährt fort: »… durch ihr Studio gehst. Sie hat viel Verständnis für künstlerische Kreativität.«

Die nächste Unterbrechung: »Kreativität sollte unser Leben bestimmen. Was bringen Sie denn hervor, Fräulein Mayrhofer?«

Ich muss einen Augenblick überlegen, was sie damit meint, dann vermute und antworte ich entsprechend: »Schweinderl aktuell.«

Sie starrt mich abwartend an, und ich muss zugeben, ihr ist keinerlei Missbilligung anzusehen, im Gegensatz zu Traudl.

»Arminia töpfert Tiere, oft im Auftrag. Sie macht auch wunderschöne Alltagsgegenstände. Außerdem schreibt sie Romane.«

Sie erwähnt weder, dass es Fantasyromane sind, noch meine weiteren Tätigkeiten. Je mehr, desto besser, finde ich. Meine Mutter sieht das genau anders herum.

Ich schweige und warte ab. Die strahlendblauen Coachingaugen wandern über mich hinweg, und ich schaffe es gerade, nicht die Schultern zurückzunehmen und mich zu strecken. Das wäre ein Armutszeugnis gewesen, wenn mir die Dame gleich im ersten Gespräch vermittelt, dass ich an mir arbeiten sollte.

Dann erschrickt sie, als George an ihrer beringten Hand schnüffelt. Sie beobachtet ihn misstrauisch, wie er sich hinsetzt und sie aufmerksam studiert. Was er wohl sieht und riecht? Ich würde ihn gerne fragen. Er scheint abzuwarten, immerhin ist er nicht weggelaufen.

»Was für ein süßes Kleid. Wie alt sind Sie denn, Fräulein Mayrhofer?«

»Alt genug für ein Blümchenkleid und nicht zu alt für Flipflops«, entschlüpft es mir. Meine Mutter zuckt wieder zusammen, aber Harriet Sanders lacht.

»Sie sind ein Freigeist, wie schön.«

Ehrlich? Haben sich vielleicht meine Mutter und ich in der Dame getäuscht?

»Da macht die Arbeit einfach mehr Spaß, nicht wahr? Und draußen in dieser schönen mittelalterlichen Pracht kann man dann ja anderes tragen. Ich verstehe Sie nur zu gut. Bei der Arbeit muss man sich wohlfühlen.«

Doch nicht getäuscht. Blöde Zicke!

»Mir macht alles im Blümchenkleid und in Flipflops Spaß, für die Arbeit werfe ich eine Schürze drüber. Aber nun wollen Sie sich sicher in Ruhe umsehen.«

Ich lächle sie an, zeige viele Zähne, weil ich so angespannt bin. Und gehe gefolgt von George in mein »Atelier« zurück. Nicht noch eine einzige Sekunde an Unsinn verschwenden, wenn ich stattdessen einen Haufen Frischlinge machen kann. 14 Stück wirft so eine Bache pro Wurf. Und muss die dann alle satt kriegen. Was regt sich meine Mutter eigentlich wegen einer einzigen Minnie so auf? Wenn sie 14 von meiner Sorte hätte, hätte sie keine Zeit für Überwachung und Lebensgestaltung.

Ich höre die Stimmen der Damen nebenan. Offensichtlich gefällt die renovierte Fläche, die Frau Sanders eben verplant.

»Und hier stelle ich mir Regale vor, jeweils mit der Dekoration gefüllt, die ich für die einzelnen Kurse brauche. Und auf einem ausgedehnten Teppich werden wir unsere Achtsamkeitsübungen machen. Am Fenster müssen wir etwas ändern. Die Leute dürfen Bewegungen erkennen, aber natürlich nicht die Teilnehmer. Ich werde einen großen Paravent aufbauen, vor dem ich Interessierte empfangen kann.«

Genau, und George und ich dürfen da durchlaufen – wer soll das glauben?

Als ich später meiner Mutter gegenüber meine Bedenken äußere, erfahre ich nur: »Sie hat gesagt, es ist kein Problem, und es steht auch im Mietvertrag drin.«

»Es ist fix? Die Schlaumeierin zieht ein?«, fragte ich entgeistert, und Traudl nickt lächelnd.

»Ein paar Einblicke werden dir schon nicht schaden, Arminia. Die Frau hat viel Lebenserfahrung.«

Die wird sie noch erweitern, denke ich grimmig. Wenn ich meine Lehmfinger in ihrem Waschbecken waschen muss und an weißen Handtüchern mit Regenbogenemblem abtrockne.

Und die Wolpertinger werden wohl nicht mehr in der Auslage stehen dürfen, aber das war zu vermuten.

Am Abend muss ich mich gewaltig zusammenreißen, denn der amüsierte Gesichtsausdruck meines Freundes treibt meinen Blutdruck hoch. Wir sitzen nach einem langen Spaziergang mit Hund auf meinem Balkon vier Stockwerke über dem Inn und brotzeiteln.

»Was ist daran so lustig? Das geht nie und nimmer gut, Alex!«

»Das befürchte ich auch. Doch bis dahin werden wir alle viel Spaß haben, wenn dich die Dame coachen will.«

Ich schaue ihn fassungslos an.

»Magst du mir sagen, was dir nicht an mir passt? Damit ich das richtige Seminar buche«, schlage ich vor, und meine Stimme zittert. Was ist aus dem »Minnie, du darfst dich nicht ändern«-Gerede geworden?

Alex lacht nur leise.

»Die Frau hat keine Chance gegen dich, Minnie-Maus.«

»Und sollte sie die haben, mein Hase?«, mein Ton wird giftig, und Alex etwas ernster. »Minnie, hab einfach Spaß mit ihrem Geschwafel, und wenn es nicht mehr geht, sagst du es Traudl.«

Der Satz ist gerade mal einen Schnauber wert. Der optimistische Mann meint dazu: »Sie hält zu dir, das weißt du doch seit deinem letzten Kriminalfall. Und es muss ja nicht immer erst gefährlich werden, damit sie es beweisen kann. Und du beweist ihr dafür im Gegenzug, dass du ein gleichmütiges Temperament hast und zumindest versuchst, mit der Dame auszukommen.«

»Gleichmütig hört sich fad an, finde ich.«

Aber nicht falsch. Aussprechen tu ich den Gedanken allerdings nicht, das verbietet mir mein bockiger Stolz. »Sie soll mich nur in Ruhe lassen, dann kommen wir wunderbar aus.«

Alex nickt gleichmütig – er kann das fantastisch – und schaut auf sein Handy. Seine Stirn runzelt sich, und er meint: »Ich muss mal beruflich telefonieren. Entschuldige mich kurz bitte.«

Das tue ich, mit gleichmütigem Temperament, denn leider muss ich ab und zu ertragen, dass Alex seinen Job mit in meine Wohnung bringt.

Ich bleibe zurück und genieße einen Moment den Blick auf den breiten Strom. Es wird allmählich schneller kühl am Abend. Der September ist da, und die Farben um Wasserburg verändern sich. Noch ist das Laub an den Bäumen grün, doch das Licht wirkt schon anders, bereitet die Einwohner auf den Winter vor. An der Aussicht oben beim Huber-Wirt stehen wie gewohnt Menschen, die die Stadt mit ihren Türmen, Kirchen und der Burg bestaunen.

Meine Balkonuntermieter, das Taubenpärchen mit Doppelnachwuchs, hat sich davongemacht. Vermutlich sitzen sie auf dem dicken Kabel, das sich hinüber zur anderen Innseite spannt. Unter hunderten ihrer Art.

Das Balkongeschrubbe und das nutzlose Netz haben sich für dieses Jahr erledigt. Aber ich weiß, ich sehe die beiden treuen Gesellen im nächsten März oder April wieder.

Als ich das Tablett mit unseren Brotzeitresten in die Küche trage, höre ich Alex' Stimme aus dem Schlafzimmer. Sie klingt ernster als sonst. Ich bemühe mich, nur leise zu klappern, damit ich etwas verstehen kann. Nicht aus Neugier, sondern freilich aus Sorge.

Da kommt er heraus und klappt den Schutzdeckel seines Handys zu. Die Runzel sitzt immer noch auf seiner Stirn.

»Alles in Ordnung?«, frage ich ihn. Er zuckt zusammen, war wohl in Gedanken ganz woanders.

»Ja, ja, natürlich.«

Ich hake nicht nach, denn wenn es um die Bank geht, soll und darf ich nichts wissen.

Im Radio läuft »Walking on Sunshine«. Alex nimmt mir den letzten Teller aus der Hand und stellt ihn in die Spüle. Dann zieht er mich in eine Umarmung und tanzt mit mir durch die kleine Küche. Wie kann ein Mann so ernst und steif und andererseits so locker und romantisch sein? Ich verstehe ihn manchmal nicht, freue mich aber unglaublich über diese »Anwandlungen«, wie ich sie nenne.

Später schauen wir die Regionalnachrichten an, mit einem Bericht über die Zunahme der Wildschweinpopulation bei uns. Ich erinnere mich an ein Gespräch, das ich vor wenigen Wochen beim Essen am Nebentisch mitgehört hatte.

Da hatte sich eine Gruppe Männer – ich tippe auf Jäger – über die Meinungen der Leute zum Thema Wildschutz aufgeregt, das zurzeit polarisiert.

Und wie bei vielen Themen auf dieser Welt fällt es mir schwer, Partei zu ergreifen. Ich verstehe die Menschen, die sagen: »Lasst der Natur ihren Lauf, sie ist früher viel besser ohne uns klargekommen.«

Die anderen halten dagegen: »Der Mensch ist eben mal da und muss sein Eigentum schützen, wenn er überleben will.« Sobald wiedereingewanderte Wölfe und Bären Schafe reißen und Biber durch ihre Dämme Felder überfluten und dadurch die mühevoll angelegte Ernte vernichten, kann ich den Zorn begreifen.

Darüber hinaus gibt es noch die Borkenkäfergefahr im Wald, falls gefährdetes Totholz nicht entfernt wird. Ein Kompromiss muss her, aber der ist nicht so leicht zu finden. Und falls man einen findet, ist er meist teuer erkauft. Was dann wieder die Sparfüchse auf den Plan ruft. Ich beneide keinen Politiker, der es allen recht machen muss.

Ich kämpfe schon damit, es der Traudl recht zu machen. Oder Alex, weil ich kein Coaching brauche. Der Gedanke verursacht erneut ein Ansteigen auf meinem Zorn-Thermometer, doch ich beiße die Zähne zusammen und sage nichts. Denn ich liege gerade so gemütlich an die breite Brust meines Freundes gekuschelt.

In dem Fernsehbeitrag geht es um die Methoden der Wildschweinjagd.

Bei der Kirrungsjagd locken die Jäger die Rotten durch gezieltes Futterauslegen an. Und dann wird geschossen. Bei den Schweinen muss man offensichtlich wief sein, und fit, denn die Tiere sind schnell, schlau und lernfähig. Für den Jäger heißt es, auf die Windrichtung zu achten, leise und flink zu sein. Und vor allem vorsichtig! Auch wenn ich bei einem Film meist mit dem Gejagten Mitleid habe – ob Harrison Ford, Steinbock oder Maus – es gibt ja immer den Gegenpart, der ebenso zu verlieren hat. Bei »Auf der Flucht« ist es der charismatische Marshal Gerard, beim Reh der Wolf, bei der Maus die Katze, die unter der

Erfolglosigkeit oder dem Hunger zu leiden haben. Wespen, Fliegen, Krähen und Mücken haben bei mir übrigens kein Mitleidsplus auf der Bilanz – Artenschutz hin oder her – die sind mir einfach unsympathisch.

Bei allem Mitleid für die verfolgte Sau: Wenn man sieht, wie ein verregnetes Feld nach einem Schwarzkittelbesuch aussieht, hab ich durchaus Mitgefühl mit dem betroffenen Landwirt.

Es folgt eine Szene im Wald. Die Frischlinge sind ja putzig, so eine ausgewachsene Bache vermittelt jedoch Respekt. Der Umgang in der Rotte untereinander ist je nach Anerkennung des einzelnen Mitglieds fürsorglich bis grob. Mir machen die Größe und Aggressivität der Tiere etwas Angst.

Und was glaubt ihr, wie mein taffer Banker auf mein unbedacht dahin Gesagtes reagiert: »Einer Minnie-Maus muss so ein Tier ja Angst machen, aber du hast mich, Minnie. Also bleib ganz ruhig.«

Meiner Absicht aufzustehen und mich weit von so viel Arroganz zu entfernen, steht sein Wille und damit auch seine Kraft entgegen. Kurz erlaube ich mir einen Tagtraum von mir im Catcher-Ring: Ich hochgewachsen, muskulös im Jane-Lendenschurz, wie ich den schmal wirkenden Alex über meine Schulter schwinge und zu Boden klatschen lasse.

Doch ich bin trotz meiner Träume Realistin und kenne meine Grenzen und Waffen.

Zu letzteren gehört ein 1a-Gespür für Wettkämpfe mit Schere-Stein-Papier. Das setze ich des Öfteren ein, wenn mir etwas wichtig ist. Beispielsweise, wenn ich keine Lust habe, die tolle Dampfdusche in Alex' Nobelbad auszuwischen. Da ist man fünf Minuten beschäftigt! In denen man Bedeutenderes tun kann: In fünf Minuten schreibe ich eine komplette Szene FastFlynn-Planetenrettung. Oder töpfere einen Frosch. Oder spiele mit der Kati-Oma eine Runde Uno. Alles bedeutsamer, als die Dusche auszuwischen, finde ich.

An dieser Stelle gebe ich ganz leise – nur für mich – zu, dass die Dusche von Alex weniger Schimmelflecken – eigentlich gar keine – hat als meine Nostalgiefliesennasszelle aus dem vorigen Jahrhundert.

In dieser Nacht träume ich von einem rosa Schwein auf der Roten Brücke. Es grunzt freundlich vor sich hin und schaut mich aus himmelblauen Augen an. Über Wasserburg steht ein Kitsch-Regenbogen, und ein warmer Sommerregen benetzt meine Haut und die des Schweines. Plötzlich wird das Gegrunze lauter, und eine Rotte Wildschweine jagt das rosa Schwein durch das Brucktor. Ich laufe hinterher, sie kommen zurück und rennen auf mich zu.

Panisch suche ich nach einem sicheren Ort und schwinge mich in letzter Sekunde auf die Brücke, wo ich mich an einen Laternenpfahl klammere. Blöderweise riskiere ich einen Blick auf den Inn. Es ist verdammt hoch, und mir wird schwarz vor Augen. Ich weiß, dass ich gleich fallen werde.

Doch dann wache ich auf. Das Grunzen ist noch da, obwohl ich im Bett liege – schweißgebadet. Alex bekommt einen Finger in die Seite gepikst, dreht sich um, und die Nacht ist wieder still.

Leider kann ich nicht mehr schlafen und entscheide mich dazu, eine Nachtschreibschicht einzulegen.

Belohnt werde ich dafür zwei Stunden später mit einem gelungenen Kapitel, dem ersten Herbstnebel über dem Inn und einem wunderschönen Sonnenaufgang.

Etwas müde starte ich in den Tag, der mich am frühen Nachmittag dann hellwach werden lässt.

In den Katakomben

Eine Bekannte hat mich angerufen, die normalerweise die Bierkellerführungen macht. Ich war schon des Öfteren dabei, weil ich diesen Ort einfach so speziell finde. Dort springen mich auch Ideen für meine Bücher gerade nur so an.

Manchmal sind die Gruppen größer – oder es sind Schulklassen – da schadet eine zweite und dritte Aufsichtsperson nicht, was ab und zu eben mich ins Spiel bringt.

Die Kellerfreunde Wasserburg kümmern sich um die Bierkatakomben, das bedeutet mittlerweile hauptsächlich Reinigungsarbeiten. Der Schimmel auf Boden und Fässern muss regelmäßig einmal im Monat entfernt werden, um die einzigartigen »Wasserburger Sommerbierkeller« unseren Besuchern im besten Zustand präsentieren zu können.

Rosi erklärt mir ihren Anruf: »Eigentlich hätten wir gerade eine Urlaubs-Führungspause. Aber wir hatten eine Anfrage für eine große Gruppe. Die Einnahmen wollten wir uns nicht entgehen lassen. Glücklicherweise ist

Wiggerl seit gestern von seiner Fortbildung zurück. Die Leute wollen unbedingt in einem Rutsch rein – das ist so eine soziale Gruppenpädagogiksache.«

Ja, dann ist es klar. Es geht ums Coachen der Teamfähigkeit. Da kann man die Leute nicht in zwei Grüppchen auseinanderreißen.

Apropos Coaching: In Harriets Laden stehen jetzt weiße Schränke, gefüllt mit regenbogenfarbenen Bällen, Bändern, Hüten (warum auch immer). Und der »ausgedehnte« Teppich – der glücklicherweise nicht auf meiner Passierspur liegt – ist weiß mit selbst eingefärbten Regenbogentupfen. Was man nicht alles für die Corporate Identity tut. Zumindest hat Harriet noch nicht angefangen, mich coachen zu wollen. Sie ist beschäftigt, aber mir graut schon vor dem Augenblick, in dem ihr langweilig wird. Wenn ich ins Atelier spaziere, schenkt sie mir bisher nur ein sanftes Lächeln.

Ich bin zudem wirklich ausgelastet, denn das Annamirl möchte die Wildschweinrotte bis in zwei Wochen haben. Dazu ein getupftes größeres Schweinderl und natürlich Sparschweine, die nicht dem Standard entsprechen, sondern Unikate sind. Sie selbst strickt gerade Schweinderl, die sie über Bälle zieht. Sieht bestimmt lustig aus, wenn die durch die Gegend hüpfen. Außerdem hab ich ihr meinen Industriemechanikerspezl Raphael weiterempfohlen, der ihr Metallschweine geschweißt hat. Und dann soll es da noch Holzschweine geben, für die sie auch einen Künstler gefunden hat.

Also ein buntes Potpourri fürs Schaufenster unter dem Motto: »Wollen wir nicht alle Schwein haben?«

Zurück zu den Bierkellern. Ich sage Rosi zu, dass ich den offiziellen Kellerführer Wiggerl unterstütze. Mein Part ist es, hinter der Gruppe herzuschlendern, um aufzupassen, dass keiner in einem Seitengang verschwindet oder verloren geht. Meine schräge Fantasie stellt sich gerade ein Tête-á-tête in einem der Gänge vor. Macht das jemand? Ich kann es mir kaum denken. Andererseits war Alex ja neulich in meinem hässlichen Keller auch amourös aufgelegt. Und dagegen sind die Katakomben ein gemütliches Wohnzimmer.

Um kurz vor 14 Uhr soll ich am Eingang sein und beim Abzählen der Besucher helfen, damit wir wieder vollständig ans Tageslicht kommen. Es drängt sich ein Haufen Leute um den Kellerführer Wiggerl, um zu verstehen, was er sagt. Da drin hallt es nämlich. Hubert, ein weiterer Kellerfreund, ist ebenfalls dabei. Und ich mache wie der Schafhirte das Schlusslicht und passe auf, dass kein Schäfchen aus der Herde verloren geht.

Die Herde, äh Gruppe, bestehend aus 23 Personen, ist also relativ groß. Der Lärmpegel der Ratschenden, die auf den Beginn der Führung warten, lässt meine Ohren schmerzen. Es klingt nach Spaß, und ich kann mir aktuell keinerlei Ressentiments unter ihnen vorstellen. Doch es gibt sie vermutlich, sonst hätte die Firma statt des Coachings eher ein Essen im *Herrenhaus* gesponsert. Denn so ein Miteinandertag ist nicht billig. Das *Herrenhaus* natürlich ebenso wenig, aber auf jeden Fall nicht so anstrengend wie ein ganzer Tag Achtsamkeit und Kollegialität, wenn man damit Probleme hat. Und für den Gaumen wäre es sicher wertvoller.

Ich habe auch schon einen Coachingtag mitgemacht, damals, als ich die Abiturklasse besuchte. Wir verstanden uns alle hervorragend, es ging mehr um

Bewusstseinsveränderung und gegenseitigen Vertrauensaufbau. Den hätte eigentlich nur ich nötig gehabt, da mich meine lieben Klassenkameraden nur zu gerne im El Paso mit Cocktails abfüllten. Einmal haben sie mir sogar in den alkoholfreien Drink, den ich aus gutem Grund bestellt habe, einen Feigling gekippt.

Da war was los, als sie mich bei Traudl abgeben mussten. Denn meine Mutter weiß nur zu gut, dass ich mit Alkohol vorsichtig bin. Sie hat dem achtköpfigen Trupp – oder waren es nur vier? – dermaßen die Meinung gegeigt, dass ich seitdem gefahrlos mit ihnen ausgehen kann.

Die heutige Gruppe hat den Tag im Waldseilgarten verbracht. Sich gegenseitig Hilfe anbieten, sich fallenlassen, wenn ein Kollege sichert und einander in Spielen vertrauen. Das verändert tatsächlich das Gruppengefüge und baut Beziehungen zwischen Menschen auf, die bisher keinen Draht zueinander hatten.

Mich hatte damals ein Mädchen, mit dem ich zuvor nie groß geredet habe, weil ich es als stressig empfand, gebeten, mit ihm die Brücke über einen Graben zu bilden. Über diesen Miniabgrund kommt man nur, wenn man sich mit vollem Gewicht mit den Händen gegen die Hände des anderen stützt. Zögert einer oder vertraut nicht, ist es vorbei mit dem Gleichgewicht und man stürzt ab. Meine Partnerin und ich sind seitdem befreundet: Maria ist zwar immer noch anstrengend, aber ich mag sie trotzdem.

Bei denen hier – ich nenne sie die »Verpackungsherde«, weil ihre Firma in der Verpackungsbranche ist – weist keiner Verletzungen auf; sie haben den Tag wohl zufriedenstellend absolviert.

Ratschend spazieren sie in einer beinahe unendlichen Schlange hinter unserem Kellerführer her. Wiggerl macht das schon lange. Er kennt die geschichtlichen Daten und

Namen ebenso wie die Biermengen, die hier gebraut wurden.

Wir sammeln uns in der Anfangsröhre aus Klinkersteinen und schreiten dann durch die Holztür in den Adam-Gräf-Keller. Hier ist viel Platz, also erklärt Wiggerl das Wesentliche aus der Historie. In diesem Kellerteil gibt es den Empfangsraum, den Gärkeller und die Abfüllung. Bereits hier muss ich die ersten davon abhalten, in den Durchbruch rechts abzubiegen. Der kommt später dran und ist sehr weitläufig. Das Pärchen, das wohl nicht direkt zusammenarbeitet, hat sich offensichtlich am heutigen Tag so richtig entdeckt. Das weitere Entdecken sollen sie bitte auf daheim verschieben. Auf die sollte ich besser ein Auge haben.

In den Hallen brennen Kerzen, deren flackerndes Licht eine mittelalterliche, fast gruselige Atmosphäre schafft. Jeder von uns dreien hat auch noch eine große Taschenlampe dabei, denn elektrisches Licht gibt es nur im Eingangsbereich.

Sommerbierkeller entstanden ab dem Ende des 18. Jahrhunderts als Lagermöglichkeit für das im Winter stärker eingebraute und damit haltbarere Sommerbier. Der Kurfürst hat damals vom 23. April bis 29. September das Brauen verboten. Und Engpässe beim Bier darf es in Bayern nicht geben. Die Braumeister waren sicher sehr glückliche Männer, doppelter Hopfengehalt, das lässt dich schweben. Also mich nicht, aber den bayerischen Biertrinker an sich schon.

Nein, natürlich hatten die Männer eine harte Arbeit zu bewältigen. Besoffen riesige Fässer zu bewegen kann tödlich sein, daher haben sie sich bestimmt erst abends eine Belohnung gegönnt. Auch die Personalgänge – über

Leitern und gemauerte Tritte in einem engen Gang, die die Führungsteilnehmer nur von unten sehen – haben es in sich.

Ich bin immer schwer beeindruckt, welche Raumausmessungen hier freigelegt wurden. Es ist kein hartes Gestein, musste aber abgesichert und stabilisiert werden. Der Boden ist mit Katzenkopfpflaster belegt, das es damals wohl in der ganzen Stadt gab.

Am Gewisper hört man, dass ich nicht die Einzige bin, die über diesen Ort staunt. Im Film vor der Führung haben die Verpackungsfuzzis einiges über die Arbeitsumstände erfahren. Umso besser kann man alles hier vor Ort einschätzen. Ich wechsle einen Blick mit dem zweiten Profi Hubert und weiß, was er mir wortlos sagen will: »Lass die zwei nicht aus den Augen!«

Das Pärchen versucht gerade, den Weg zurück zu nehmen.

»Wollen Sie nicht mehr teilnehmen?«, frage ich freundlich, und sie schütteln den Kopf. »Doch doch, es sind nur so viele Leute hier. Das macht uns nervös.«

Ja, genau! Herzerl, dich macht ganz etwas anderes kribbelig. Das lange Lauchstangerl neben dir, das dich mit hungrigen Augen anstarrt.

»Wenn Sie rauswollen, hole ich den Schlüssel und bringe Sie vor die Tür, denn die ist abgesperrt. Und wir wollen Sie ja nicht hier verlieren. Das kann kalt und ungemütlich werden, so über Tage, bis Sie gefunden werden.«

Ein bisschen Angst einjagen schadet nicht. Natürlich kommt man hier allein wieder raus. Aber das kann dauern, falls man sich nicht auskennt. Ich finde mich inzwischen zurecht, ein Neuling hätte hier dagegen sogar mit einem Kompass Probleme, weil die Gänge auch schräg in den

»tonig-schluffigen Kies« gehauen wurden. Und ich habe echt keine Lust, nachher nach den beiden suchen zu müssen. Schließlich bin ich mit Toni auf ein Eis verabredet. Und länger als eine Stunde bin ich nicht gern in den Katakomben, denn es hat nur 7 Grad Celsius und ist – typisch für den Sommer – sehr feucht.

Die Lage der Keller am Inn bietet die idealen Voraussetzungen für die Bierkühlung. Und dann gab es bis ins 20. Jahrhundert noch den beliebten Ausschank an der Kellerstraße und zwischenzeitlich sogar mal eine Kegelbahn am Innufer.

Bier wurde bis zur Geschäftsaufgabe der Brauereien Bruck und Fletzinger in den Katakomben gelagert.

Wir passieren Fässer und Bottiche, zu denen Wiggerl wieder Zahlen nennt. Es geht weiter in den kurzen Gerblkeller. Hier gibt es eine Luftzufuhr, die 1819 genehmigt worden war.

Im Klement-Stechl-Kellerabteil wurde in Flaschen abgefüllt. Im düsteren Enzinger-Keller besichtigen wir den berühmten Bierfilter, der die Qualität des Bieres außerordentlich verbessert hat.

Allmählich kommen die Bierwitze in Gang – immer das Gleiche. Je nach Erzähler sind sie mal gut, mal grottenschlecht:

»Ein Amerikaner sitzt im Hofbräuhaus, trinkt sein Bier und kaut dabei am Bierdeckel. Die Bedienung fragt, ob es geschmeckt hat. Er antwortet: ›Bier sehr gut, aber Keks sehr hart.‹« oder »Warum trinkt eine Blondine ein Bier auf dem Dach? Antwort: Weil der Typ aus der Bar meinte, das Bier geht aufs Haus«. Und es geht heute noch flacher: »Steht ein Pils allein im Wald. Kommt ein Hase und trinkt es aus.«

Einigermaßen ist der hier: »Ein alkoholfreies Bier ist wie ein BH an der Wäscheleine: Das Beste ist raus.«

Die Witze werden weniger, die Gruppe hat sich etwas zerfludert. Die einen hören aufmerksam zu, die nächsten besprechen Berufliches, und unser Pärchen kichert leise – er und sie!

Es ist ein bisschen wie bei einer Schulklasse. Ich finde das immer sehr unhöflich gegenüber dem Kellerführer. Mein lautes »Ksss« lässt ein paar zusammenzucken, und Wiggerl verkneift sich das Grinsen.

Langsam wird mir kalt hier unten, obwohl ich mich passend angezogen habe: Jeans, dicker Pulli, Socken und Sneakers.

Das liegt vielleicht daran, dass Wiggerl von der Eislagerung im Andrä-Niggl-Keller erzählt. Wir werfen einen Blick in die Metallbottiche im Jakob-Beer-Keller, wo das Bier gärte.

Als interessanten Aspekt empfinde ich beim Gassner-Keller, wie die Wasserburger hier vor dem Einmarsch der Amerikaner ihren reinen Alkohol versteckt haben, damit dieser nicht beschlagnahmt wurde. Am dünnen Bier waren die Amis nicht interessiert. Außerdem gibt es hier eingemauerte Tanks, zu denen man durch Bullaugen hineinschauen kann. Wiggerl und Hubert leuchten in die beiden mittleren hinein. Die üblichen Ahs und Ohs zur erstaunlichen Größe folgen, ebenso wie die Überlegungen, ob da drin auch gereinigt wird. Nein, wird es nicht.

Das war der letzte Keller in der Führung, und wir machen uns mit der Gruppe auf den Rückweg. Vorher zähle ich durch und komme nur noch auf 21 Personen. Es fehlt natürlich das Pärchen. Aber ich will sie nicht vor den Kollegen outen, obwohl es mich in den Fingern juckt. So informiere ich nur Wiggerl und Hubert, dass ich schnell noch einmal durch alle Gänge sause, damit die Herde komplett rausgetrieben werden kann. Wiggerl nickt und geht schon vor, Hubert übernimmt das Herdenende. Und ich ärgere mich, dass mir die beiden doch entwischt sind.

Die Ausflüge in die verschiedenen Sackgassen hätte ich mir sparen können. Als ich etwas genervt von der erfolglosen Suche den anderen nacheile, höre ich einen gellenden Schrei. Der setzt sich hier unten gut fort, in meinen Ohren klingelt es in verschiedenen Tonlagen.

Unser Pärchen hat sich wohl kurz nach meiner Warnung unfolgsamerweise zur Umkehr entschieden, um gleich im ersten Keller hinter den Fässern seinen Spaß zu haben. Zumindest ist die Bluse der Dame aufgeknöpft, ihre eine Hand liegt über dem Spitzen-BH, die andere auf ihrem trotzdem sichtbaren, weit aufgerissenen Mund. Ihr Kollege gestikuliert wild in Richtung Wiggerl, mehr kann ich nicht erkennen, denn die Gruppe drängt sich dicht aneinander.

»Tot«, »eklig«, »noch nie so erschrocken« höre ich als Fetzen aus dem Gebrabbel. Was ist da nur los?

Ich dränge mich zu Wiggerl durch, der mir in der Sicht steht. »Minnie, schaff die Leute hier raus und ruf die Polizei an!«

Sein Ton ist so ernst, dass ich keine Frage wage. Ich bitte die Verpackungsherde, mir zu folgen. Manche kommen dem erleichtert nach, andere werfen immer wieder zögerliche Blicke zurück.

Ich ziehe mein Handy aus der Tasche und erkundige mich kurz, was sie gesehen haben. Irgendetwas muss ich dem Menschen, den ich anrufen soll, ja mitteilen. Das mögen sie beim Notruf nicht, wenn man Hilfe will und nicht weiß wofür.

»Ein Mann, ein Toter, liegt hinter den Fässern«, teilt mir eine kühl wirkende Brünette mit. Vielleicht ist ihr aber auch nur so kalt wie mir.

»Das hat dem Andreas und der Jessica den Spaß ordentlich verdorben«, lästert ein mittelalter Fitnesscenterjunkie. Und bekommt gleich eins aufs Käppi.

»Das gefällt dir, gell. Weil du selbst scharf auf sie bist.«

»Blödsinn«, meint der Muskelgestählte und wirft einen verlegenen Blick zu mir herüber. Ich beachte ihn nicht, sondern tippe die mir bekannte Nummer der Wasserburger Polizeiinspektion. Die ist schon für Menschen, die sie noch nicht so oft wählen mussten wie ich, nicht schwer zu merken.

»Servus, da ist die Minnie Mayrhofer. Könntet ihr bitte schnell zum Bierkeller kommen. Hier liegt ein Toter.«

Die Reaktion ist ein Lacher, der nicht unerwartet kommt. Natürlich habe ich das fragliche Glück, dass Gerhard am Telefon ist. Er macht sich gerne über mich lustig, und ich kann ihn auch nicht so ganz ernst nehmen.

Gerhard ist ein etwas zu redseliger Polizist, der meiner Ansicht nach nicht so viel preisgeben sollte. Ich hingegen bin eine Zeugin, die immer in irgendwelche kriminellen Szenen stolpert, ohne es zu wollen. Trotzdem unterstützen wir uns, wenn es hart auf hart kommt.

»Mei, Minnie, jetzt war mir fast langweilig. Wie hast du denn die Leiche gefunden?«

Unterstützen heißt allerdings nicht, dass er den nötigen Ernst an den Tag legt.

»Ich muss dich leider enttäuschen, Gerhard, aber ich hab sie nicht gefunden. Ich ruf im Auftrag vom Wiggerl an.«

»O mei, ist es sehr schlimm für dich, dass ein anderer schneller war als du?«

»Gerhard, du Depp, mach dass du jemanden herschickst. Hier trampeln 23 Leute von der Führung auf den Beweisstücken rum und atmen Leichenluft.«

Okay, das ist ein bisschen übertrieben mit dem Geruch, ich hab keinen wahrgenommen. Heißt das jetzt, dass der Tote noch nicht so lange da liegt? Oder dass die Kühlung in den Katakomben so gut funktioniert? Egal, dafür gibt es Profis, die sich das genauer anschauen werden. Ich gehöre weder zu den Profis, noch zu denen, die gerne Leichen anschauen.

»Reden Sie immer so mit der Polizei?«, will eine junge Verpackungsfrau empört wissen.

»Nein, nur mit dem einen Kollegen. Die anderen sind zu mir höflicher.«

»Sollen wir derweil da vorne in den Pub gehen?«, meint ein weiterer Mann, den die Sache wohl mitnimmt, da er zittert. »Ich brauch was zum Wärmen, außerdem hat mir das Bier Lust auf ein gutes Dunkles gemacht.«

»Sie sind ja hartgesotten«, rutscht es mir raus. Er grinst mich an und zwinkert. So ein Trottel. Das Zittern liegt offensichtlich an der Temperatur. Na ja, wer im Seidenhemd in die Katakomben geht …

»Ich bin Marketing-Profi. In dem Job macht man keine Gefangenen. Geh halt mit, Kleine. Ich erzähl dir ein bisserl was von mir.«

Der baggert mich an. Ernsthaft jetzt? Na warte!

»Sie gehen erst mal gar nirgendwo hin, weil die Polizei Ihre Namen und Aussagen braucht. Das kann dauern. Und die Wasserburger Polizei ist bekannt dafür, dass die mit der größten Klappe am längsten drauf warten.«

Er macht einen Schritt zurück und schaut mich mit großen Augen an, während die anderen lachen.

»Hoppla, entschuldigen Sie, dass ich unter Ihrem Fuß stehe«, sagt eine Stimme hinter dem PR-Hai. Der Gustl, Gott sei Dank. Und neben ihm der George, mein neu adoptierter und wunderschöner Hund, der sich neben mich stellt. Glücklich streiche ich ihm über das sonnenwarme Fell. Vermutlich haben sich die beiden wieder auf irgendeinem Platz vor irgendeinem Café getroffen. Mir geht es auf jeden Fall gleich viel besser bei ihrem Erscheinen.

»Gustl, gut, dass du da bist. Deine Kollegen sind unterwegs. Da drinnen liegt eine Leiche. Die Herrschaften hatten eben eine Führung, und der Mann hier will ein Bier trinken gehen.«

Zusammengefasst klingt es saudumm, aber Gustl kennt mich und begreift das Wesentliche.

»Vor einer Namensaufnahme geht niemand irgendwo hin«, meint er streng, und alle im Kreis nicken eifrig ob der Autorität, obwohl sie den Gustl optisch nicht der Polizei zuordnen können.

Die Sirenen nähern sich. Drei Einsatzfahrzeuge rauschen über die Rote Brücke. Der Gerhard macht keine halben Sachen, wenn er mal in die Puschen kommt.

Die Teilnehmer der Führung werden ins Sonnenlicht getrieben, und drei Polizeibeamte nehmen die Daten auf. Die weiteren Kollegen eilen in die Katakomben, gefolgt vom Gustl, der sich noch kurz nach meinem Befinden erkundigt.

»Geht es dir gut, Minnie?«

»Ja, danke. Ich hab den Toten ned gesehen, Wiggerl hat mich gleich rausgeschickt.«

Der gesellt sich gerade zu mir und der Gruppe.

»Das war leider kein so schönes Ende der Führung, was mir für Sie leidtut.« Das Pärchen, jetzt wieder ordentlich zugeknöpft, ist auch da. Sehr blass, sehr still, ohne zu kichern.

Sie meint leise: »Das war furchtbar. Ich hab ihn nicht gesehen, aber plötzlich berührt. Er war eiskalt.«

Keiner kommentiert das, obwohl man dem PRler ansieht, dass ein blöder Spruch locker auf den Lippen säße. Meinem bösen Blick weicht er schnell aus und schweigt klugerweise.

»Kennst du ihn?«, frage ich den Wiggerl, der nickt.

»Der Weidenbaum Harald.«

Ich krame in meinem Gedächtnis.

»Der Name sagt mir was, ich weiß nur grad ned, wo ich ihn hintun soll.«

»Der Chef von den Wasserburger Jägern. Der demnächst als Vorsitzender aufgehört hätte. Da stehen Neuwahlen an.«

»Hat das was mit seinem Tod zu tun? Ist er da so unglücklich drüber?«

»Minnie, der hat sich ned selbst erschossen. Den hat jemand umgebracht und da reingeschleppt. Normalerweise – ohne diese Gruppe heute – wären wir erst in zwei oder drei Wochen wieder in die Keller gegangen.«

»Kaum ein Zufall, oder?«, frage ich, und er schüttelt betrübt den Kopf. »Jetzt kann ich mir das Hirn zermartern, wer das gewusst haben könnt.«

Da hat er leider recht und ist nicht gerade zu beneiden.

Nach einer Stunde sind die Personalien und die Aussagen aufgenommen. Nur die beiden direkt Betroffenen müssen mit auf die Inspektion. Der Rest der Gruppe kehrt ins *Queens* ein, was mich an meine Eisverabredung mit Toni erinnert.

Gustl und George schließen sich mir an, was ich super finde. Denn der Gustl war in der vergangenen halben Stunde auch in den Katakomben und weiß garantiert mehr. Und im Allgemeinen teilt er sein Wissen nur zu gerne.

Wir lassen uns im *Gondola* nieder, ich brauch ja nicht immer die Arbeit vor der Nase. Wenn mich Giovanni in seiner Eisdiele, dem *Roma*, sitzen sieht, kriege ich gleich wieder einen Spülauftrag. Und es ist finanziell bei mir nicht mehr so eng, dass ich noch oft spülen muss. Ich bin ja jetzt stolze Hausmeisterin. Was nicht heißt, dass Giovanni in Notsituationen nicht auf mich zählen kann.

Toni und ich hören, aus dem Hörnchen Nocciola und Limone schleckend, zu, wie Gustl aus dem Nähkästchen plaudert.

Dass der Jäger erschossen wurde, wissen wir bereits.

»Wo lag er denn genau? Wir hätten ihn doch beim Durchgehen sehen müssen, oder?«

Das ist echt ein Punkt, der mich stutzig macht. Neben der Schlüsselfrage.

»Jemand hat ihn zwischen den Fässern hindurch nach ganz weit hinten gezogen. Entweder waren es zwei Leute oder ein sehr kräftiger Mann. Und er lag auf jeden Fall bereits dort, als ihr mit der Führung durchgegangen seid.

Wahrscheinlich seit vorletzter Nacht. Die Spurensicherung berechnet jetzt, wie lange es bei der Raumtemperatur gedauert hat, bis die Körpertemperatur auf den aktuellen Wert gefallen ist. Da gibt es Formeln dafür. Dann wissen sie, wie lange er schon tot ist.«

»Aber er ist nicht da drin ermordet worden, oder?«

Tonis Frage bekomme ich zwar mit, überlege jedoch nebenbei, wie es sein kann, dass wir den Mann übersehen haben. Es ist wahr: Wenn man sich nicht bückt und explizit in die Zwischenräume leuchtet, sieht man da nichts außer Schatten. Die Kerzen, die an den Mauern in Schulterhöhe angebracht sind, werfen ihr Licht nicht bis da hinunter.

»Nein, da war kein Blut zu finden. Nur Schleifspuren.«

»Ja, und wie ist dann das Pärchen an ihn rangekommen? Sind die in den Zwischenraum gekrabbelt?« Das ist mir völlig unverständlich. In der schicken Bluse würde ich mich nicht zwischen Bierfässer quetschen. Wobei die Dame und der Herr beide sehr schlank sind.

Gustl lacht, es klingt ein bisschen dreckig. Jaja, da geht die Fantasie mit ihm durch.

»Die haben sich von hinten an der Mauer entlang gepirscht und wollten hinter den Fässern in Deckung gehen.«

Toni und ich schauen uns an und prusten los.

»Unbequem, eng, Schimmelgeruch in der Nase – echt sexy.«

»Wahrscheinlich wären sie auch ohne den Toten bald darauf gekommen.«

Wir werden wieder ernst.

»Weiß es seine Familie schon, Gustl?«

Er schüttelt traurig den Kopf. »Die Kollegen fahren grad hin. Ich hoffe, sie sind schneller als die Presse. Die Frau des Toten, die Dorothea Weidenbaum, ist so ein durchgeistigter Typ. Ist besser, dass einer bei ihr ist, wenn sie es erfährt.«

Meine Lippen zucken. Der Gustl tröstet gerne Damen und macht sich gleich bereit.

»Ich mach mich dann mal auf den Weg und kümmere mich um sie, bis ihr Sohn heimkommt. Der Ludwig ist Berufsjäger. Und demnächst red ich mal mit meinem Spezl Alois. Der ist zwar kein Jäger, weil er keiner Fliege was zuleide tun kann, stammt aber aus einer Jägerfamilie. Der kennt sich aus.«

»Wie ist der Mörder mit dem Opfer in die Katakomben gekommen, Gustl? Gibt es da schon zielführende Erkenntnisse zur Sachlage?«

Gustl liebt die etwas umständliche Polizeisprache. Da bekomme ich immer Antworten.

»Der Tote hatte keinen Schlüssel, und man hat außer seinem Führerschein nix bei ihm gefunden. Der, der ihn reingeschleppt hat, muss einen Schlüssel gehabt haben.«

Ich schaue ihn entsetzt an, weil mir die Folgerung gar nicht gefällt.

»Einer von den Kellerfreunden? Das glaub ich ned.«

Er winkt ab. »Ich auch ned, Minnie. Das sind lauter engagierte Leut, die gute ehrenamtliche Arbeit leisten. Ich weiß unter ihnen sowieso keinen, der was mit der Jägerei zu tun hat.«

»Also hat einer einen Schlüssel geklaut!«

Für Toni ist die Sache klar und für mich und Gustl ebenfalls.

»Und das Gewehr vom Weidenbaum fehlt bisher, ebenso der Rucksack, in dem er das ganze andere Zeugs drin gehabt hat, was ein Jäger so braucht. Nachtsichtgerät, Patronen, Messer, Taschenlampe, Brotzeit.«

»Bier?«, frage ich blauäugig, doch der Gustl schüttelt den Kopf.

»Ich glaub nicht, dass die Leute auf der Pirsch saufen. Stell dir vor, die treffen nicht, und es stellt sich später raus, dass ein Tier sich verletzt durch die Gegend schleppt, weil einer Alkohol getrunken hat.«

»Vielleicht ist der Rucksack dann am Tatort?«

»Hoffentlich. Das ist eine ziemliche Fieselei, die Ermittlungsarbeit. Mal sehen, ob ich da behilflich sein kann. Aber jetzt schau ich erst mal nach der Dorothea.«

»Ja, schau nur, Gustl«, meint Toni ernst, blickt jedoch nicht in meine Richtung. Wir konnten schon in der Schule nicht ernst bleiben, wenn eine von uns was Lustiges gedacht und die andere es ihr angesehen hat. Das hat sich bis heute nicht geändert.

Wir bleiben noch ein bisschen sitzen, denn Toni will den aktuellen Stand zwischen mir und Harriet wissen.

»Hast du einen Termin für dein erstes Coaching?«

Sie lacht sich kaputt, mir ist die Frage kein müdes Lächeln wert.

»Ich schätze, das kommt bald auf mich zu. Sie ist gerade mit dem Einrichten fertig und sitzt über der Werbung, die in den nächsten Tagen startet. In Regenbogenfarben natürlich. Ich bin so froh über meine Wildsauen, dass ich da beruhigende Brauntöne vor mir sehe, weil ich nach dem Durchqueren des Studios kurz vor dem Augenkrebs bin.«

»Nutz halt die Gelegenheit, wenn sie es anbietet. Traudl kann es ja zahlen, nachdem sie es angeleiert hat.«

Ich zögere, und meine beste Freundin hakt nach.

»Was gefällt dir daran nicht? Könnte Spaß machen.«

»Sie wühlt sicher in meinem Innersten, so was mag ich nicht.«

Toni schüttelt irritiert den Kopf.

»Du bist doch immer recht offen und machst kein Geheimnis aus deinem Leben.«

Ich runzle die Stirn.

»Meinst du damit, dass ich die Leute mit Privatem zutexte?«

»Nein, das nicht. Aber wenn einer fragt …«

Echt? Bin ich so mitteilungsbedürftig? Was mich wirklich stört, ist etwas anderes. Wie soll ich es Toni klarmachen?

Ich versuche es: »Und falls Traudl Anweisungen gegeben hat?«

»Dass dich Harriet zum Heiraten überreden soll? Oder zu einer neuen Banklehre?«

Ich nicke bedrückt.

»Ich will nicht noch jemanden, der auf mich einredet, was ich tun soll. Ich bin doch glücklich. Reicht das nicht?«

»Soll ich mal mit der Traudl reden, Minnie?«

Sie fröstelt, was nicht an dem nur 18 Grad warmen Herbstabend liegt. Meine Mutter hat nicht selten diese Wirkung auf Menschen. Und Toni kennt sie sehr, sehr lange und fröstelt trotzdem.

»Nein, das musst du dir nicht antun. Sie leugnet es auch. Ich habe schon mit ihr gesprochen. Als ich einen Regenbogenwitz gemacht habe, hat sie mir eins auf den Deckel gegeben. Ich würde eine Frau mit ernsthaftem Beruf verunglimpfen. Klar hat Harriet einen ernsthaften Beruf. Und es gibt viele, die zu ihr rennen werden. Aber ich bin halt anders.«

»Verunglimpfen ist so ein seltsames Wort. Was ist denn ein Glimpf eigentlich, liebe Autorin?«

Ich sehe meine Freundin an, und mir wird leichter ums Herz. Wir sind einfach ein schräges Team. Grinsend antworte ich: »Ich würde sagen, jemand, der es verdient hat, verunglimpft zu werden.«

»Das Wort hat auf jeden Fall nichts mit einem Regenbogen zu tun, also ist Traudls Bemerkung unfair. Lass uns mal Mr. Google fragen.«

Danach ist meine bedrückte Stimmung wie weggeblasen. Wir finden die Erwähnung eines unbekannten Verfassers: »Der Glimpf und der Glumpf versackten im Sumpf, der Glumpf und der Glimpf bekamen dann Schimpf.«

Etwas ernsthafter recherchiert passt das Wort dann allerdings doch zu meinem Regenbogenwitz. Laut Wikipedia ist es das Gegenteil zu »Schonung, Nachsicht«. Und bedeutet daher, dass ich Harriet nicht wohlwollend behandelt habe. In Zeiten Donald Trumps hört man das Wort wieder häufiger, denn der verunglimpft Gegner, Menschen indigener Herkunft, Behörden oder Medien nur zu gerne. Da muss ich mich wohl an meiner Nase packen, dass ich das dem nicht nachmache!

Schlussendlich bleibt mir nichts anderes, als heim zu meinen Schweinderln zu gehen und zu hoffen, dass ich mich durch den Laden, Pardon, das Kreatives-Leben-Studio schleichen kann.

Leider verlässt mich das Glück bereits an der Tür. Harriet hat auf mich gewartet und zeigt mir freudestrahlend ihre Entwürfe für Flyer, Plakate und Website. George macht sich ganz klein und schafft es, von Harriet unbemerkt, in die Werkstatt. Neidisch sehe ich, wie er sich unter dem Tisch verkriecht und ein Nickerchen beginnt.

Harriets Stimme schnappt über vor Begeisterung.

»Die sind jetzt alle in Arbeit. Die Website ist schon freigeschaltet. Und nun habe ich endlich Zeit für dich, liebe Arminia. Sollen wir uns gleich ein bisschen auf den Teppich setzen und reden?«

Mein panischer Blick huscht zu meiner Werkstatt, Pardon, Atelier.

»Äh, also ich weiß nicht, ob es das braucht, Harriet. Aber vielen Dank für das Angebot.«

Sie schüttelt den Kopf, nachsichtig lächelnd.

»Liebe Arminia ...«

»Minnie, bitte.«

»Liebe Minnie, deine Mutter hat ein Coaching für dich gebucht und bezahlt. Wie stünde ich da, wenn ich es nicht abhielte?«

»Wir trinken mal einen Kaffee oder Tee miteinander, und ich unterschreibe, dass das Coaching stattgefunden hat?«

Entsetzen über meinen Vorschlag macht sich auf ihrem ebenmäßig geformten Gesicht breit. Die blonde Betonwelle bewegt sich beim Kopfschütteln kein Stück.

»Minnie, es gibt ganz sicher etwas, wobei ich dich unterstützen kann. Selbstbewusstsein, Konzentration, dass du dich selbst mehr liebst und dich nicht immer so ausnutzen lässt.«

Ich kneife die Augen zusammen, mein Verdacht hat sich bestätigt.

»Ich liebe mich sehr! Und das mit dem Ausnutzen kommt von Traudl, gell?«

»Ich rede nicht über mir Anvertrautes«, meint sie kühl. Aber so leicht lasse ich mich nicht abspeisen.

»Ich frage mich nur, ob das umgekehrt auch gilt. Denn meiner Mutter etwas zu verschweigen, was sie wissen will, das hat noch keiner geschafft.« Außer Alex, der lenkt sie mit Charme ab oder verweigert die Antwort direkt.

Überlegenes Lächeln folgt.

»Mach dir da keine Sorgen. Ich bin schon mit ganz anderen Leuten fertiggeworden als mit einer Sternendeuterin.«

Ich grinse und meine: »Allein dieser Satz beweist das Gegenteil: Du unterschätzt sie gewaltig. Traudls Methoden sind wie verschlungene Pfade: verwirrend und plötzlich voller Gefahren.«

Harriet winkt überheblich ab. »Lass das meine Sorge sein, Minnie. Also, wollen wir?«

Mir ist im Gegensatz zu Harriet klar, dass es sehr wohl meine Sorge sein wird. Aber ich werde sie vermutlich nicht so leicht loswerden. Rauszögern schadet allerdings nicht, damit ich mir eine Strategie überlegen kann.

»Nun gut, wenn du meinst. Jetzt ist es gerade schlecht, weil ich dringend die noch feuchte Masse bearbeiten muss. Für die Wildsauen. Sollen wir für nächste Woche einen Termin ausmachen?«

Sie eilt geschäftig zum Tresen, wo sie ein riesiges weißes Terminbuch aufschlägt. DIN-A3 und bisher völlig leer. Ach nein. Ich erhasche einen Blick auf den kommenden Montag: »Maniküre um 10 Uhr, Yoga um 11 Uhr, Waldbaden um 15.30 Uhr.«

Puh, ein straffes Programm.

Waldbaden finde ich klasse. Das praktiziere ich bei einem Spaziergang mit George, der in diesem Fall ausnahmsweise brav an der Leine geht und es ebenso genießt wie ich. Allerdings umarme ich keine Bäume, sondern setze mich ins Moos und lehne mich an einen knorrigen Stamm, um zu träumen.

Yoga mache ich mit meiner anstrengenden Ex-Coaching-Partnerin Maria, da muss sie nämlich schweigen, und wir pflegen unsere Freundschaft trotzdem.

Meine Fingernägel bearbeite ich selbst. Gut, sie sehen weniger gepflegt aus als Harriets. Aber wofür Geld ausgeben, wenn am nächsten Tag wieder der Ton drüber schlaazt?

Wir vereinbaren Dienstag um zehn Uhr. Da habe ich auf jeden Fall in Ruhe gefrühstückt. Und wer weiß, was dann noch so los ist.

Harriet folgt mir – glücklich über ihren ersten Arbeitstermin – in meine Werkstatt. Höflich fragt sie, ob sie zuschauen darf, was ich mit einem kleinen Zögern gewähre. Sobald sie mit dem Quatschen anfängt, fliegt sie raus. Ich brauche heute Schweigen bei der Arbeit. Denn parallel arbeitet mein Geist am aktuellen Kapitel meiner Fantasygeschichte. Die FastFlynn-Story für meinen Buchhändler-Spezi Tom habe ich ins Lektorat abgegeben. Und bis auf das Coaching und die Schweinderl-Ausstellung bin ich in meiner Fantasie frei wie ein Vogel.

Mein Leben ist wunderschön. Warum sollte ich es ändern wollen?

Meine Werkstatt ist ein Saustall!

Nicht weil sie unordentlicher wäre als normalerweise. Nein, Schweinderl aller Rassen tummeln sich auf dem alten Holztisch, auf dem ich sonst meine Werke verpacke: lustige und traurige Schweinderl, groß und klein, rosa oder gepunktet. Der Hit ist aber die Wildschweinrotte mit den borstigen Bachen und den gestreiften Frischlingen.

Ich schaffe nur noch einen Frischling, weil mir dann auffällt, dass es schon ziemlich spät ist, bereits halb sieben. Alex ist überfällig. Wir wollten eigentlich einen Spaziergang am Inn entlang machen.

Harriet schleicht sich, als das Annamirl hereinrauscht, das begeistert um den Tisch läuft und fotografiert und filmt.

»Super, Minnie. Die kommen auf das Plakat und die Flyer. Gut, dass ich die Daten noch nicht an die Druckerei geschickt habe. Das wird so ein Spaß.«

Annamirl plant nun unermüdlich die Ausstellung in ihrem Laden, um ihn bekannter zu machen: am Wochenende von »Wasserburg leuchtet«!

Ich hab ja erst neulich ziemliche Stresserfahrungen bei einer Ausstellung am Tag eines Mega-Events in Wasserburg machen müssen. Der von mir getöpferte Boxer, also der Hund, wurde bei einer Vernissage vorgestellt, die direkt am Tag des Nachtflohmarkts stattfand. Den Abend vorher fand eine Mördersuche ihren Abschluss mit einem Mords-Trara, aus dem ich etwas lädiert hervorging.

Hoffentlich ist es kein schlechtes Omen für mich und meinen körperlichen Zustand: wieder ein Mord kurz vor einem Wasserburg-Event!

Traudl könnte mir das vermutlich aus den Sternen lesen, doch je länger sie nicht weiß, dass ich erneut mit einem Mord in »Berührung« gekommen bin, umso besser. Ich werde sie bestimmt nicht darauf aufmerksam machen.

Das Annamirl und ich verabreden uns für Sonntag. Da verteilen wir dann die Werbematerialien für die Ausstellung, die Freitag und Samstag in ihrem Laden stattfindet.

Kaum ist meine Kunstpartnerin weg, höre ich Alex' Stimme vorne im Laden.

Harriet flötet geradezu. Dabei ist Alex ein ganzes Stück jünger als sie. Ich erschrecke über das Vorurteil, das ich eben gedacht habe. Ja und, eine Frau kann doch älter sein als ihr Partner, oder? Er sollte nur nicht Alex heißen.

Ich schließe Türen und Fenster, da spaziert er herein. Mein Lächeln erwidert er ein wenig geistesabwesend. Die Hände in den Hosentaschen starrt er auf die Schweine. Wortlos, ohne einen schwachen Witz zu machen.

»Alex? Alles okay?«

Ich stelle mich neben ihn und drehe mit meinen Händen sanft sein gutaussehendes Gesicht in meine Richtung. Es dauert eine Sekunde, dann hellt sich seine Miene auf, und ich bekomme meinen Begrüßungskuss.

»Das hat jetzt aber ganz schön gedauert«, grummle ich.

»Was meinst du? Weil ich etwas später dran bin?«

»Nein, bis du mich überhaupt wahrgenommen hast. Deine Gedanken waren weit weg, oder?«

Er lacht, es klingt ein wenig verlegen.

»Mir geht heute viel durch den Kopf. Beruflich«, setzt er schnell hinterher, weil er weiß, dass ich ihm sonst ein Loch in den Bauch frage. Früher habe ich ihn, immer wenn er schweigsam war, gefragt: »Was denkst du grad?«

Das habe ich aufgehört. Zu frustrierend. Es gab stets die gleiche Antwort: »Nix.«

Irgendwann musste ich Alex darauf hinweisen, dass ich an seiner Gehirnkapazität zweifle, falls er tatsächlich so selten denkt. Daraufhin gab er zu, dass es eine Variante zu »Nix« gibt: »Sex.« Männer!

Seitdem vermeide ich die Frage – vor allem, wenn wir im Bett liegen und ich todmüde bin.

Aber wenn er so seltsam ist und sogar zugibt, dass ihm mal etwas im Kopf herumspukt, bin ich natürlich neugierig. Und zugegebenermaßen so lange lästig, bis ich den Grund weiß.

Er lenkt mich gekonnt mit einem weiteren Kuss ab. Dann machen wir uns mit George auf die Socken beziehungsweise auf den Rundweg um Wasserburg, wo vor etwa drei Wochen das Inndamm-Fest stattgefunden hat. Da bestimmen Lichterketten und Biertischgarnituren, wo auch immer welche hinpassen, diesen Weg, und viele Menschen und Essensstanderl. Und je nach Sommer leider Mücken in ähnlicher Zahl.

Heute ist es ruhig, einige Spaziergänger mit Hunden begegnen uns. Die Vierbeiner kennen George offensichtlich schon. Freundliches Beschnuppern ohne Stress und Alphatier-Gehabe.

Mein Blick wandert unwillkürlich zum gegenüberliegenden Ufer hinüber, zum Eingang zu den Bierkellern. Ich muss morgen mal rüberschauen, ob die Polizei die Katakomben wieder freigegeben hat.

Wir folgen dem weiten Bogen bis hinter die Realschule. Ich bin immer von Neuem beeindruckt, wie breit der Inn an dieser Stelle ist, und wie felsig die andere Seite. Hier hat früher eine Fähre abgelegt, da konnte man drüben in die sogenannte Blaufeldwirtschaft einkehren. Die existiert leider nicht mehr, die Fähre auch nicht. Das war schon vor meiner Zeit zu Ende, aber der Gustl hat mir davon erzählt.

Wir wandern schweigend über den Parkplatz an der Schanze und durch den alten Eisenbahntunnel, wo wir den Blick auf den südlichen Inn im nun kalten Herbstabendlicht haben. Das Wasser glitzert, und die Möwen schreien. Von denen gibt es hier jede Menge.

Am schmalen Uferweg erinnere ich mich daran, wie ich hier Oliver aufhalten wollte, der auf der Flucht war. Doch ich erwähne es nicht, weil sich Alex damals sehr darüber aufgeregt hat.

Der spricht übrigens immer noch nicht mit mir. Sonst schwafelt er mich abends mit allem zu, was so passiert ist – natürlich ohne Namen oder Summen zu nennen. Heute nix, nada, nothing, niente. Das einzige Wort, das bisher gefallen ist, war »ja«. Als ich gefragt habe, ob ihm die Strecke recht ist.

Ich beschließe sein Schweigen mal ohne Fragerei hinzunehmen. Na gut, eine Frage wird ja wohl erlaubt sein.

»Alex, Hase, ist alles okay?«

»Ja, klar, warum?«

»Weil du nichts sagst.«

»Mei Minnie, das mein ich nicht bös. Es hat nix mit dir zu tun. Ich muss nachdenken.«

Sehr seltsam!

»In Ordnung, aber wenn du Sorgen hast, sprichst du mit mir, oder?«

Jetzt sieht er mich heute zum ersten Mal richtig an, dann nimmt er mich in die Arme und hält mich einfach nur fest. Oh oh, da stimmt was nicht! Meine misstrauische Nase zuckt, und ich mache mir nun ernsthafte Sorgen. Die werden gleich geringer, als er mich niederschmust. Da ist er wieder ganz bei der Sache.

Auch den restlichen Abend kann ich mich nicht über mangelnde Zuwendung beklagen. Trotzdem bin ich im tiefsten Inneren beunruhigt. Außerdem muss er morgen in die Arbeit. Das kommt am Samstag zwar gelegentlich vor, aber diesmal gibt es mir ein ungutes Gefühl.

Techtelmechtel mit Folgen

Am nächsten Tag zeigt sich, dass sich auch der Gustl mal irren kann. Der Alois kann vielleicht keiner Fliege was zuleide tun, doch die Polizei traut ihm durchaus zu, dass er jemanden von hinten erschießt. Er hat nämlich ein Motiv, den Weidenbaum abzumurksen.

Alex ist bereits in der Arbeit, und ich bin in meiner Werkstatt, als Gustl anruft. Ich bin eben dabei, die Walddeko aufzustocken: mit Zweigen, Kastanien, Bucheckern und Co. Die wichtigen Teile sind alle fertig und bekommen gerade ihren letzten Brand. Das ist auch gut so, sonst wird es mir zu knapp für den Ausstellungstermin.

Meine Finger sind nicht ganz so verklebt wie sonst, deshalb kann ich Gustls Anruf schnell entgegennehmen. Es ist selten genug, dass er sich per Telefon meldet, denn eigentlich bevorzugt er den direkten Besuch, um Nachrichten zu überbringen, wie der Herold im Mittelalter. Er klingt aufgeregt – auch ein Novum.

»Minnie, magst du mich begleiten? Der Alois hat gerade angerufen. Die Polizei verdächtigt ihn.«

»Den Alois? Wieso das?«

»Na ja …« Er druckst ein bisschen herum. Irgendetwas ist ihm peinlich.

»Der Alois war schon vor mir bei der Dorothea.«

»Zum Witwe-Trösten?«

Ich bemühe mich, nicht so spöttisch zu klingen, wie mir zumute ist. Da schau sie nicht an, die beiden Herren. Kaum ist die Katz aus dem Haus, tanzen die Mäuse auf dem Tisch.

Oder heißt es in dem Fall – ziemlich zynisch: Kaum ist der Jäger tot, kommt der Fuchs ins Haus …?

»Nein, das Trösten ist ned das Problem.«

»Sondern? Gustl, lass dir bitte ned alles aus der Nase ziehen!«

»Der Alois und die Dorothea – wie soll ich sagen – ich bin ein bisserl schockiert.«

»Haben die ein Verhältnis gehabt? Hat sie ihren Mann mit dem Alois betrogen?«

»Minnie, warum bist du denn heute so wenig feinfühlig?«

»Und warum bist du heute so ein empfindliches Pflanzerl? Das ist ned schön, und mir tut es auch leid, wenn du deinen Freund falsch eingeschätzt hast, aber so ist das Leben.«

Jetzt weiß ich, weshalb ich mitkommen soll: als Puffer. Es ist dem Gustl zuwider, und wahrscheinlich spielt dazu ein bisschen Neid mit, dass der Spezl die durchgeistigte Dame abbekommen hat. Obwohl ja der Gustl sonst bei den Damen nie was ernst meint. Weil er immer noch seiner Anna hinterhertrauert, die viel zu früh verstorben ist.

Wie meine Mutter da reinpasst, kann ich nicht sicher sagen, nur so viel: Es knistert zwischen den beiden. Gustl behauptet, das wäre Traudls Temperament und dass er sie nur platonisch verehrt.

»Holst du mich ab?«, frage ich sanft, denn nun tut er mir doch wieder leid.

»Bin in fünf Minuten da, falls das geht. Oder musst du noch deinen Baaz einpacken?«

»Ja, ich wickle meine Kunstwerke in Ruhe in hochwertige Tücher ein, damit ich später mit meinem Schaffen fortfahren kann«, erwidere ich ein wenig beleidigt, während ich den Putzlumpen unter den Wasserhahn halte. »In fünf Minuten passt, du Banause!«

George will nicht mit, er macht sich auf den Weg zur Burg. Vermutlich klingelt er bei der Traudl. Nein, im Ernst, ich habe keine Ahnung, ob er das vielleicht wirklich beherrscht, oder ob meine Mutter so häufig aus dem Fenster schaut – er ist oft bei ihr, wenn ich ihn vermisse. Aber beide halten dicht.

Gustl parkt gegenüber auf der Straße vor dem *Stechl-Keller*. Hinter ihm hupen die Ungeduldigen, bis ich eingestiegen bin und er wieder losgefahren ist. Das juckt uns nicht.

»Münchner!«, kommentiert er nur, und ich nicke. Denn die meisten Hiesigen sind geduldiger.

Bald darauf halten wir vor einem typisch bayerischen Haus in Ramerberg, etwa zehn Kilometer von Wasserburg entfernt. Viel Holz, schöne Fensterläden, ein langgezogenes Dach als Schutz vor dem Wetter. Auf den Erker, der schmiedeeiserne Gitter vor den Fenstern hat, scheint die Herbstsonne. Ich bin froh, dass ich noch im Vorbeigehen eine Strickjacke mitgenommen habe. Das bunte Streifenmuster beißt sich zwar mit dem T-Shirt, aber ich bin sowieso kein Modehäschen, was soll's.

Vor dem Haus steht ein Polizeiwagen.

Wir kommen an einem Hundezwinger vorüber, der leer zu sein scheint. Entweder verkriecht sich der arme Hund, oder er ist beim Frauchen. Wir betreten das geschmackvoll eingerichtete Haus und den sonnigen Erker, in dem Staubflusen durch das zarte Licht tanzen. Eine durchgeistigte Atmosphäre, zu dem die zierliche Frau, die am Tisch sitzt, gut passt. Braune Löckchen, herzförmiges Gesicht mit hellbraunen Augen, die rot von den Tränen sind. Die mageren Finger zittern.

Die Kripo hat wohl übernommen, denn die Beamten kenne ich nicht. Gustl, der sich nach dem Stand der Ermittlungen erkundigt, natürlich schon. Der schaut für Alois nicht rosig aus.

Alois Bergdorfer ist ein ruhiger Mann, der eher lächelt, als lacht. Das personifizierte Understatement: schmal, nicht mehr allzu viele Haare, glattrasiert, unauffälliges Hemd und eine beigefarbene Hose. Ein blasser Typ, aber ich finde ihn sehr sympathisch. Heute ist er ernst und hält die Hand der Frau neben sich fest, die leise vor sich hin weint. Wegen des Todes ihres Mannes oder weil der Alois verhaftet werden soll? Das steht ihm nämlich bevor.

»Der Herr Bergdorfer hat als Alibi nur die Aussage der Frau Weidenbaum, das ist etwas ungünstig«, klärt der Rosenheimer Polizist den Gustl gerade auf, der besorgt nickt. Ein bisschen mehr könnte er sich schon ins Zeug legen für seinen Spezl. Er wird doch nicht aufs Witwe-Trösten spechten?

Nein, der Gustl ist einer von den Guten.

»Das mag sein, aber es ist trotzdem ein Alibi. Außerdem ist er aus gutem Grund Konditor geworden: Weil er die Jagd ned mag.«

»Auch ein Konditor, der ein Gewehr und eine entsprechende Ausbildung hat, kann in den Wald gehen und einen erschießen. Sein Vater war Jäger, er ist damit groß geworden. Mit dem Blut und dem Töten.«

Die durchgeistigte Frau Weidenbaum weint lauter.

»Also wissen Sie, das ist echt grob!«, sage ich aufgebracht. Ein kühler Blick streift mich. »Und was geht Sie das an? Wer sind Sie überhaupt, und was wollen Sie hier?«

Gustl grätscht dazwischen, wirft mir jedoch einen mahnenden Blick zu. »Ich habe sie gebeten mitzukommen, denn die Minnie hat ein gutes Gespür für Menschen.«

Meistens! Wenn der Mensch nicht Franz Weiländer heißt. Der hat mich komplett auflaufen lassen, weil ich mich so verschätzt habe. Das wäre beinahe mein Ende gewesen, Ende Juli.

Der Polizeibeamte schaut zuerst grantig, aber dann geht ihm – leider – ein Licht auf.

»Ihr seid dieses Wasserburger Ermittler-Dreamteam? Bekannt auf weiter Flur im Landkreis.«

Ich lächle ihn ganz lieb an. »Echt? Welche Ehre.« Und füge grimmig hinzu: »Trotzdem war das unnötig grob.«

»Fräulein Minnie, halten Sie sich raus. Danach können Sie Ihrem Gespür freien Lauf lassen, weil mir das wurscht ist. Jetzt san'S auf jeden Fall erst einmal staad!«

Der Kollege führt das Problem vom Alois weiter aus.

»Er ist ein Freund vom Vorsitzenden der Kellerfreunde, hat also genau gewusst, wo der Schlüssel ist und wie er dran kommt.«

Der Alois schüttelt den Kopf. Sanft natürlich.

»Wenn ich es gewusst hätte und ihn hätte holen wollen, hätte ich das sicher geschafft. Aber das hab ich ja gar ned.«

Diese Aussage könnte man als selbstbelastend empfinden. Oder einfach nur als naiv!

»Ich wollte mich scheiden lassen, das hat Harald gewusst. Warum hätte Alois meinen Mann umbringen sollen?«, schluchzt die Frau Weidenbaumer. Die hellbraunen Löckchen zittern, und sie tut mir leid. Obwohl ich den Dialekt nicht schön finde. Eigentlich den Nicht-Dialekt. Es klingt so – geziert – so mädchenmäßig. Und dafür ist sie dann doch zu alt.

»Vielleicht wollte Ihr Mann das nicht! Er hat ja einen gewissen Ruf. Oder es war Notwehr.«

»Welchen Ruf?«, entwischt mir die Frage, und ich ernte böse Blicke. Oh oh, wenn ich nicht besser aufpasse, fliege ich bald raus.

Die Frau antwortet mir. Ihrer hoffnungsvollen Miene nach zu urteilen, denkt sie an Frauensolidarität. Ich weiß nur nicht, ob ich das mag.

»Na ja, er hat oft herumgeschrien und kommandiert. Das war er wohl so gewohnt, vom Hund.«

Häh? Wer schreit denn seinen Hund an?

»Aber er hat ned zuaglangt, oder?«, hakt der Beamte nach. Gustl und Alois zucken bei der Vorstellung deutlich zusammen.

Sie schüttelt den Kopf. »Nein, der Harald war in Ordnung. Wir waren nur sehr verschieden, es hat uns nichts verbunden. Er denkt nur an die Jagd und seine Verantwortung. Ich gehe so gerne ins Theater oder in ein Museum. Da hab ich auch den Alois zum ersten Mal getroffen. Wir können so schön miteinander sprechen. Und ich liebe seine Prinzregententörtchen.«

Jetzt muss ich mir das Lachen verbeißen. Das sollte ich mir unbedingt für einen Roman merken.

Alois schaut sie anbetend an, und sie lächelt zittrig zurück.

Ja, ich glaube, die beiden haben sich wirklich lieb. Hoffentlich findet sich ein anderer Verdächtiger als der Alois.

»Mein Vater hat mich dafür verachtet.«

»Für die Törtchen?«, frage ich verdutzt und komme damit wohl den Herren Polizeibeamten zuvor, weil sich keiner beschwert.

Alois lächelt nun mich an.

»Ja, das auch. Doch vor allem dafür, dass ich kein Jäger sein wollte. Er hat es nicht verstanden.«

Die beiden Rosenheimer sehen sich an, daraufhin meint der eine energisch: »Ja mei, Herr Bergdorfer. Das hilft jetzt aber nichts. Sie begleiten uns bitte. Denn solange wir keine Beweise für Ihre Unschuld haben, sind Sie nun mal der Hauptverdächtige. Und Ihr Gewehr geht zur Ballistik. Danach sehen wir weiter.«

Alois küsst der Dorothea die Hand – das merke ich mir für Alex, falls der in nächster Zeit mal mich oder meine Hand wahrnehmen mag –, dann erhebt er sich und schaut den Gustl an.

Der nickt. »Ich kümmere mich.«

Um die Dorothea? Ich gucke ihn zornig an, weshalb er schnell fortfährt: »Ich versuche etwas rauszukriegen, Alois.«

»Danke, Gustl, du bist ein echter Freund.«

Da haben die Profis aus der Kreisstadt was dagegen.

»Gustl, uns wär es lieber, wenn du dich raushältst. Und der zweite Teil vom Ermittler-Dreamteam bitte auch.«

Die Wasserburger könnten ihnen schon sagen, dass das nicht funktioniert. Denn der Gustl will seinem Freund helfen. Und ich will, dass der Wiggerl wieder fröhlicher schaut. Und ganz nebenbei wissen, wer das getan hat. So ein bisschen Neugier hat noch keinem … Obwohl, wenn ich genauer drüber nachdenke …

Eben fällt mir ein, dass ich keinen Hund gesehen habe. »Wie geht es denn dem Hund eigentlich, jetzt wo sein Herrchen weg ist?«, erkundige ich mich.

Die Frau Weidenbaum sieht mich entsetzt an, dann stößt sie einen Heulton aus, der auch von einem Hund stammen könnte. »O Gott, der Wastl. Den habe ich ganz vergessen.«

Die Kripobeamten schauen alarmiert auf.

»Was meinen Sie damit? Wo ist der Hund normalerweise?«

»Entweder mit meinem Mann unterwegs oder draußen im Zwinger. Vielleicht hat ihn der Ludwig mitgenommen.«

Mit zitternden Fingern ruft sie ihren Sohn an, der so laut flucht, dass wir es alle hören können. Als Zusammenfassung der vielen Kreiz noamoi, Birnbaum und Hollerstaun, Kruzifünferl und Co: Er weiß auch nicht, wo der Dackel abgeblieben ist.

Der Jägersgattin ist es sehr unangenehm, dass sie nicht an den Wastl gedacht hat. Die Polizei entschließt sich, noch heute Nachmittag mit Spürhunden auf die Suche zu gehen – nach Gewehr und Dackel des Mordopfers.

Nach dem Mittagessen machen George und ich uns auf den Weg zu den Bierkellern. Mal schauen, was es Neues gibt. Und ob die Keller wieder für Führungen freigegeben sind.

Wiggerl und zwei weitere Kellerfreunde sind gerade mit der Reinigung beschäftigt. Dabei wird der Schimmel, der sich alle paar Wochen sichtbar neu bildet, von den Fässern, Werkzeugen und dem Boden gewischt. Wiggerl stellt den Eimer mit dem Lappen auf die Seite. Er wirkt bedrückt, und als ich ihm das auf den Kopf zusage, erzählt er mir, was ihn belastet.

Die Frage, wie der Mörder reingekommen ist, hat sich vermutlich geklärt. Zum Teil wenigstens. Wiggerls eigener Schlüssel der Schließanlage befindet sich meistens in seinem Rucksack oder hängt zuhause am Schlüsselbrett neben der Haustür. Seiner Ansicht nach war er dort die ganze Zeit. Doch seine Frau ist sich sicher, dass das nicht stimmt, denn sie hat ihn mal gesucht.

Es sei ihr aufgefallen, als er auf Fortbildung in München war. Sie dachte, er hätte ihn in Gedanken mitgenommen. Wiggerl ist die Sache sehr unangenehm.

»Ich hatte ihn nicht dabei. Ich hab ihn ans Schlüsselbrett gehängt, weil meine Frau den Rucksack mitwaschen wollte.«

»Und nun überlegst du, wer ihn genommen haben könnte?«

»Er ist ja da, aber Birgit ist sich sicher, dass er weg war. Die Polizei geht natürlich nun auch dieser Spur nach. Es waren neben meiner Familie nur wenige Leute da. Ein paar Freunde meines Sohnes, eine Freundin meiner Frau. Was sollen die mit dem Schlüssel? Vor allem bringen die keinen um!«

»Und jetzt werden sie befragt?«

»Ja, das ist echt so peinlich.«

»Na ja, da kannst du nichts dafür. Woher hättest du ahnen sollen, dass jemand den Schlüssel klauen will? Warte erst mal ab, vielleicht hat der Täter den Schlüssel ganz woanders her. Oder ist anders reingekommen. Kann er nicht über den Personaleingang oder einen Lüftungsschacht eingestiegen sein?«

»Minnie, du weißt doch, dass die aus Sicherheitsgründen versperrt sind. Und sie wurden nicht aufgebrochen, das hab ich gleich geprüft, als die Leiche entdeckt wurde. Außerdem: Reinklettern ist das eine, eine Leiche da runterlassen das andere. Da wären ja Schleifspuren zu sehen gewesen. Es war nur der Weg von der Eingangstür bis zu den Fässern frisch gereinigt. Und ich hab mich zu Beginn der Führung gewundert, dass der Boden zwei Wochen nach der letzten Reinigung noch so sauber war.«

Er hat natürlich recht.

»Aber sie waren ja vermutlich mindestens zu zweit, oder? Denn sonst hätten sie den schweren Mann nicht in den Zwischenraum zwischen den Fässern bis nach hinten durch ziehen können.«

»Trotzdem – wenn ich da reinmüsste und schon einen Schlüssel hätte, dann würde ich doch den einfacheren Weg nehmen.«

Ich frage nach neuen Erkenntnissen der kriminaltechnischen Untersuchung.

»Die KTU hat hinter den Fässern nach Fußabdrücken gesucht. Leider hat das Pärchen alles verwischt, was da war – mit seinem Gerangel.«

Bei dem Ausdruck müssen wir beide lachen. Man kann es sich so gut bildlich vorstellen. Das Lauchstangerl und das Blüschen hinter den Fässern mit wilden Verrenkungen in der Enge.

Wiggerl hat noch mehr erfahren. Wahrscheinlich war der Gerhard auf ein Bier im Vereinsstüberl.

»Sie wissen jetzt den Todeszeitpunkt. Anhand der Körperkerntemperatur konnten sie das feststellen. Er wurde zwei Tage vor dem Auffinden erschossen. Und zwar am späten Abend.«

»Was meinst du mit der Körperkerntemperatur?«

»Man kann berechnen – wenn man den recht kühlen Fundort als Konstante nimmt, dazu die Temperatur des Körpers beim Auffinden – wie lange der Körper für die Abweichung von einer normalen Körperkerntemperatur gebraucht hat.«

Mathematik in der praktischen Anwendung – wie schön, dass ich das – außer beim Dreisatz – mal erleben darf.

»Warum hat keiner eine Vermisstenanzeige aufgegeben, Wiggerl? Ich meine, zwei Tage, da mach ich mir doch Sorgen als Frau oder Sohn.«

»Sie dachten, er ist noch auf der Jagd. Er hat eine Nachricht geschickt, dass es länger dauert, weil er ein Reh nur verwundet hat. Er wollte sich kurz in der Jagdhütte Batterien holen und sich dann erneut auf die Suche nach dem Tier machen.«

»Und war das so?«

Wiggerl hebt die Schultern.

»Ist nicht sicher zu sagen. Kann auch sein, dass er gleich nach Senden der Nachricht erschossen wurde. Auf jeden Fall nicht nach Mitternacht.«

»Oder der Mörder hat die Nachricht geschrieben. Haben sie das Handy gefunden?«

»Sie haben es vorhin geortet und sind grad im Wald auf der Suche.«

»Servus, ist da wer?«

Eine breite Gestalt baut sich in der Tür zum Inn auf. Wiggerl und ich zucken beide zusammen. George lässt einen scharfen Beller los.

»Wer san Sie, was wollen'S denn?«, fragt Wiggerl, während ich George beruhige.

»Johann Grabmeier, der Zweite Vorsitzende des Hegerings und der Nachfolger vom Weidenbaum. San Sie der Kellermensch, der da das Sagen hat?«

Ich kichere, derweil der Wiggerl seufzt.

»Ja, ich bin der Kellermensch, der das Sagen hat. Was gibt's denn?«

»Hat man das Gewehr gefunden?«

»Welches Gewehr?«

»Na, das vom Weidenbaum. Bei ihm daheim ist es ned.«

Er tritt näher, vermutlich damit er unsere Gesichter sieht und entscheiden kann, ob wir schuldig sind. So wirkt er zumindest.

Das ist vielleicht ein Riese. Er trägt einen Rauschebart bis zum zweiten Kragenkopf seines Wolljankers, eine echte Lederhose, dazu allerdings keine passenden Haferlschuhe, sondern Gummitreter. Anklagend schaut er uns an, mit dunklen Augen und gefurchter Stirn.

»Also, was ist jetzt mit dem Gewehr?«

Der Ton ist resch, der Wiggerl antwortet entsprechend fast gschnappig.

»Das müssen'S die Polizei fragen. Hier ist auf jeden Fall keines gefunden worden.«

»Dann ruf ich mal beim Landratsamt an, ob die eine Meldung bekommen haben, dass es fehlt. Weiß man Näheres zum Mord? Wir waren zwar ned immer einer Meinung, der Weidenbaum und ich, aber es tut mir schon leid um ihn.«

»Ich hab gehört, dass er von hinten und von schräg unten aus erschossen wurde«, wirft der Wiggerl ein.

»Wie macht man denn so was?«, frage ich verständnislos, doch der Jäger vor uns kennt die Antwort.

»Ja, das ist ja logisch: Wenn er auf dem Hochsitz war! Da dreht man sich um und steigt die Leiter runter. Das wär genau der richtige Schusswinkel.«

Das kann sogar ich mir vorstellen, mit null Ahnung von der Jägerei.

»Und da es wahrscheinlich am späten Abend war, laut der KTU, könnt es ein Jäger gewesen sein«, sagt der Wiggerl mit einem genervten Blick in Richtung des Gscheithaferls, das daraufhin ausrastet.

»Habt's ihr an Schimmel im Hirn von euren Kellern? Ein Jäger wäre nie so feig, jemanden von hinten zu erschießen. Man schaut dem Wild ins Auge und trifft es am besten von der Seite.«

»Sie sehen also einen Menschen als Wild an?«, fragt der Wiggerl mit beinahe lauerndem Blick. Den Grabmeier mag er nicht, das sieht ein Blinder, ob Schimmel im Hirn oder nicht.

Der andere schnaubt und prustet voller Empörung, und ich überlege etwas angeekelt, ob sich der Speichel im Bart sammelt, da geht er ohne ein Wort des Abschieds. Was uns Zurückbleibenden nicht wehtut. Hauptsache, der Depp ist weg.

»Irgendwie hatte ich das Gefühl, dass er uns ausfragen wollte«, fällt mir auf.

»Kann sein. Auf jeden Fall bin ich schon gespannt, ob der der Nachfolger wird. Das ist alles andere als sicher«, sagt der Wiggerl, dem die Zornesröte im Gesicht steht, das erkennt man sogar hier im schlechten Licht. Ich muss ihn ein bisschen aufbauen: »Vielleicht sollte ihn jemand als Schriftführer vorschlagen – ein beliebter Job!«

Ein breites Grinsen dankt mir für die Idee, und wir lachen beide, als wir uns die Grabmeier-Pranken mit einem zierlichen Kugelschreiber oder auf kleinen Laptop-

Tasten vorstellen. Und den geduldigen Zeitgenossen beim Notieren der Sitzungsinhalte.

»Er ist ein Unsympath, aber vermutlich hat er richtig gefolgert. Ich ruf mal bei der Polizei an und sag denen das. Dann können sie gleich beim Hochsitz vorbeischauen.«

Der Gustl ist es, der mir später Bescheid sagt. Und dabei wird mir ziemlich unwohl. Sie haben weder das Gewehr noch den Rucksack des Toten gefunden. Und auch den Wastl-Dackel nicht. Immerhin lag das Handy auf dem Waldboden vor dem Hochsitz.

Dort war alles voller Blut, der gesamte Hochsitz und sogar die Fläche davor. Laut der KTU hat der Täter zuerst die Fingerabdrücke vom Handy gewischt, es anschließend ins Blut getaucht und dort liegengelassen. Das ist schon sehr eklig. Und erschreckend, denn da hat offensichtlich jemand keinerlei Scheu vor Blut.

Natürlich jagt mir da wieder der Gedanke an einen Jäger durch den Kopf. Ob jeder von denen dem Ehrenkodex folgt, dass man von hinten keinen erschießt?

Vermutlich nicht. Böse Menschen gibt es überall und in jedem Berufsstand.

»Wir müssen uns einen anderen Jäger suchen, der uns hilft. Der Alois ist befangen«, schlägt der Gustl später im Auto vor. Ich habe Zeit, ihn zu begleiten, denn Alex will noch irgendeine Aufstellung für einen Kunden in Ruhe fertig machen. Natürlich in seiner Wohnung, da liegen die Unterlagen im Safe. Und bei der Minnie hat *Mann* ja keine Ruhe. Ich bin tatsächlich ziemlich beleidigt, deswegen passt es mir gut, dass der Gustl mit mir recherchieren will.

»Solange es ned der Grabmeier ist …« Ich erzähle Gustl von Wiggerls Besucher. Er grinst und schüttelt den Kopf: »Nein, den ned. Ich weiß einen anderen.«

Wir fahren bis hinter Babensham und biegen in einen Bauernhof ein. Als wir aussteigen, kommt uns ein Dackel auf langen Beinen entgegen. Ja, ich dachte auch, dass sich das widerspricht.

»Du bist ganz schön groß für einen Dackel«, sage ich zu dem schwanzwedelnden Geschöpf mit dem schönen rotbraunen Fell, das uns umkreist.

»Das ist eine Tiroler Bracke, ein Jagdhund, der mir bei der Nachsuche hilft oder das Wild aufstöbert«, meint der stämmige blonde Mann, der mit breitem sympathischen Lächeln aus der Garage tritt. Er trägt Kunststoffhandschuhe, die voller Blut und daher weniger sympathisch sind. Ich streichle lieber den Hund, als den Mann anzusehen.

»Was heißt Nachsuche?«, erkundige ich mich, denn unter Aufstöbern kann ich mir etwas vorstellen.

»Wenn ein Jäger das Wild nicht tödlich trifft, muss er das leidende Tier schnell finden und erlösen. Da ist meine Burgi super!«

Er schaut den Gustl an und wird ernst.

»Ihr kommt wahrscheinlich aus einem bestimmten Grund, Gustl? Ich hab davon gehört. Weiß man schon was?«

»Sie haben vorhin den Alois Bergdorfer verhaftet. Aber das bleibt unter uns.«

»Den Konditor? Warum das?«

»Weil er ein Gewehr hat, und weil sich die Dorothea Weidenbaum seinetwegen scheiden lassen wollte.«

Der Mann starrt ihn an, dann geht er kopfschüttelnd in die Garage. Wir folgen ihm. Also Gustl folgt ihm.

Ich drehe rasch um, als ich erkenne, dass ich gewissermaßen in eine Metzgerei geraten bin. Der Mann wäscht seine Hände, zieht die Handschuhe aus und wirft sie weg. Er wäscht die Hände erneut, bevor er wieder zur Tür kommt und mir die Rechte reicht.

»Peter Lambrecht. Und du musst die Minnie sein. Der Gustl hat schon des Öfteren von dir erzählt.«

Ich nicke noch ein wenig irritiert von dem Raum.

»Ja, bin ich. Was machst du da drin?«

»Na ja, ich bin Jäger und hab heute ein Reh geschossen. Das muss ich jetzt verarbeiten.«

»Und du isst es dann auch?«

Er lacht, aber nicht spöttisch, sondern freundlich.

»Ja, freilich, das ist was Feines. Entweder ess ich es oder einer meiner Freunde. Ich ersetze da oft den Metzger. Und so ein Reh hat ein gutes gesundes Fleisch.«

Klingt logisch. Und das Reh hat bis zum tödlichen Schuss vermutlich ein nettes Leben gehabt. Vorausgesetzt, dass der Peter gleich getroffen hat und nicht die Burgi losschicken musste.

»Peter, wir wollten dich ein bisserl zu den Jägern befragen. Du weißt da sicher mehr.«

»Wenn ich euch helfen kann, gerne.«

Zuerst bin ich neugierig zu erfahren, wie er zu dem Grobmeier, äh Grabmeier, steht.

»Vorhin war ein Groblackel namens Grabmeier bei den Bierkellern und hat nach dem Gewehr vom Weidenbaum gesucht. Er wollte beim Landratsamt nachfragen, ob die Abteilung dort Bescheid weiß, dass es fehlt, hat er gesagt«, es interessiert mich nebenbei, ob das nur Wichtigtuerei war.

Auf Lambrechts Gesicht kann ich nichts ablesen. Ruhig erwidert er: »Ja, das ist in dem Fall sinnvoll, obwohl er nicht dafür verantwortlich ist. Wenn das Gewehr weg ist, ermittelt die Polizei. Aber die muss natürlich erst mal informiert werden.«

»Die Polizei sucht bereits«, wirft der Gustl ein, bevor ich weiter löchere. »Woher weiß man, ob es seine Waffe ist? Steht da der Name drauf?«

»Fast, Minnie. Mal abgesehen davon, dass der Harald ein besonderes Gewehr gehabt hat: Eine Winchester .308 mit einem edlen Vollholzschaft, dessen Maserung einem Jäger und wahrscheinlich auch einem Schreiner die Tränen in die Augen treibt. Sobald einer aus unserem Bezirk diese Waffe findet, erkennt er sie sofort. Ansonsten sind alle wichtigen Einzelteile eines Gewehrs mit einer Seriennummer versehen. Und die sind bei der Unteren Jagdbehörde im Landratsamt hinterlegt.«

Der Gustl schaltet sich ein.

»Warum könnte denn jemand den Weidenbaum töten wollen? Also wenn man davon ausgeht, dass es der Alois nicht war.«

Peter lacht. »Der Alois. Nie im Leben hat der geschossen. Der fällt praktisch um, sobald er Blut sieht. Deshalb macht er ja das Kuchenzeugs.«

Hochachtungsvoll klingt das auch nicht gerade, aber da treffen natürlich Welten aufeinander – die zuckrige Leckerschmeckerwelt auf die blutige Echte-Männer-Welt. Wobei es ja auch Jägerinnen gibt.

»Falls jemand den Weidenbaum erschossen hat, wie er vom Hochsitz runtergestiegen ist, und mit dem Blut rumgesaut hat, war es dann ein Jäger?«

Ich bin ein bisschen genervt von Blut und Co. Das ist mir alles zu selbstverständlich. Heute gibt es auf jeden Fall Pasta mit Käsesauce. Oder ein Käsebrot. Ganz sicher nichts Rotes mehr!

»Jetzt bist aber du mal grob, Minnie«, beschwert sich der Gustl.

»Entschuldigung«, nuschle ich peinlich berührt. Er hat ja recht.

Doch der Peter lacht nur darüber.

»Macht nichts. Du hast ned unrecht, Minnie. Es kann ned jeder mit viel Blut umgehen. Natürlich käme auch ein Metzger oder ein Arzt infrage.«

»Oder ein Psychopath mit x-beliebigem Beruf. Das hilft uns nicht weiter!«, sagt der Gustl grimmig.

»Hat ihn jemand gehasst?«, versuche ich es von vorne.

»Mei, er war manchmal ein bisserl gschert. Aber im Grunde ein hilfsbereiter Mensch und ein sehr guter Jäger. Bloß sein Revier hat er ned geteilt. Da waren manche neidisch.«

Das verstehe ich nicht, was mir Peter offensichtlich ansieht.

»Er hat einen riesigen Grund mit Feldern, Wiesen und Wald gepachtet, fast 600 Hektar. Zu einem günstigen Preis, seit bestimmt schon 30 Jahren, und seitdem hat er es nimmer abgegeben. Da soll ab und zu sogar Rotwild durchgezogen sein.«

»Es darf ned jeder Jäger überall jagen?«

»Nein, da gäb es Mord- und Totschlag.«

Ach, wirklich, schau an!

Es fällt ihm wohl selbst auf, wie das klingt, denn er spricht schnell weiter: »Wer das Revier pachtet, der darf da jagen. Und muss es auch. Er ist dafür zuständig, dass die Tiere keinen Schaden anrichten. Zu viele Rehe fressen die Spitzen der kleinen Bäume an, und die wachsen nimmer. Zu viele Wildsauen machen die Ernte kaputt. Der Jäger muss das im Blick und im Griff haben. Falls er das ned schafft, muss er sogar Schadensersatz zahlen.«

»Wenn der Weidenbaum das ganz allein gemacht hat, wie oft musste er dann in den Wald?«

»Der Weidenbaum war jeden Tag mindestens einmal, meist zweimal draußen. In der Früh auf Rehe und Hasen, nachts auf die Wildschweine. In seinem Gebiet gibt es einige große Rotten, da hatte er viel Arbeit.«

»Und wenig Zeit für seine Frau«, folgere ich, und beide Männer nicken.

»Und je mehr er schießt, desto besser wissen die Tiere Bescheid und werden heimlich, also vorsichtig. Er hätte sich besser ein paar Mitgeher genommen und wär ned jeden Tag dort gewesen.«

Er macht eine Pause, zögert, und der Gustl mit der Polizeiriecherknolle im Gesicht hakt sofort ein: »Dir ist noch was eingefallen?«

»Mei, einer von den Bauern, dessen Felder im Revier vom Weidenbaum liegen, war neulich stocksauer. Er meinte, dass der Weidenbaum schlecht arbeitet, weil die Wildsauen sein halbes Weizenfeld umgeackert haben. Und der Grabmeier war der gleichen Meinung. Die Kollegen versuchen seit Jahren, den Harald zu überreden, dass er teilt oder Mitgeher dazu nimmt. Damit sich die Wildsauen ned weiter ausbreiten.«

»Meinst, wir können den mal besuchen und nachfragen?«

»Freilich, ich geb dir die Adresse vom Holzinger Werner.«

»Danke, Peter. Du, wer wird denn jetzt dann der Nachfolger vom Weidenbaum?«

Der Jäger meint nach einer winzigen Pause: »Der Grabmeier wird sich bestimmt bewerben. Na ja, der ist a bisserl grob, wie du schon gesagt hast, Minnie. Aber es hat auch ned jeder Lust auf viel Verwaltungskram.«

»Und das kann der Grabmeier?«, wundere ich mich, und der Peter lacht.

»Ja, das ist ein ganz Genauer; der König unter den Bürokraten. Da muss alles passen, der kennt die Gesetze auswendig. Der Johann ist anstrengend, und ich glaub, es mag ihn keiner besonders gern. Aber er wär ned der Schlechteste für den Job.«

»Ist ja auch ein bisserl eine Prestigesache, oder?«

Der Peter nickt, schaut uns jedoch nicht mehr an. Das Thema scheint ihm unangenehm zu sein.

»Ich muss dann wieder weitermachen. Viel Glück bei euren Ermittlungen. Minnie, hat mich gefreut.«

»Ebenso, danke. Waidmannsheil sagt man, oder?«

Er lacht. »Richtig, Waidmannsdank.«

Wir sind unterwegs zur nächsten Station in Sachen Jägermord.

Ich schaue auf mein Handy. Es ist Mittag, doch Alex hat nicht geschrieben, ob wir zusammen essen sollen.

»Weißt du, was mit dem Alex los ist, Gustl?«

»Na, wieso?«

»Er ist ganz komisch. Redet fast nix, starrt dauernd ins Handy. Und er sagt mir ned, was los ist. Nur dass es beruflich ist.«

»Mei, Minnie, wir Männer wollen manchmal nur unsere Gedanken für uns haben.«

Den blöden Spruch kenne ich. Aber er klingt ehrlich. Der Gustl kann mich nämlich nicht anlügen. Das merke ich sofort.

»Warum es bei der Frau Weidenbaum oder dem Ludwig nicht geschnackelt hat, dass der Hund fehlt, ist schon ziemlich peinlich und fragwürdig.« Das geht mir nicht aus dem Kopf. Denn so selbstständig wie mein George wird ein Jagdhund wohl nicht unterwegs sein.

»Der Ludwig hat zumindest die Ausrede, dass er ja nimmer daheim wohnt. Er hat einen eigenen Jagdhund.«

»Umso mehr hätte es ihm auffallen müssen«, bin ich der Meinung, aber der Gustl winkt ab.

»Der Mann und Vater ist erschossen worden, da fällt manches durchs Sieb.«

Es ist nicht weit bis zum Holzinger Werner, der eine picobello geführte Landwirtschaft hat. So einen aufgeräumten, ordentlichen Hof habe ich selten gesehen.

Der etwa 40-Jährige ist richtig zornig auf die Jäger und besonders auf den Weidenbaum.

»Ich hab zwei kaputte Felder wegen den Wildsauen. Wer zahlt mir den Schaden? Der Weidenbaum ist tot, hoffentlich folgt dem jetzt einmal ein gescheiter Jäger in das Revier. Die Wildschweine dürfen sich ned weiter ausbreiten. Schaut's her!«

Mit großen Schritten saust er über den Hof und auf die Wiese dahinter. Ich lege einen flotten Joggingschritt ein, damit ich nachkomme. Der Gustl landet abgeschlagen auf Platz drei.

Schnaufend kommt er neben uns zum Stehen. Einige hundert Meter unter uns liegt eine Weide. Der Landwirt erklärt: »Das sind Bioschweine. Ich steck da einen Haufen Geld und Arbeit rein, damit es denen gutgeht und ich alle Auflagen erfülle. Wenn da jetzt ASP-verseuchte Wildschweine in die Nähe kommen, ist mein Hof ruiniert.«

»Was ist ASP?«

Der Blick zeigt mir deutlich, dass meine Allgemeinbildung wohl als nicht ausreichend bewertet wird.

»Afrikanische Schweinepest. Und ich kann meine Viecher ned einsperren. Da werden sie aggressiv, weil sie es ned gewohnt sind.«

Es sind riesige Tiere, rosa, manche haben Flecken. Ich finde, sie sehen bis auf die Erde auf ihren Rüsseln fast so reinlich aus wie meine Töpferschweinderl.

»Ich hab schon doppelte Zäune wegen des Abstands angelegt. Und wechsle die Schuhe, bevor ich den Tieren zu nahe komme. Aber wenn einer von den Wildsauen die Seuche nachgewiesen wird, kann ich die trotzdem alle keulen. Dann war alles für die Katz!«

Er tut mir leid, und ich hoffe, dass er seine Schweine behalten kann, denen es hier offensichtlich gut geht.

»Warum werden die Wildschweine immer mehr?«, will ich wissen. Ich erinnere mich an einen Unfall im Landkreis. Mir graust bei dem Gedanken, dass ich mit meiner Vespa mit einem Wildschwein kollidieren könnte. Da hätte dann nicht nur die Vespa ihre Beulen und Flecken.

»Das liegt am Klimawandel. Die Winter sind milder, es kommen viel mehr Frischlinge durch. Und es gibt mehr Futter: Bucheckern und Eicheln. Neben meinen Feldern natürlich«, schließt er stocksauer.

Nachdenklich fahren wir zurück nach Wasserburg. Wir haben beide Hunger und holen uns beim Metzger belegte Semmeln, ich eine, der Gustl zwei, die wir auf der Bank am Innufer unterhalb meiner Wohnung verspeisen. Heute habe ich viel gelernt, das muss erst einmal sacken. Die Semmel auch. Und der Alex hat sich immer noch nicht gemeldet, obwohl Samstag ist. Das liegt mir neben der Semmel schwer im Magen. Es wird frisch, lange kann man nicht mehr abends draußen sitzen.

»Was für ein Gefühl hast du, Minnie?«, fragt der Gustl mit vollen Backen.

»Den Alois mag ich, der darf es ned sein«, ziehe ich ihn auf, und entsprechend fährt er hoch. Als er mein Grinsen sieht, sinkt er wieder gemütlich zusammen.

»Nein, im Ernst, Gustl. Dem traue ich das ned zu. Den Grobmeier mag ich ned, der dürfte es schon sein, aber ob es so einfach ist? Weil er Vorsitzender werden will, der Pingelige. Und der Bauer Holzinger hat ebenfalls ein Motiv.«

Der Name wird dem Grabmeier bleiben, der passt einfach zu gut.

»Wenn wir weitersuchen, gibt es wahrscheinlich noch mehr«, meint der Gustl düster und wischt sich mit seinem Taschentuch einen Semmelbrösel und ein Leberkäszipferl aus dem Mundwinkel.

Ob das nach dem nächsten Schnäuzen an der Nase hängt? Mit den Resten vom Schnupftabak, den der Gustl so mag.

»Es gibt bestimmt Jäger, die das Revier haben wollen«, überlege ich. »Und andere unzufriedene Bauern, die auch Felder dort haben.«

Gustl steht auf und streckt sich.

»Ja, da müssen wir weiter fragen. Jetzt ist allerdings erstmal meine Couch ned verkehrt. Wir hören uns, Minnie. Dankschön fürs Mitfahren.«

Ich zwinkere ihm zu. Er weiß ja, wie gern ich das mache. Dann spaziere ich durch den historischen Gang zurück zum Marienplatz und zu meiner Werkstatt. George begrüßt mich schwanzwedelnd vor der Tür.

Oben angekommen schnaufe ich ziemlich. Wegen der Treppen und der Wut, denn Alex hat sich nicht gemeldet. Dafür hat meine Unter-mir-Nachbarin, die Frau Kreuzpointner, mir im Vorbeischnaufen erzählt, dass sie den Alex schon lang nicht mehr hier gesehen hat, allerdings heute beim Mittagessen beim Inder.

»Mei Minnie, ich sag es ungern, da war so eine große Blonde dabei, und sie haben sehr gelacht.«

»Er geht oft mit Kollegen zum Essen, Frau Kreuzpointner.«

Ja, aber da sagt er mir Bescheid, damit ich nicht warte.

»Wenn du meinst, Minnie. Er ist ja ein sehr schmucker Mann. Dafür bist du so ein liebes Mädchen. Das weiß er sicher.«

Ja, und ich bin nicht schmuck, oder was? Lieb klingt auf jeden Fall nicht so verführerisch wie »eine große Blonde«!

Ich schlage mir fast auf die Finger, damit ich keinen Kontrollanruf mache. Gibt es nicht so eine App für das Handy, mit der man den Partner orten kann? Das habe ich neulich in einem Krimi gesehen. Ich hatte noch nie Grund zur Eifersucht – glaube ich.

Es ist halb acht, als Alex anruft.

George und ich haben längst gespeist, ich einen Schokokuchen gegen den Wut-Frust, er einen Knochen. Und ich habe mittlerweile beinahe ein ganzes Kapitel geschrieben, sehr gewaltreich mit einer depressiven Heldin, was am Prosecco liegen könnte.

Den hab ich mir doch auch mal verdient, oder? Ich bin zwar nur der zweite Teil eines ehrenamtlichen Ermittler-Dreamteams und keine BWL-Bachelorette, aber immerhin.

Alex klingt ungewöhnlich ruhig.

»Du Minnie, ich komme heute nicht mehr. Ich bin so müde.«

»Ja, okay.«

Meine Zunge hat schon mit kurzen Worten Probleme. Ich versuche, nur Wörter mit einer Silbe zu bilden.

»Minnie, ist alles in Ordnung?«

»Nein, ist wurscht. Zu-zu-mindest dir.«

Zu viele Silben, Minnie!

»Soll ich vorbeischauen, wenn es dir nicht gut geht?«

Ohne Prosecco hätte ich ihn bezirzt. Er wäre in drei Minuten da gewesen, und wir hätten alles ausgeredet. Und wahrscheinlich nicht nur geredet. Aber jetzt ist eben mit Prosecco. Und Alex will eh nicht reden.

»Habsch mir über-über-legt. Mir geht es doch gut. Und du hattest einen harten Tag.«

»Wer sagt das?«

»Die Kreuz-point-nerin. So schwer, weil die Blonde so groß war. Und wahrscheinlich auch schwer.«

»Minnie, bist du betrunken?«

»Nein, ich hab mir nur einen Pro-Prosecco verdient. Oder nicht?«

»Ich weiß es nicht. Was hast du gemacht?«

»Ermittelt und vermittelt. Hach, das reimt sich!«

»Du sollst doch nicht ermitteln, Minnie.«

»In-tere-ssiert dich eh nicht. Alex, geh wieder es-sen.«

»Ich hab keinen Hunger, Minnie, warum soll ich essen gehen?«

»Ach ja, du bist mü-de. Hast du ja heute Mittag schwer ge-gessen. Alex, ich muss jetzt Schluss machen.«

»Was? Wieso?«

»Bin auch mü-de. Und du hörst mir eh nicht zu. Da erzähl ich mir die Sachen lieber selbst. Ich versteh mich selbst auch besser.«

»Ich versteh dich heute auf jeden Fall nicht, Minnie.«

»Wurscht!«

Ich drücke vorsichtig auf den roten Hörer auf meinem Handy. Sonst saust es wieder über den Tisch auf den Boden.

Dann gehe ich ins Bett, in den Jeans und dem T-Shirt, das ein bisschen nach Schweinestall riecht, und mit der bunten Strickjacke. Aber ohne Alex. Dafür legt sich George neben das Bett auf den Boden. Es gibt keine treuere Seele als die eines Hundes.

Schweinderl allüberall

Es ist bereits zehn Uhr, als ich am nächsten Tag mit leichten Kopfschmerzen aus dem Bett krabble und an meinen Klamotten schnuppere. Nur zwei Gläser Prosecco, und ich vergesse jedes Minimum an Hygiene. Ich versuche, nicht darüber nachzudenken, dass Alex sonst immer gekommen ist, sobald er wusste, dass ich Alkohol erwischt habe. Weniger Hemmungen, mehr Erotik.

Er fehlt mir unglaublich. Ich fühle mich furchtbar und – verlassen. Ist es so, wenn eine langjährige Beziehung einseitig beendet wird? Es tut weh. Und ich muss zugeben, dass ich – obwohl ich alles andere als selbstbewusst bin – nie gedacht hätte, dass Alex die Beziehung beenden könnte. Ich dachte, wir wären glücklich. Schließlich schüttle ich über mich selbst den Kopf und mahne mich, nicht zu übertreiben. Vielleicht ist ja wirklich etwas in der Arbeit, was ihn so beschäftigt. Und nur weil wir uns einmal am Samstagabend nicht sehen, muss ja nicht gleich Schluss sein.

George und ich drehen unsere Morgenrunde, dann lässt er mich allein ins Haus zurückkehren.

Gegen Mittag treffe ich mich mit dem Annamirl. Wir tragen Plakate und Flyer aus, bitten die Cafés und Restaurants darum, sie auszuhängen oder zu verteilen. Anschließend werfen wir einen Stapel beim Bürgerbüro und der Touristinfo ein, mit derselben Bitte.

Als Belohnung sitzen wir schließlich mit ein paar Frühlingsrollen auf einer Bank in der Sonne.

Meine Hängematte auf dem Balkon begrüßt mich freudig, als ich heimkomme. Und da nichts dagegen spricht – das leichte Kopfweh eher dafür –, kuschle ich mich mit einer Decke hinein und döse ein wenig vor mich hin.

Am späteren Sonntagnachmittag spazieren George und ich durch die Schustergasse und den Schleichweg durch den Greinhof zu Alex' Wohnung. Er hat angerufen und mich zum Abendessen eingeladen.

Wir reden nicht über den Samstag. Es ist, als wenn keiner an den gestrigen Tag rühren möchte.

Mein Schatz kocht schon für mich, als ich eintreffe: Linguini mit Schwammerl, was mich wieder auf den Wald bringt.

Aber ich will abgelenkt werden, das kann Alex sonst wunderbar. Dazu muss ich ihm natürlich zuerst die Neuigkeiten erzählen, häppchenweise und am besten nach dem Essen, nicht dass es ihm die Laune und damit mir den Appetit verdirbt. Wir konzentrieren uns zunächst auf die Nudeln mit der fantastisch schmeckenden Sauce. Dabei sitzen wir heute das erste Mal drinnen in der modernen Küche, denn auf der Dachterrasse ist es für das Abendessen mittlerweile zu kalt.

Bei »Wasserburg leuchtet« ist es noch gut draußen auszuhalten: Da tanzt man (also Toni und ich), isst was Warmes (Tonis Freund Basti und Alex) oder erhitzt sich mit Alkohol (viele andere Leute). Anschließend wird es endgültig schnell kühl. Meine Sommerkleider und Flipflops bleiben trotzdem noch ein bisschen in Sichtweite, falls der Altweibersommer vorbeischaut, aber spätestens Ende Oktober ist Schluss für dieses Jahr. Leider!

Alex redet auch heute nicht. Er starrt auf seine Linguini, als müsse er erst lernen, sie aufzuwickeln. Ich erzähle davon, dass wir Wiggerl besucht haben. Da wäre er früher hellhörig geworden – von wegen »Minnie begibt sich in Gefahr«.

Heute bekomme ich keine Reaktion.

»Alex?«

»Hm?«

»Was ist los?«

»Nichts, warum?«

»Du redest schon wieder nicht.«

»Mei Minnie, das haben andere Männer ständig. Mir ist halt zurzeit nicht danach.«

Der Ton ist ungewohnt grob. Ich erhebe mich, bin eh fertig und räume den Tisch ab bis auf den Teller, auf dem Alex nachdenklich wickelt.

»Danke fürs Kochen.«

»Hm.«

»Ich würde jetzt gern duschen.«

»Hm.«

Ich lasse den hölzernen Untersetzer auf den Tisch zurückfallen, ups, ein Versehen. Alex schreckt hoch und sieht mich tatsächlich mal an. »Mei, hast du mich erschreckt.«

»Tut mir leid. So ist das, wenn man nicht wirklich am Tisch sitzt. Was ist mit dir und duschen?«

»Kann ich noch fertig essen?«, kommt es gereizt zurück.

»Soll ich dir beim Aufwickeln helfen, Schatz?«, erwidere ich mit zuckersüßem Tonfall und bekomme – Überraschung – wieder keine Antwort.

Mir reicht es. Ich spüle laut klappernd Topf, Pfanne und Salatschüssel ab. Das Gemotze hinter mir ignoriere ich. Danach gehe ich wutschnaubend ins Bad.

Neben der großen Dachterrasse ist die Dusche das Plus an Alex' Wohnung. Eine Dampfdusche für zwei Personen. Ich liebe sie. Dort drin ist es warm, manchmal auch »heiß«, je nach Stimmung. Da haben wir schon sehr schöne Momente erlebt.

Der Nachteil gegenüber meiner eigenen winzigen Nasszelle mit den alten Fliesen ist, dass so etwas Wunderbares wie diese Dampfdusche gepflegt werden will. Mit Abzieher und Lappen, damit sich nirgendwo ein Schimmelchen ansetzt. Also das Gegenteil zu den Bierkatakomben.

Ich überlege, ob ich nach dem Duschen heimgehen soll. Da macht es mit Alex echt keinen Spaß, wenn er so drauf ist. Den verdorbenen Abend spare ich mir lieber.

Ein weiterer Grund, der für mich gegen eine Heirat spricht. Was, falls er öfter solche Launen bekommt? Dann muss ich das aushalten. So geh ich halt, obwohl es mir weh tut.

Und wenn er nicht bald kommt, erwischt es ihn auf jeden Fall mit dem Duschetrocknen. Selbst schuld.

Aber plötzlich ist er da und steigt zu mir ins Warme. Er sagt immer noch nichts, nimmt mich jedoch in die Arme. Sogar dabei macht er einen abwesenden Eindruck.

Ich reibe ihm liebevoll den Rücken ein, kann einfach nicht lange böse sein. Leider reagiert er heute nicht mit einem Gegendienst. Schließlich stellen wir das Wasser ab.

»Ching Chang Chong?«

Das ist unsere Version von Schere, Stein, Papier oder auch Schnick, Schnack, Schnuck. Der Verlierer muss die Dusche auswischen, normalerweise nach einem harten Duell, denn keiner von uns macht das gerne. Wir haben zu Schere, Stein und Papier noch den Brunnen aufgenommen, um es spannender zu machen. Die Schere und der Stein fallen in den Brunnen, das Papier bedeckt ihn. Ich habe einmal gelesen, dass Männer dabei sehr vorherbestimmbar sind und kann das nach eingehender Prüfung bestätigen. Sagt Alex etwas wie »Heute zeig ich es dir, Minnie« oder »Du hast keine Chance«, dann folgt immer der Stein. Also das Kawumm der Neandertaler. Dem begegne ich listig mit dem Papier oder dem Brunnen.

Heißt es »Heute kommst du nicht drauf«, wählt Alex in 99 Prozent der Wettkämpfe das Papier: Mann gibt sich geschickt und sanft. Aber die Schere macht ihm in dem Fall gleich den Garaus.

Folglich wird die Dusche meist von Alex gepflegt, der immer wieder über meine Hellsichtigkeit rätselt. Die ich ihm nicht erkläre, denn das würde den Spaß verderben, und ich müsste wischen.

Und heute?

Heute ist die Antwort: »Ich mach es schon, Minnie. Du hast ja abgespült.«

Nun wird mir himmelangst. Nichts greift mehr, was ihn üblicherweise aus der Lethargie reißt, die ihn selten überfällt. Bisher!

Später auf der Couch schauen wir einen Tatort mit Boerne und Thiel, das ist wenigstens amüsant. George bleibt bei Alex immer im Flur, obwohl Alex ihm ein Kissen im Wohnzimmer hergerichtet hat.

»Du, Alex, übrigens haben sie das Handy des Toten gefunden und den Tatort.«

»Echt, wo denn?« Wow, ein Funken Interesse.

»An seinem Hochsitz.«

»Aha!« Und erneut guckt er ins Handy.

Ich stehe auf. »Ich geh ins Bett.«

»Ist der Krimi schon aus?«

»Nein, aber das wäre dir offensichtlich auch nicht aufgefallen.«

Ich bin jetzt den Tränen nahe, weil ich so ignoriert werde.

Das hört er mir an der Stimme an. Er steht auf und küsst mich sanft.

»Entschuldige, Minnie. Es ist eine blöde Zeit momentan. Gib mir ein paar Tage, dann kann ich mich wieder auf alles andere konzentrieren. Lass uns einen Absacker trinken. Irgendwas mit Schuss, passend zum Krimi.«

Er zwinkert mir zu, und ich muss lachen. Obwohl es mir wehtut, dass er nicht mit mir über seine Sorgen spricht. Das finde ich viel schlimmer, als dass er sich nicht für mich und meinen Tag interessiert.

Nach einer heißen Schokolade mit einem Schuss Weinbrand für mich und einem Whisky für Alex – also nur der Schuss quasi –, haben auch Kommissar und Pathologe aus Münster den Fall gelöst. Wir gehen zu Bett.

Erneut schweigend. Nur sein Handy piepst noch ein paar Mal, bis er die letzte Nachricht gelesen und es ausgeschaltet hat. Immerhin liege ich warm in seinen Armen und fühle mich beschützt. Das schadet nie. Mein Herz tut trotzdem weh.

Als ich am Montagmorgen eine etwas depressiv wirkende Wildsau töpfere, spielt mein Handy »Ein Stern, der deinen Namen trägt«. Der Klingelton kündigt einen Anruf meiner Mutter, der Sternendeuterin, an. Hat sie die Sterne befragt? Sie weiß immer, wenn ich so gar nicht telefonieren will.

»Arminia, was ist los? Ich habe seit Tagen nichts von dir gehört.«

»Entschuldige, Traudl. Ich war gestern unterwegs und abends bei Alex. Ich bin noch müde.«

»Kind, geht es dir nicht gut?«

Sie hat schon ein Gespür für mich. Oder ich habe nicht gut reagiert. »Alles okay, ich töpfere gerade ein paar Wildsauen«, wäre schlauer gewesen.

»Ich habe mit Alex gesprochen, der ist seltsam. Es war beinahe, als wolle er mich abwimmeln.«

Das ist ungewöhnlich, denn meine Mutter und ihr Traumschwiegersohn sind gewöhnlich ein Herz und eine Seele. Ebenso ungewöhnlich ist, dass ich nicht einfach heile Welt spielen kann.

»Ich sehe ihn zurzeit nicht viel.«

Mehr auszuweichen, schaffe ich nicht. Es folgt eine Pause. Dann eine sanfte Stimme, sodass ich überlege, ob Traudl den Hörer weitergegeben hat. Nein, sie ist es tatsächlich – meine Mutter, die auch von mir lieber Traudl genannt wird.

»Habt ihr euch gestritten? Was ist passiert? Soll ich rüberkommen?«

Sie ist wirklich besorgt. Das tut mir richtig gut.

»Wir haben nicht gestritten, weil er nicht mit mir redet. Er sagt, es ist beruflich, und er muss nachdenken. Irgendetwas ist faul, Traudl. Aber du musst deshalb nicht kommen. Das wird schon wieder.«

Ich kämpfe nun mit den Tränen.

»Das hätte er dir oder mir erzählt, da stimmt etwas nicht.«

»Sag ich doch«, nur mit anderen Worten, »aber was soll ich machen?«

»Frag die Toni oder den Basti.«

»Gute Idee.«

»Soll ich nicht doch kommen, Arminia?«

»Nur wenn du einen Kaffee willst, nicht wegen Alex. Ich ruf mal Toni an.«

»In Ordnung. Solange er sich so benimmt, heiratest du ihn nicht.«

Was soll man dazu sagen? Sie ist wieder in ihren Horoskop-Tabellen unterwegs, hundertprozentig. Und die Konstellationen prognostizieren ihr seit Jahren, dass ich Alex heiraten werde.

»Mach's gut, Traudl. Ich melde mich, sobald ich was weiß.«

Vielleicht. Je nachdem, was es ist.

Toni hat auch keine Ahnung, schreibt sie mir in einer kurzen Pause zwischen Mittagstuhlkreis und Essen.

»Ich frag Basti und ruf zurück.«

Das kann dauern, weil Basti erst abends heimkommt. Die beiden sind zusammen zur Schule gegangen, und Toni konnte ihn nicht ausstehen. Als sie sich dann vor zwei

Jahren auf dem Christkindlmarkt wiedergesehen haben, sind direkt Funken in den Schnee geflogen. Basti hat sich sehr zum Positiven geändert. Und er ist Alex' bester Freund. Was in diesem Fall für mich schlecht ist.

»Basti weiß was, rückt aber nicht damit raus«, meint Toni, als sie mich am frühen Abend besucht. »Wo ist Alex denn?«

»In der Arbeit nehme ich an. Leider meldet er sich zurzeit mittags nicht. Und abends hat er mir am Samstag auch schon abgesagt – wegen der Arbeit.«

Toni schaut mich aus ihren blauen Augen unglücklich an. »Oh oh. Und er hat gar nicht gesagt, was los ist?«

»Angeblich ist es was Berufliches, und er muss in Ruhe nachdenken.«

»Na dann lass ihn halt.«

»Trotzdem kommt er sonst oder will, dass ich komme. Und gluckt um mich herum, dass ich nicht allein im Dunkeln spazieren gehe. Ist das alles wurscht, sobald er über Berufliches nachdenkt?«

Nun weine ich doch. Das hasse ich wie die Pest!

»Er sagt nicht einmal, dass ich nicht mit dem Gustl ermitteln soll.«

Toni nimmt mich in die Arme. »Ach, Minnie.«

Meine beste Freundin weiß, das ist ein Indiz, dass etwas ganz und gar nicht stimmt.

George steht auf und drückt tröstend die Schnauze in meine Hand.

»Und die Kreuzpointnerin hat ihn am Samstag mit einer großen Blonden gesehen. Mit der hat er Mittag gegessen und gelacht. Das ist bestimmt seine neue Kollegin Anja. Der hilft er ja beim Eingewöhnen!«

Die Tränen versiegen, jetzt bin ich wieder zornig. Das ist mir lieber. Toni sieht mich nachdenklich an.

»Ich hab Basti ziemlich zugesetzt, obwohl er ja auch nix dafür kann. Er hatte ein schlechtes Gewissen. Alex hat gesagt, er muss dichthalten. Aber wenn Alex dich betrügen würde, würde Basti sich nicht verpflichtet fühlen, Minnie. Ich denke, es ist wirklich etwas mit seinem Job.«

Das Handy läutet: Alex. Ich mache Toni Zeichen, und sie nickt.

»Ja.«

»Minnie, ich bin es. Wie geht es dir heute?«

»Warum?«

»Weil ich wissen will, wie es dir geht. Seit wann brauche ich dafür eine Begründung?« Er klingt genervt.

»Mir geht es gut, herzlichen Dank der Nachfrage. Und dir?«

»Viel Arbeit, es stehen einige Entscheidungen an.«

»Die dich betreffen?«

»Ja, möglicherweise.«

»Wann willst du mir davon erzählen, Alex?«

»Bald, Minnie.«

Hinter ihm höre ich Stimmen: Männer und Frauen.

»Bist du immer noch in der Arbeit?«

»Nein, mit Kollegen beim Essen.«

Vor meinen Augen wedelt der rote Schleier der Wut, als wäre ich ein Stier in der Arena.

»Ach ja, mal wieder etwas essen wäre schön«, säusle ich, und Toni zieht die Augenbrauen hoch. Ich winke ab, damit sie nicht meint, dass Alex zum Essen kommt.

»Wie, du hast noch nichts gegessen, Minnie?«

»Na ja, normalerweise essen wir zusammen. Oder du sagst vorher ab.«

Schweigen, es folgt ein tiefer Seufzer. »Entschuldige. Es geht mir gerade so viel durch den Kopf.«

»Macht nichts. Ich kann einkaufen und sogar kochen, kein Problem. Ist sie auch da?«

»Wer?«

»Deine neue Kollegin Anja.«

Das Zögern sagt alles, und er gibt es zu. »Ja, sie ist dabei, warum?«

Darauf gebe ich keine Antwort mehr, sondern lege auf.

Er ruft noch zweimal an, aber ich drücke ihn weg.

Dann überzeuge ich Toni, dass ich nicht vom Balkon springe, und schiebe meine liebe Freundin zur Tür hinaus.

Nein, ich weine nicht! Und ich trinke nur Tee.

In dieser Nacht schaffe ich es, zwei ganze Kapitel zu schreiben, und schlafe etwa um drei am Tisch sitzend ein.

Diesmal schmerzt nicht der Kopf, dafür das Genick. Ich wecke meinen Laptop auf und stelle fest, dass ich nicht gespeichert habe. Sieht so aus, als sei ich mitten im Satz eingeschlafen. Ich hole das Sichern nach und lese ein bisschen, was ich da verbrochen habe. Jede Menge Schreibfehler, doch inhaltlich lässt sich was daraus machen. Sobald ich wieder einen klaren Kopf habe.

Es ist gerade sieben Uhr, es wird hell. Ich schaue der Sonne beim Aufgehen zu, etwas gerädert, denn das war für mich einfach zu wenig Schlaf. Dann genieße ich eine lange Dusche, ziehe Jeans, Turnschuhe und Pulli an und winke George auffordernd zu.

»Komm, mein Treuer, lass uns eine Runde gehen.«

Wir spazieren durch die erwachende Stadt.

Die Bäckereien sind schon gut besucht. Schüler strömen vom Bus in den Supermarkt, um für die Pause vorzusorgen, oder für die Minuten zwischen den Stunden, je nachdem wie groß der Hunger ist. Oder wie durchsetzungsfähig der Lehrer.

Ich habe es damals nie bis zur Pause ausgehalten, weil ich vor sieben einfach kein Frühstück essen konnte. Und ich war nicht sehr beliebt bei den Lehrern, die nicht verstanden, dass der Apfel um neun Uhr eben sein muss, ob Pause ist oder nicht. Vielleicht lag es auch an dem störenden krachenden Geräusch beim Reinbeißen. Oder am Neid.

Alex ist bestimmt noch daheim. George und ich erreichen die Ledererzeile und biegen dann automatisch ab. Und genau in diesem Moment sehe ich meinen Freund vor mir auftauchen. Aber er kommt nicht von der Wohnung, sondern ist offensichtlich auf dem Weg dorthin.

Was soll ein Mädchen sich da denken? Im Zusammenhang mit der ganzen Geheimniskrämerei und Unabkömmlichkeit und mangelnden Fürsorge? Ich bleibe abrupt stehen, doch George – der natürlich nicht ahnen kann, dass ich nicht will, dass mich Alex bemerkt – läuft schwanzwedelnd auf ihn zu.

Alex streichelt ihn und sieht mich überrascht an.

»Minnie, warst du auf dem Weg zu mir?«

»Nein, das war vermutlich auch gut so, denn dann hätte ich dich ja fast verpasst? Du kommst ja wohl gerade erst heim, oder?«

Ich erkenne meine Stimme nicht wieder. Sonst klinge ich nie so zickig. Er kommt zögernd auf mich zu.

»Minnie, es ist nicht so, wie du denkst.«

Ein Standardsatz aus dem Lehrbuch: »Wie verklickere ich meiner Frau, dass ich untreu war?«

Ich verhalte mich sehr untypisch, und zitiere ebenfalls exakt aus dem Lehrbuch: »Alex, betrügst du mich?«

»Nein, Minnie, das sieht jetzt komisch aus, aber nein!«

Wir haben die Dialoge nicht auswendig gelernt. Nun weiß ich, wie realistisch solche Szenen sind. Ich hätte nie gedacht, dass ich in diesem Zusammenhang einmal als Akteurin gefragt wäre.

Alex steht ganz nah vor mir. Sonst küssen wir uns in dieser Nähe, doch er macht keine Anstalten. Er hebt die Hand, will mir übers Gesicht streichen. Ich zucke zusammen und trete einen Schritt zurück. Er wird blass.

»Lass uns heute Abend reden, Minnie. Ich erkläre dir alles, in Ordnung?«

Ich kann nichts sagen, nicke nur. Er wirkt erleichtert.

»Im *La Famiglia* um 19 Uhr.«

Ich nicke wieder und wende mich ab.

»Minnie.«

Er nimmt mich in die Arme. Ich mache mich unwillkürlich stocksteif. Irgendetwas läuft ganz furchtbar falsch.

»Liebling, pass auf dich auf.«

Es klingt nach einem Satz, den er ausspricht, weil ihm kein ›tut mir leid‹ über die Lippen will. Es ist vermutlich die schlimmste Situation, in der ich je war. Lieber lasse ich mich nochmals vom Franz bedrohen – ehrlich!

George weicht mir an diesem Tag nicht von der Seite. Er weiß, dass ich ihn brauche – der Gute.

Leider wartet an diesem Tag noch etwas auf mich: Der gefürchtete Moment ist da, den ich wirklich gern übersprungen hätte, aber ich bin ja keine Zeitreisende wie die Protagonistin in meinem neuen Fantasyroman.

Ich bin eben oben angekommen und habe mir einen Tee gemacht, als mein Handy klingelt.

Harriet fragt überraschenderweise nach, ob unser Termin steht. Habe ich irgendwie einen unwilligen Eindruck gemacht?

Nein, es ist schon 10.02 Uhr. Ich sause die Treppen hinunter und rufe der Kreuzpointnerin, die unter mir wohnt, nur ein rasches »Guten Morgen« zu. Weil die mich sonst ausbremst. Wobei das eine veritable Ausrede gewesen wäre, die auch Harriet hätte gelten lassen müssen. Die Damen haben sich nämlich bereits kennengelernt. Und wenn zwei Frauen aufeinandertreffen, die beide gerne das erste und letzte Wort haben, kann zwischen ihnen keine Sympathie wachsen. Sprich, sie haben einander ziemlich dick.

Harriet trägt ihren weißen Trainingsanzug – richtig geraten: mit einem Regenbogenemblem oberhalb der Brust. Mein Coach ist barfuß, die Nägel und Füße sind äußerst gepflegt und erstere in zartem Grün bemalt. Passend zum Regenbogen. Ich lasse meine Wollsocken an, denn die Wildschweinrotte rangierte in den vergangenen Tagen vor dem Styling meiner Zehennägel.

»Setz dich doch, Minnie. Ich freue mich sehr, dass du da bist. Einen Moment noch, ich lege Musik auf.«

Kein Rock, das ist klar. Aber mit schöner Klassik, nicht zu schwer, kann ich gut leben. Jetzt wäre es ganz in Ordnung, wenn die Sonne zu uns hereinschiene. Da müssten wir uns allerdings statt auf den weißen Teppich drüben in meine Werkstatt auf den Betonboden setzen. Ich hab dort Morgenlicht, Harriets Atelier bekommt die Strahlen so um 15 Uhr ab, bevor diese wieder hinter den Häusern gegenüber verschwinden.

Für einen Cafébesuch in Wasserburg, bei dem man in der Sonne sitzen will, muss man planen, das ist der Nachteil der schmalen Gassen. *Stechl-Keller* und

Bergmeister am späten Vormittag bis sehr frühen Nachmittag, *Bohnenröster* und *Venezia* ab Mittag, das *Gondola* vormittags. Die Restaurants in der breiteren Ledererzeile oder auf der Hofstatt haben da ein größeres Zeitfenster, weil die Häuser weiter voneinander entfernt stehen. Ich finde es toll, so viele Möglichkeiten zu haben, und nutze sie weidlich aus.

Witzigerweise hat sich George direkt neben dem weißen Teppich niedergelassen, obwohl er sonst vor Harriet flieht. Er hält mir den Rücken frei, der Süße.

»Minnie, möchtest du dir etwas vom Herzen reden? Kann ich dir persönlich helfen?«

»Äh, ich weiß nicht, was meine Mutter gesagt hat. Die hat ja den Termin gebucht.«

»Ja schon, aber vorrangig sind deine Wünsche.«

Ich denke nach – beinahe verzweifelt. Was hab ich für Probleme? Den schweigsamen und hoffentlich nicht untreuen Alex? Das geht Harriet nichts an und meine Mutter erst recht nicht.

Die Leiche in den Bierkatakomben? Kein gutes Thema – da hab ich nach der Stunde gleich eine grantige Traudl am Handy.

Mit den Schweinen läuft auch alles wunderbar.

Mein Hauptproblem ist tatsächlich, dass es nichts gibt, was ich mit Harriet besprechen möchte.

Ich hebe ein wenig verlegen die Schultern.

»Mir fällt nix ein – sorry.«

Sie mustert mich schweigend. Ich konzentriere mich auf die Musik und ignoriere sie. Eigentlich gemütlich – mal nur so dazusitzen. Die Geigenklänge beamen mich beinah ein bisschen weg, weshalb ich zu Tode erschrecke, als sie mich anspricht: plötzlich und viel zu laut.

»Hast du das Gefühl, bereits den Sinn deines Lebens gefunden zu haben, Minnie?«

Was? Wow, das nenne ich mit der Tür ins Haus fallen! Ich kämpfe noch mit meinem Herzrasen wegen des Schrecks. Glücklicherweise ist meine Antwort zunächst nicht gefragt. Harriet spult ihren Teasertext von der Website als Einleitung ab. Das weiß ich, weil ich mich ja für eine eventuell nötige Gegenwehr über die Dame schlaugemacht habe.

»Ist es an der Zeit für dich, etwas zu ändern? Suchst du nach dem nächsten Schritt deiner Berufung? Ich kann dir helfen, herauszufinden, was in dir steckt. Um neue Talente herauszukitzeln.«

Ich spüre, wie mir heiß wird. Nicht weil sie gerade neue Talente hervorkitzelt, sondern weil eine Mords-Wut in mir aufsteigt.

»Ja, logo, mach das. Ich bring dir im Gegenzug bei, wie man Schweinderl töpfert.«

Ich bin stolz über meinen gelassenen Ton. Aber ihr ist wohl nicht klar, dass ich schon jetzt nach drei Minuten kurz vor dem Ende der Fahnenstange angekommen bin. An deren Ende das kleine Fähnchen Geduld am seidenen Faden hängt, anstatt am stabilen Nylonseil.

Sie ignoriert meine Antwort. Damit kann ich umgehen, das bin ich ja von Traudl gewohnt.

»Ich weiß, es fällt dir schwer, das zuzugeben. Wenn du allerdings auf eine dieser Fragen innerlich mit dem Kopf nickst, dann ist dieses Coaching genau das richtige für dich.«

»Und falls nicht?«, frage ich und sehe sie direkt an. Sie rutscht ein wenig unruhig auf dem Teppich herum. Ob da weiße Flusen am Hintern hängenbleiben? Wie viel Rumgerutsche hält das Ding aus? Ich wage einen Blick auf meine gekreuzten Beine in der gemütlichen schwarzen Leggins: jede Menge weiße Flusen. Na toll!

Da wird sie ruhiger werden müssen, die liebe Harriet.

George ist auch etwas hibbelig. Er steht auf und setzt sich wieder, ein ums andere Mal. Ob ich ihn rauslassen soll? Aber so kann ich notfalls seine Unruhe als Grund für einen Abbruch vorbringen. Ein bisschen wird er schon noch aushalten.

»Lass uns den roten Faden in deinem Leben suchen, Minnie. Das hilft häufig.«

»Mein roter Faden? Was soll das sein, Harriet? Ich fülle meinen Tag mit Arbeiten, die ich gerne mache, und treffe mich mit Menschen, die ich mag. Meistens!«

»Das reicht nicht, Minnie! Du brauchst Anforderungen, du hast es dir nur bisher nicht bewusst gemacht. Wie läuft es ab, falls du dir ein neues Kleid kaufst? Für einen besonderen Anlass beispielsweise? Macht dir das Probleme?«

Die hat ja keine Ahnung! Oder doch? Shopping hasse ich wie die Pest, und Traudl weiß das! Trotzdem muss ich grinsen, als ich mich an diverse Kleiderkäufe erinnere. Das letzte Outfit hat Alex mir besorgt.

»Kein Problem. Ich muss nur ein bisserl flexibel sein, und schon hab ich eines.« Flexibel sein bedeutet kurz oder tiefer Ausschnitt oder beides. Und sofort ist es gekauft.

Und wenn ich Alex nicht fragen will, dann gibt es da Toni.

Harriet schaut verwirrt aus. Vermutlich hat ihr Traudl ihr Leid geklagt. »Nun gut. Wie sieht es mit Berufswünschen bei dir aus?«

»Ich hätte gern mehr Zeit, sodass ich das, was ich mache, viel öfter tun kann«, erwidere ich ruhig. Ich muss das Ganze ernstnehmen, sonst lassen mich Harriet und Traudl nicht aus ihren Verbesserungsfängen.

»Denkst du, es liegt an deinem Zeitmanagement?«

»Oder daran, dass meine Mutter meint, dass ich den verkehrten Job habe?«

Nun zuckt sie zusammen, bleibt jedoch Herrin der Situation. Noch! »Kreativität und Ideenreichtum spricht sie dir auf jeden Fall zu, Minnie.«

»Das hat sie offen aus- oder zugesprochen? Das ist neu. Sie wird milde. Kürzlich hat sie mir sogar gestanden, dass es nicht richtig war, mir ihre Wünsche aufzudrücken. Ich dachte eigentlich, wir hätten das geklärt. Und dann bucht sie mir das Coaching bei dir.«

»Vielleicht wollte sie mich unterstützen«, meint Harriet leise. Ich schaue sie überrascht an. Sie wirkt ein bisschen geknickt.

»Es ist nicht leicht, so ein Studio aufzubauen, Kunden zu gewinnen und die Miete zu zahlen.«

Traudl mildtätig bei Fremden? Passt nicht zum üblichen Charakterbild. Aber was weiß ich schon? Ich spiele weiter mit.

»Ja, das verstehe ich nur zu gut. Trotzdem nimmst du dieses Risiko auf dich. Warum?«

»Ich muss. Es ist meine Bestimmung, Menschen zu helfen. Und es macht mir Freude.«

»Auch da bin ich ganz bei dir. Und deshalb habe ich lieber weniger Geld und tue, was mir wichtig ist und mir Freude bringt.«

Sie sieht mich sehr nachdenklich an.

»Du bist ebenfalls ein sozialer Typ, Minnie, das habe ich bereits mitbekommen.«

»Ich helfe einfach nur gerne. Versteh mich nicht falsch: Es gibt sicher viele Leute, die deine professionelle Hilfe gut brauchen können, aber ich gehöre nicht dazu. Meine Problemzonen, wenn du so willst, sind meine Mutter und manchmal Alex, die beide etwas von mir erwarten. Die Erwartungen meiner Mutter werde ich nie erfüllen, denn sie sind meinem Wesen völlig fremd. Die von Alex: Das wird die Zeit bringen, es ist noch zu früh.«

Sie schweigt. Ihre Hand spielt mit den Fransen, die sich lösen. Dieser Teppich ist ungeeignet für seinen Job!

Nun lächelt Harriet plötzlich, der Ausdruck ihrer Augen gefällt mir nicht. »Das Coaching funktioniert gut mit dir.«

Ich schüttle verwirrt den Kopf. »Findest du?«

»Du wolltest nicht mit mir reden, warst im Verteidigungsmodus. Und jetzt sprichst du doch. Das ist schön. So kommen wir weiter.«

Ich denke einen Moment über ihre Worte nach und merke, dass sie mich reingelegt hat. Ich weiß es, und sie weiß es.

»Du hast von deinen Problemen gesprochen und gesagt, dass ich ein sozialer Mensch bin. Und damit hattest du mich.«

Aus ist es mit meiner Ruhe! Nun pfeift die Wut bei meinen Ohren raus wie der Dampf bei einer alten Lok. Ich erhebe mich, mit vielen weißen Flusen auf der Hose. George springt auf und knurrt. Guter Hund.

»So kommen wir eben nicht weiter, Harriet. Und es gibt auch keinen Grund dafür. Danke, dass du mir die Augen geöffnet hast. Ich muss noch viel vorsichtiger werden, da hat Toni recht. Ihr Coaching taugt mir übrigens besser. Die sagt grad raus: ›Minnie, du bist zu offenherzig.‹ Herzliche Grüße an Traudl, wenn ihr euch zur Analyse trefft.«

Harriet steht nun ebenfalls auf.

»Minnie, warte. So habe ich das nicht gemeint.«

Ich drehe mich, bin wirklich stocksauer. Das kann sie mir offensichtlich ansehen, denn sie macht einen Schritt zurück.

»Lass mich in Ruhe, Harriet. Mach deine Kurse, ich laufe hier ein-, zweimal am Tag durch, wir sagen hallo, und das war's. Lass mich einfach in Ruhe!«

Sie folgt mir nicht und sagt auch nichts mehr.

Ich habe den roten Faden in meinem Leben wiedergefunden. Der führt schnurstracks durch das Studio in meine Werkstatt. George eilt unter seinen Lieblingstisch. Seine Unruhe ist vorbei, nach einer Minute höre ich ihn schnarchen.

Und mein neues Mantra heißt: »Würg der Tante das Wort ab, bevor sie einen ganzen Satz gesprochen hat.« Und das nächste Kleid kauft mir Alex, sonst besorge ich mir ein paar Leggins – in schwarz!

Ich blicke an mir entlang nach unten. Ich sehe aus wie ein Karnickel mit schwarz-weißem Fell. Bis ich wieder einfarbig bin, kann ich mich vom psychischen Schaden der Sitzung ablenken. Das dauert, bis ich alle Flusen rausgebracht habe. Zum Glück gibt es Paketklebeband! Und danach bin ich sicher ausgeglichen.

Im Gegensatz zu meinem Gemüt ist der Tag zumindest sonnig. Die Blätter färben sich allmählich rot, und ich sitze am frühen Nachmittag – mit George neben mir – eine Zeit lang in der Sonne am Inn auf der Bank unterhalb der Burg. Ich sehe dem Strom zu, wie er von der Staustufe kommend an der Kapuzinerinsel vorbeifließt. An manchen Stellen bilden sich Strudel, sie sehen ungefährlicher aus, als sie es sind, und ich höre ein Gurgeln. Am Ufer sind Radfahrer unterwegs nach Attel, ich kann die bunten Tupfer ihrer Windjacken erkennen.

Vor einigen Wochen bin ich dort mit Alex zum Baden geradelt – zu den Seen bei Rott. Was hat diese Veränderung ausgelöst? War es wirklich sein Job? Oder diese Anja? Oder habe ich mich einfach zu wenig geändert und werde langweilig? Ich seufze laut, und George hebt fragend seinen hübschen Kopf. Dann seufzt er auch, und ich muss lachen. »Lass uns heimgehen, mein Süßer.«

Gewehr und Hund bei Fuß

Noch vor der Haustür werde ich von Gustl abgefangen. »Minnie, ich such dich schon überall. Fährst mit?«

»Wenn ich um fünf wieder da bin, gern.«

Ich will erst mal gar nicht wissen, wohin wir unterwegs sind – Hauptsache weg und abgelenkt werden. Nach etwa zwei Minuten packt mich jedoch die Neugier; ich halte es nie lange aus.

»Wo geht es denn hin, Gustl?«

»In die Berufsschule der Jäger.«

»Die haben eine Berufsschule?«, frage ich verdattert. Aber eigentlich logisch. Es gibt ja schon einiges zu lernen, wenn man Angler werden will. Wie viel mehr steckt dann an Wissen dahinter, sobald es nicht »nur« um Fische und Angeln geht, sondern um verschiedene Tiere und Waffen.

Nach einer knappen Stunde erreichen wir die Schule in Traunstein, bei der sich Gustl angemeldet hat. Wir dürfen die Klasse besuchen, in der die zukünftigen Berufsjäger im Blockunterricht ausgebildet werden. Ich muss mir ein Lachen verbeißen, als wir den Raum betreten, in dem nicht nur die Männer und Frauen sitzen, die sich der Hegearbeit verschrieben haben. Neben beinahe jedem Stuhl liegt ein Hund, vom Dackel bis zum Retriever ist da alles dabei. Und alle Gesichter, behaarter oder befellter Kopf, wenden sich uns zu.

Gustl erklärt das Anliegen der Polizei und fragt nach, ob ein Gewehr gefunden wurde oder vermisst wird. Beides ist nicht der Fall, immerhin bekommen wir ein bisschen Gespür für den Beruf über die Reaktionen der »Schüler«.

Und ich weiß, dass das Gustls – und meine – Ermittlungsart ist: Rauszufinden, was die Menschen denken, über den Toten und mögliche Feinde.

Uns ist eines nach dem Besuch in der Klasse klar geworden: Das Gewehr wurde entweder im Wald versteckt, oder der Mörder hat es mitgenommen. Außerdem hat der Weidenbaum auch hier den Ruf eines »gscherten«, aber guten Jägers. Er war einer derjenigen, die die Polizei Tag und Nacht anrufen konnte, wenn ein Wild angefahren wurde und verletzt in den Wald gelaufen ist.

Als wir uns verabschieden und kurz darauf neben dem Wagen stehen, kommt einer der jungen Männer aus der Klasse hinter uns her.

»Wir haben eben etwas überlegt: Wer bewirbt sich denn um die Nachfolge vom Weidenbaum?«

Gustl fragt mit gerunzelter Stirn: »Ich dachte, der Grabmeier ist automatisch der Nachfolger?«

»Du liebe Zeit, na! Die Wahl findet morgen in einer Woche statt. Hoffentlich meldet sich da noch ein anderer. Und es wär sauschad, wenn der Grabmeier das Revier abbekommt. Der lässt auch wieder keinen mitgehen – garantiert.«

»Und das entscheidet sich ebenfalls nächste Woche?«, erkundige ich mich, denn das finde ich jetzt sehr interessant.

»Sie werden es sicher bald in einer Rundmail bekanntgeben, da werden sich einige bewerben wollen. Aber ich denke, dass es schnell gehen wird, weil ja da mit den Schwarzkitteln, also den Wildschweinen, eh so viel im Argen liegt. Da muss ordentlich nachgearbeitet werden, hab ich gehört.«

»Glaubst du daran, dass der Grabmeier eine Rundmail versendet?« Der Gustl schüttelt auf meine Frage den Kopf. »Würd mich wundern.«

Zurück fahre ich, zwecks der Übung, weil ich ja sonst nur zweirädrig oder -füßig unterwegs bin und der Führerschein schon ein paar Jährchen auf dem Buckel hat. Gustl telefoniert derweil mit den Rosenheimer Kollegen, die keine Neuigkeiten zum Gewehr haben.

Es ist bereits sechs, als wir durch das Brucktor fahren. Ich springe schnell an der Kurve aus dem Auto und sause in die Wohnung. Hinter mir hupt es, denn es dauert ein bisschen, bis Gustl um das Auto herum gegangen ist und auf dem Fahrersitz Platz genommen hat. Duschen, schick machen, aber nicht zu sehr aufbrezeln. Ich bin ja nicht die mit dem schlechten Gewissen.

Trotzdem schaden ein hübscher Ausschnitt und eine knackige Leggins unter dem engen Longshirt nicht. Ich stecke die Haare hoch, das mag Alex gerne. Das war es aber schon mit Aufbrezeln.

Um Punkt sieben stehe ich vor der Osteria in der Ledererzeile und überlege, ob es übereifrig wirkt, wenn ich ausnahmsweise pünktlich bin. Ich spähe durch das Fenster, er ist bereits da und starrt aufs Handy.

Als ich den Raum betrete, sieht er jedoch sofort auf und steckt das Handy in die Tasche seines Jacketts.

Nach »cara Minnie, come stai …« des Kellners wende ich mich meinem Freund zu, der mich an sich zieht und sanft küsst. Fast als wäre alles normal. Fast … sein Blick, der mich zwar bewundernd streift, gefällt mir nicht. Er schaut mir nur kurz in die Augen. Oder bilde ich mir das ein und es war schon immer so?

Er fragt mich nach meinem Tag und verzieht das Gesicht, als ich von den »Ermittlungen« erzähle. Jippie, eine Reaktion. Doch kein Nachhaken, als ich meinen Bericht knapp halte.

Die Antipasti kommen, und wir essen schweigend. Ich habe Hunger, denn irgendwie ist heute mein Mittagessen ausgefallen. Und ich liebe italienische Antipasti, vor allem Karotten und Paprika und dazu ein paar Bruschette! Dementsprechend muss das Hauptgericht nicht viel sein.

Wir nehmen statt des Hauptgerichts nur eine weitere Vorspeise: einmal Fettuccine mit Lachs und für mich Spaghetti mit Scampi.

Zwischen den beiden Gängen nippen wir am Weißweinglas, dann packe ich den Stier bei den Hörnern: »Du wolltest mir sagen, was los ist, Alex?«

»Ja, ich weiß nur nicht so recht, wo ich anfangen soll.«

Das ist ungewöhnlich für ihn, und in meinem Magen fühle ich Kälte, die sich ausbreitet.

»Habe ich die Spaghetti umsonst bestellt, weil es mir den Appetit verdirbt?«

Er grinst und schüttelt den Kopf. »Ich hoffe nicht.«

Ich beuge mich vor und meine leise: »Das hat viel mit meiner Frage von heute Morgen zu tun, Alex!«

Er richtet sich auf, nimmt meine Hand und sieht mir erstmals lange in die Augen. »Ich betrüge dich nicht und werde es auch nie tun, Minnie!«

»Willst du Schluss machen, damit es kein Betrug mehr ist?«

Die Frage ist doch rechtens, finde ich.

Er fährt zusammen und kämpft mit den Worten. »Nein, Minnie, das will ich auf keinen Fall! Aber es kann sein, dass dich meine beruflichen Pläne nicht glücklich machen. Davor habe ich Angst.«

Ich lehne mich minimal beruhigt zurück und erkundige mich ruhig: »Wie schlimm ist es, Alex?«

Er kommt nicht dazu, zu antworten.

Wir sitzen in einer Nische, in der ich von der Tür aus nicht zu erspähen bin. Zumindest nicht von der Person, die jetzt zu zwitschern beginnt: »Alex, wunderbar, dass ich dich hier treffe. Hast du schon Nachricht von Frankfurt? Mike meinte, dass er dir heute noch schreibt. Oh, ich freue mich so, dich dort weiter an meiner Seite zu haben.«

Alex zuckt zusammen, aber ich toppe ihn. Es sieht vermutlich aus, als hätte mir jemand einen Schachterlteufel unter die Nase gehalten. Ein Vergleich, der nicht schlecht passt. Anja mag ich ungefähr ebenso gern.

Mein Herz sackt in dem Moment in die Magengegend, als mir der Kellner meine Spaghetti vor die Nase stellt. »Buon appetito, Minnie.«

Nun streckt sich ein blonder Kopf um die Ecke, und sie erkennt mich. »O Alex, entschuldige, du hast es ihr hoffentlich schon gesagt?«

Anja ist schamlos, rücksichtslos, gefühllos und egoistisch und auf jeden Fall darauf aus, meinen Freund »abzuwerben«. Und das garantiert nicht nur beruflich.

Ich will aufspringen und rausrennen, was mir Alex ansieht. Er packt meine Hand und sagt leise: »Bitte bleib, Minnie. Lass uns reden.«

Dann steht er auf, und sogar Anja sieht, dass er zornig ist. Sie setzt zu einer Entschuldigung an, was er nicht zulässt. Gott sei Dank, denn ihre Stimme möchte ich heute nicht mehr hören!

»Anja, lass uns bitte allein. Sofort!«

Sie mustert mich ohne jede Gefühlsregung, dreht sich um und verlässt das Lokal wieder. Vermutlich hat sie ihn von draußen gesehen und mich nicht – hinter dem kolossalen Blumentopf auf der Fensterbank geht eine Minnie schon einmal unter.

Alex nimmt nun direkt neben mir Platz. Unsere Nudeln bleiben unbeachtet. Er legt den Arm um mich, und ich bin in großer Versuchung, ihn abzuschütteln. Doch mir fehlt die Kraft.

»Minnie, es ist überhaupt nichts beschlossen. Ich habe bei einer Fortbildung diesen Mike kennengelernt, der mir ein interessantes Angebot gemacht hat. Ich könnte in Frankfurt für insgesamt zwei Jahre arbeiten, zugleich Fachseminare besuchen – bei hervorragender Bezahlung – und anschließend in den Fachbereich Fondsberater gehen. Bis ich hier in Wasserburg Geschäftsstellenleiter werde, dauert das noch ewig. Wenn, dann eher in einem der größeren Dörfer rundherum.«

»Was hat sie damit zu tun?«

Frag jetzt bloß nicht, wen ich meine, sonst kratze ich dir die Augen aus und du wirst ein blinder Aktienspezialist!

Aber Alex will ja Karriere machen, weil er ein kluger Kopf ist, daher folgt keine überflüssige Frage.

»Sie hat uns einander vorgestellt. Also Mike und mich.«

»Es wäre nicht nur vorübergehend?«

Er sieht mich an und seufzt. »Vermutlich nicht. Minnie, würdest du mit mir gehen?«

Er will mich gar nicht zurücklassen? Und mit der Mistamsel ein neues Leben beginnen?

Ich fühle mich völlig überfahren. Und das nicht von einem Nissan Micra, sondern eher von einem amerikanischen Hummer. Da fällt es schwer, Worte zu finden, sogar mir. Trotzdem gelingt es mir langsam, ohne großes Gestottere.

»Alex, ich will dich weder verlieren noch dich bremsen, du bist ein kluger Mann, der sicher eine tolle Karriere machen kann. Ich muss darüber nachdenken, okay?«

Er nickt. »Wenn du nicht wegwillst, verstehe ich das. Dann komme ich eben am Wochenende heim.«

Ich schüttle den Kopf. »Das hältst du nicht lange durch. Nicht mit dieser … an deiner Seite. Die will dich nicht nur als Kollegen.«

Er setzt ein bockiges Gesicht auf, und ich bin schwer versucht, ihn dafür abzuknutschen. »Das mag schon sein, aber ich weiß auch, was ich will, Minnie. Und das bist du – nach wie vor.«

Die große Blonde steht vor meinem inneren Auge und will einfach nicht weichen, trotz der tapferen Worte.

»Das ist sehr lieb, nur eventuell unrealistisch. Irgendwann wird die Versuchung zu groß werden, fürchte ich. So wie die es darauf anlegt. Das Weib hat kein Schamgefühl.«

»Du solltest mir vertrauen.«

Jetzt aber mal stopp!

»Vertrauen? Dann hättest du von Anfang an mit mir reden sollen, Alex. Mich miteinbeziehen. Es wirkt wie ein abgekartetes Spiel. Was sagt dein Chef?«

»Du und Basti seid die Einzigen, die es wissen.«

»Und die blonde Kreischtante.«

»Die glaubt das nur. Minnie, Anja versteht nicht, was zwischen uns beiden ist.«

Ich auch nicht, denke ich traurig, während er mich küsst – sanft und zärtlich. Doch ich kann seine Zärtlichkeit nicht erwidern.

Die Pasta wird lieblos auf die Gabel gewickelt und verspeist.

Anschließend gehen wir zu ihm, obwohl ich versuche, mich rauszureden. »George wartet wahrscheinlich vor meiner Haustür.«

Nein, der kluge Hund hat uns vermutlich beobachtet und sitzt vor Alex' Tür.

Versöhnungssex hat ja angeblich etwas, aber ich weiß nicht: Ich finde, es ist eine schlappe Geschichte, wenn das Herz wehtut.

Eines muss ich noch wissen: »Wo warst du heute Nacht? Wo bist am Morgen hergekommen?«

Er seufzt. »Von Basti. Wir haben lang geredet, und ich bin auf dem Wohnzimmersessel eingeschlafen. Ich war todmüde.«

Bestimmt nicht nur vom Gespräch zwischen den zwei Whisky-Fans.

Ich liege wach – ewig. Alex spürt es und zieht mich an sich. Ich lausche seinem Herzschlag und weine lautlos, als ich mir sein Fehlen vorstelle. Er hält ganz still, aber ich weiß, dass er die Tropfen auf seiner Brust bemerkt. Ich bin froh, dass er nichts sagt. Und ich Idiotin war unsicher, ob ich ihn liebe. Genug liebe!

Alex verspricht mir am nächsten Morgen, alles reiflich zu überlegen, ich tue das Gleiche. Dazu muss ich an die Luft, da kann ich am besten nachdenken, wenn ich nicht töpfere.

Es ist ein wunderschöner Herbsttag, der nicht zulässt, dass ich griesgrämig durch die Gegend schleiche.

Vielleicht schafft Alex es doch: hin und her zu fahren und treu zu bleiben? Und ab und zu setze ich mich in den Zug, sodass nicht immer er die Belastung hat. Wir sehen uns jetzt auch nicht jeden Tag. Aber fast. Ich versuche, mir die Situation schönzureden, und werde fleißig unterstützt.

Von George, der sich ein Spielchen mit dem Chihuahua einer Touristin liefert, den er an dessen Leine durch die Stadt führt, während die Dame schreiend hinterherläuft. Ich kann ihn erst verfolgen, nachdem mein Lachanfall vorüber ist, und »rette« die kleine Ratte, die offenbar Spaß auf ihrem Ausflug hatte. George lasse ich unbemerkt in den Hausflur entwischen, bevor ich das Tierchen an seine Besitzerin weiterreiche und ihren Dank gnädig entgegennehme.

Gerade als ich das Haus betreten will, höre ich meinen Namen von der anderen Straßenseite. Ludwig Weidenbaum, der Sohn des Ermordeten, winkt mir zu. Er sitzt mit einem zweiten Mann auf der Terrasse des *Stechl-Kellers*. Ich zögere kurz – habe ich Nerv für Beileidsbekundungen? Eigentlich nicht, aber Ablenkung schadet nicht. Außerdem weiß er vielleicht jemanden, der seinen Vater nicht mochte.

Zunächst ratschen wir ein bisschen – auf Hochdeutsch: Wir machen Smalltalk. Ludwig ist ein netter Kerl. Wir kennen uns vom Weggehen. Er ist manchmal etwas unbedarft, die Fettnäpfchen werfen sich ihm gewissermaßen in den Weg. Er ist etwa in meinem Alter und sieht auf eine stabile Art recht gut aus. Der Bart ist für Ende 20 allerdings vergleichsweise dünn. Um das zu verschleiern, lässt er ihn herumstruppen.

Sein Freund Markus ist noch wilder unterwegs, mit Dreitagebart und längeren Haaren, ein attraktiver Piratentyp, aber mir gefällt nicht, wie er mich mustert. Möglicherweise freue ich mich jedoch bald darüber, wenn mich jemand so anschaut. Das Lächeln ist breit, die Zähne leicht gelb von der Raucherei. Die Augen gefallen mir auch nicht, sie sind nicht blau wie die von Alex. Dafür sind die Wimpern hübsch, und die Stimme ist sympathisch. Perfekt gibt es eben selten. Doch ich glaube, ich will nicht von ihm gemustert werden.

Die beiden haben ein Bier vor sich stehen. Das Angebot, mir eine heiße Schokolade mit Schuss zu bestellen, weil die Sonne über die Hausdächer entschwindet, lehne ich ab.

Auf meine Frage hin sagt Ludwig – frank und frei, wie es seine Art ist: »Meinen Vater konnte ned jeder leiden, ich auch ned immer. Der war oft gschert. Aber er war ein guter Schütze und hat auf die Viecher gschaut. Bei denen, die sein Revier haben wollen, da ist ein richtig schießwütiger Depp dabei.«

»Bewerben sich viele darum?«

»Ja freilich, da warten sie ja schon lange drauf. Mein Vater wollte sein Gebiet weder aufgeben noch teilen.«

»Ich hab gehört, dass er den Bauern zu wenig Wild geschossen hat.«

Ludwig reagiert gar nicht aufgebracht, er stimmt offen zu.

»Er ist nimmer nachgekommen, das ist wahr. Aber er wollte keinen Mitgeher. Es hat ihm auch keiner recht machen können.«

»Sehr streng, aber eben ein guter Lehrer«, versucht Markus, den Freund zu beruhigen.

»Und wer will jetzt dort jagen?«, versuche ich es erneut.

Ludwig legt die Stirn in Runzeln.

»Der Mayer, der Oberbauer, dann das Ehepaar, das nie schießt, sondern immer nur beobachten will – wie heißen die gleich wieder?«

Markus weiß es. »Brandstätter. Aber die kommen ned in Frage, da muss ein richtiger Jäger her. Und der Grabmeier und der Lambrecht natürlich. Die wollen ja noch dazu Nachfolger im Amt werden.«

Holla, das ist interessant. »Der Peter Lambrecht auch?«

»Ja, das ist ein guter Jäger, und er hat den Vater schon oft gefragt, ob er Mitgeher werden kann.«

Warum hat er das dem Gustl und mir nicht erzählt? Das finde ich fast verdächtig. »Und wer hat alles von den Kellern gewusst?«

Beide schauen mich kopfschüttelnd an.

»Minnie, die kennt doch fast jeder zweite Wasserburger.«

»Und wer von den Jägern?«, jetzt werde ich zum Wadlbeißer. Das mag ich gar nicht, wenn ich keine ordentliche Antwort kriege.

»Ganz sicher der Alois Bergdorfer, der ist ja mit dem Wiggerl befreundet, aber der will das Revier keinesfalls. Der Lambrecht hat ebenfalls einen Spezl bei den Kellerfreunden. Und natürlich der Markus und ich.«

Er wiehert los. So lustig! Markus lächelt nachsichtig, er ist wohl nicht so derb wie der Ludwig.

»Dann wussten die alle und auch ihr, dass eigentlich in nächster Zeit keine Führungen stattgefunden hätten, oder?«

Die beiden blicken sich an und heben fast zeitgleich die Schultern. Ahnungslos, harmlos oder gewieft?

»Glaub schon. Mei, ich hör da nimmer zu, wenn die Alten reden«, meint Ludwig, und Markus setzt hinzu: »Uns interessieren ganz andere Sachen, Minnie. Verstehst?«

Jetzt zwinkert er und hebt die Augenbrauen. »Dates und so.«

Auf so eine blöde Anmache fehlen mir beinahe die Worte für eine passende Antwort. Konzentrier dich, Minnie!

»Und jeder von euch hätte an die Schlüssel kommen können?«

Nun blicken sie sehr unbehaglich drein. Das Zwinkern stoppt, die Augenbrauen nehmen den gewohnten Platz ein.

»Das gefällt mir gar nicht, was du da andeutest, Minnie!«

Ludwig schlägt mit seinen Pranken – ein Spezl von mir sagt Abortdeckel dazu – auf den Tisch und schaut mich drohend an. Die Gespräche rundherum werden leiser, der ein oder andere sieht zu uns herüber. Früher hätte ich Angst gehabt, dass gleich jemand Alex informiert, der dann angesaust kommt. Kurz überlege ich, ob ich ein kleines Drama inszenieren soll, um zu schauen, ob … Nein, lieber nicht. Der Schuss könnte nach hinten losgehen. Und Alex hat aktuell genug um die Ohren, das ihn beschäftigt.

Markus schüttelt den Kopf und legt dem Freund beruhigend die Hand auf die Schulter.

»Jetzt stell dich nicht so an, Ludwig. Du weißt, die Minnie ist für ihren guten Riecher bekannt, die findet den Richtigen schon. Warum soll sie uns verdächtigen? Wir waren es ja nicht.«

Er lächelt mich an und versucht, mir weiterzuhelfen. »Ich denke, jeder von uns hätte an die Schlüssel kommen können, wenn wir es darauf angelegt hätten.«

So sehe ich das auch, sage es aber lieber nicht, weil der Ludwig so grantig ist.

Der Markus denkt wieder an das, was ihn sonst so interessiert, und setzt noch eins drauf. »Du Minnie, hättest du mal Lust, mit mir auszugehen? In Edling gibt es demnächst eine Party, da kenn ich einen Haufen Leut.«

Das ist genau, was ich nicht mag. Eine Party, auf der mein Date einen Haufen Leut kennt, mit denen es sich zusäuft. Und ich stehe dann allein da und langweile mich, weil ja einer fahren muss. Ich gehe jede Wette ein, dass Markus der Typ von Date ist!

Gerade als ich überlege, wie ich mich da am höflichsten rauswinde oder ob unhöflich auch reicht, steht das Annamirl als rettender Engel vor uns.

Ich breche meine Zelte am *Stechl-Keller* Hals über Kopf ab und lerne bei ihr im Laden, wie man einen Ball mit einem Schwein überzieht, also einem gestrickten. Mein Ergebnis ist ein wenig bucklig und passt hervorragend zu der verhunzten Keramik-Sau. Wir lachen viel, denn ich bin völlig unbegabt, was diese Art Handarbeit angeht.

»Vielleicht solltest du deine Kunst als ›Liebhaberprodukte‹ verkaufen oder als ›Charakterkunst‹?«, lästert das Annamirl mit liebevollem Grinsen.

»Unter jeder Beule ein Fleckerl Liebe«, schlage ich vor, und sie kichert. Das Wort Liebe tut mir gerade ein bisschen weh, deshalb gebe ich dem Gespräch schnell wieder eine andere Richtung.

Wir planen die Ausstellung weiter, und ich biete mich als Einkäuferin an. Luftballons, Sekt, Kekse, alles was die

Leute am Freitag und Samstag vor »Wasserburg leuchtet« ins Geschäft ziehen kann.

In den nächsten Tagen werde ich zum Lauscher an der Wand. Zwar höre ich keine Schand über mich, aber es ist schon sehr interessant, welch unterschiedliche Menschen einen Coach benötigen.

Da gibt es die »Giggel-Runde«, wie ich die Damen nenne, die mehr Selbstwertgefühl entwickeln wollen. Jahrelang waren sie nur für ihre Familien da. Jetzt haben sie Angst, nicht mehr Erwachsenen-kompatibel zu sein, wie die eine mit der besonders schrillen Stimme sagt. Ihr Mann ist EDVler, hoffentlich ist sie zu ihm kompatibel.

In der ersten halben Stunde – ich verzichte sogar auf Musik, um nichts zu verpassen – verstehe ich immer noch nicht, was ihr Problem ist. Plötzlich fangen sie in der Runde an zu keifen, sodass mir fast die Eichel aus der Hand fällt, die ich als Deko für die Wildschweinrotte gemacht habe und nun bemale.

»Du hast ja keine Ahnung. Jede Menge Kohle, eine Haushälterin, du weißt doch gar nicht, welche Probleme ich habe. Dauernd wird mir vorgehalten, dass ich kein Geld beisteuere. Zehn Jahre war ich daheim bei den Kindern, das ist nun der Dank.«

Die Nächste mit brummendem Bass stimmt ihr zu.

»So geht es mir auch, aber das lasse ich mir nicht bieten.«

Dazwischen Harriets Schamanenstimme: »Wir können gerne das Problem der Anerkennung einer Frau in der Ehe diskutieren. Unser eigentliches Thema war ja …«

»Das Geld verdient auch bei mir mein Mann. Er möchte nicht, dass ich arbeite. Die Kinder sind in der Schule, die

Haushälterin macht alles, und ich habe das Gefühl, ich bin nichts wert. Geld hin oder her.«

»Denken Sie, wir sollten an einem anderen Thema arbeiten, wenn …«

Harriet gehört nicht zur Marke Schnellspanner. Falls sie nicht bald gegensteuert, fliegt ihr der Kurs mitsamt Flusenteppich um die Ohren. Doch dann merke ich, dass sie es drauf hat. Sie wird energisch: »Meine Damen, ich denke, nun haben Sie sich Luft gemacht. Aber helfen kann ich Ihnen nur mit konstruktivem Coaching. Lassen Sie bitte wieder einmal mich zu Wort kommen!«

Das war deutlich, ich nicke anerkennend. Nur so geht das!

In der nächsten Viertelstunde hören die Damen gebannt zu, wie Harriet ihre eigenen Ratschläge verbreitet: »Stehen Sie über Ihrer Wut, sonst machen Sie sich angreifbar.«

Klingt gut und richtig, das versuche ich demnächst auch mal. Traudls Bild vor Augen weiß ich, dass das schwer wird. Vielleicht übe ich an Gerhard, der macht mich nicht ganz so wütend.

»Nehmen Sie sich einen Tag frei, dann muss er eben Urlaub beantragen.«

Das funktioniert sicher super, wenn sie das dem Göttergatten am Abend mitteilt, während er kalte Suppe löffelt. Die Damen sollen nämlich nebenbei einen Haushaltsstreik light anzetteln. Der Ehemann ist mittlerweile zu »er« herabgesetzt worden. Da ist er gleich kleiner und ausdrucksloser, der Mann an sich.

Kopfschüttelnd schaue ich George an. »Die hat echt Tricks drauf.«

Er gähnt und lässt sich auf die Seite fallen, wie erschossen.

Harriet schwafelt weiter.

»Das Wichtigste ist, dass Sie sich lieben lernen. Auch wenn Ihr Mann Ihnen – sicher unbeabsichtigt – dabei manchmal im Weg steht. Ruhe und Frieden ist das Allerwichtigste. Ich biete übrigens einen Kurs Waldbaden an. Allerdings nur mit maximal zwei Personen, besser nur eine.«

Geschickt, geschickt, Harriet. Mal rasch unauffällig eine Werbung platziert. Und du hast nicht so viele Störenfriede, die sich streiten oder sich gegen dich zusammenrotten. Das Waldbaden buchen vier der sechs Damen als Einzelstunden, bevor sie alle enthusiastisch das Studio verlassen.

Ein völlig anders geartetes Coaching hat Harriet am Nachmittag, als ich eben vom Stricken zurück bin, mit einer jungen Frau, die in Tränen aufgelöst hereinkommt.

Sie spricht so leise, dass ich fast nichts verstehe. Eigentlich müsste ich mal dringend auf die Toilette, aber ich glaube, dass eine Störung gerade ganz schlecht passen würde. Muss ich halt noch eine halbe Stunde aushalten und an etwas anderes denken als an Kaffee und Apfelschorle.

»Sie dürfen sich nicht so gehen lassen, seien Sie stark. Sie sind eine wunderschöne Frau mit vielen Talenten.«

Weshalb ist die Dame denn da – wegen Selbstbewusstseinsstörungen? Ich weiß ja nicht, wie sie aussieht, bin jedoch unglaublich neugierig.

Es sind massive Störungen, was ich da an Gesprächsbrocken so mitbekomme. Beinahe habe ich ein schlechtes Gewissen, weil ich lausche. Andererseits rede ich darüber ja mit keinem.

Das Wort »Vater« fällt sehr oft im Zusammenhang mit »Schreien«. »Mutter« dagegen mit »hält zu ihm, er meint es nicht so«. Was muss das arme Mädchen wohl aushalten?

»Treten Sie ihm entgegen, dann wird er Sie respektieren.«

Was? Wie bitte? Harriet würde doch nicht einem Mädchen mit gewaltbereitem Vater raten, ihm einfach mal so entgegenzutreten, oder? Vermutlich liegt es daran, dass ich nur drei Prozent des Gesprächs gehört habe.

Als die Türglocke – ja, die gleiche, die schon die Kunden vom Franz angekündigt hat – klingelt, luge ich vorsichtig in das Studio. Harriet sitzt am Computer. Ich sause an ihr vorbei, denn ich möchte wissen, wie diese Frau nach dem Coaching aussieht.

Ich komme zu spät. Vor den Schrägparkplätzen steigt eben ein schmales Wesen in weißen Hosen und zartblauem Mäntelchen in einen fetten Mercedes. Ob sie niedergedrückt oder beschwingt drauf ist, kann ich so nicht feststellen.

Harriet grüßt mich lächelnd, als ich wieder zurückspaziere.

»Was vergessen?«

Ich schüttle den Kopf und gehe weiter. Was soll ich auch sagen?

»Bist du sicher, dass du richtig gecoacht hast?«

Nachdenklich bemale ich ein paar Kastanien und packe sie anschließend mit den Eicheln für den Glasurbrand in den Brennofen.

Harriet hat ihre Gruppen im Griff, habe ich den Eindruck. Gut, der ein oder andere Ehemann wird sie und seine Frau deshalb nicht lieben. Aber natürlich soll eine Frau wertgeschätzt werden, wenn sie Beruf und Karriere fürs Kind aufgibt und kein Geld heimbringt.

Das machen eh nicht mehr viele. Aus gutem Grund beziehungsweise Gründen. Einmal wegen der Einsamkeit, die eine Frau heute ohne den Rahmen der Großfamilie nur mit Freundinnen kompensieren kann. Eben noch beliebte Kollegin im spannenden Beruf und mit einem Mal kochen, waschen, sich die Nächte um die Ohren schlagen, zum Kinderarzt rennen. Sich schwitzend in Turnhallen und mit eiskalten Füßen am Fußballfeld aufhalten. Ein paar Jahre später, nach gefühlt unzähligen Laternenumzügen in der Schnupfenzeit und ebenso vielen Faschingsfeten – mit völlig überdrehten Cowboys, Elfen, Rittern oder Piraten – kommt die Belastung mit der Hausaufgabenbetreuung dazu. Das Tränen trocknen und Organisieren der Nachhilfe vielleicht. Und wenn der Mann dann erscheint und sagt: »So schön wie du möchte ich es auch haben, aber einer muss ja das Geld verdienen. Übrigens ist das Pudding an deinem Hals? Nein, ich möchte es nicht abschlecken. Achte doch mal mehr auf dich!«

Ja, in diesem Moment kann ich jede streikwillige Frau in dieser Lage nur zu gut verstehen. Also ein bisschen Aufwiegeln und den Frauen ein besseres Standing verschaffen, finde ich hier völlig rechtens.

Ihr Verhalten bei dem Einzeltermin eben, das sehe ich dagegen grenzwertig. Hier greift sie mir zu persönlich ein. Einen solch labilen Menschen aufzuhetzen, kann nicht gut gehen. Der trifft auf seinen Angstgegner und wird sofort erneut plattgemacht.

Immerhin hat die Frau nicht mehr geweint, als sie gegangen ist, glaube ich. Und ich habe zu wenig mitbekommen, um ein Urteil fällen zu können.

Toni besucht mich an ihrem freien Nachmittag und entlockt mir mühelos Alex' Geheimnis. Dazu gewährt sie mir höchst ungeduldig etwa zwei Minuten für mein Gejammer und würgt jede aufkommende trübe Stimmung ab.

»Minnie, das ist noch ned sicher. Der Alex will nix von der Tussi, das ist das Wichtigste. Bankausbildung hin oder BWL-Studium her, aber die ist doch doof und kann dir gar nicht das Wasser reichen. Und ich hab jetzt auch keine Zeit dafür, weil ich viel größere Sorgen habe.«

Ich sehe sie erschrocken an. Sonst ist sie wirklich eine großartigere Mitfühlerin.

»Was ist los?«

»Die Kati-Oma hat eben angerufen. Sie wird belästigt!«

»Was? Von wem?«

»Von dem Herrn Breitschneider.«

»Ich dachte, die beiden sind das heimliche Traumpaar im Heim? Vergangene Woche hab ich auf beide ein Auge haben müssen, als ich mit dem Trupp nach Unterreit zum Kaffeetrinken gefahren bin. Die wollten sich dauernd in die Büsche schlagen.«

»Ja, vielleicht hat sie ihn ermuntert. Aber heute hat er sich wohl zuviel herausgenommen.«

»Das kann ich mir nicht vorstellen. Der betet sie an. Und so wie er zittert, tut er sich mit dem Herausnehmen möglicherweise ein bisserl schwer.«

Toni versteht weder Spaß noch einen schlüpfrigen Witz, wenn es um ihre Oma geht. Sie zwickt mich. Fest.

»Hey, wir sind nicht mehr im Kindergarten!«, jammere ich immer noch kichernd.

»Ich schon«, sagt sie ungerührt und völlig richtig, bevor sie mich zur Tür zieht.

Das Temperament der Kati-Oma kenne ich ja bereits, aber so wie heute habe ich sie noch nie erlebt. Hui, das

Geschrei hört man durch die geschlossenen Fenster bis auf die Straße.

Wir legen einen Zahn zu, auch ich bin jetzt beunruhigt.

Der Arzt, den sie hinzugerufen haben, ist stocksauer und kurz davor, die Oma ruhigzustellen, was wir verhindern können.

Die Kati-Oma steht mitten im Gang, alle Türen sind offen, und aus jeder schaut ein neugieriges, verwirrtes oder entsetztes Gesicht heraus.

»So ein Depp, spaziert der hier unten ohne in mein Zimmer. Am helllichten Tag, was sollen denn die Leute denken?«, schreit sie, als sie uns erspäht, und fuchtelt mit ihrem Stock. Nachdem sie Toni beinahe geköpft hat, lange ich zu und nehme die Waffe an mich. Sie holt Luft, um mich anzuschreien, aber ich komme ihr zuvor.

»Hey, Kati-Oma, das ist ja wirklich eine Frechheit. Lass uns in dein Zimmer gehen, und du erzählst uns, was passiert ist.«

Wir haken die Oma an jeder Seite unter. Ohne Waffe beziehungsweise Krückstock kann sie so nicht aus. Blöderweise steht in ihrem Zimmer immer noch der Herr Breitschneider, dem eine Altenpflegerin eine Decke um die Hüften hält. Er sieht völlig verwirrt aus, und das täuscht sicher nicht.

»Kehrt marsch!«, sage ich zu Toni. Und zur Oma: »Kati-Oma, ich hab eine fabelhafte Idee: Wir spazieren zum Bäcker und kaufen uns einen Zwetschgendatschi und einen Kaffee. Es ist so schön heute. Und wenn wir Glück haben, hält es bis Samstag, bis zu ›Wasserburg leuchtet‹. Super, gell?«

Ich quatsche in einer Tour, damit sie nicht dazwischen kommt. Man kann den armen Mann ja nicht zwingen, halbnackt auf den Gang zu treten, derweil so viele Zuschauer genau darauf lauern.

Toni krallt sich geistesgegenwärtig den Rollstuhl, in den wir die Kati-Oma – ich immer noch redend – hineinbugsieren.

»Fahr langsam raus, ich hole Jacke und Mütze«, raunt sie mir verschwörerisch zu.

»Vergiss die Schuhe nicht«, erwidere ich, und sie nickt eilig, während ich weiter durch den Gang zum Fahrstuhl schiebe.

Einmal hatten wir uns gedacht: »Ach, die Oma kann doch gut in ihren Hausschuhen bleiben. Sie steigt ja nicht aus.«

Die Reaktion hat uns beinahe die Trommelfelle zerrissen und der Kati-Oma den Exitus beschert. Wie das aussähe, wenn sie in Hausschuhen durch die Gegend gefahren würde? Da würde ja jeder denken, sie sei ein seniles Weib, das nicht mehr auf sich achtet.

Nach dem Zwetschgendatschi ist die Kati-Oma brav wie ein Lamperl und lässt sich ohne Geschrei in ihr Zimmer zurückbringen.

Als wir dieses verlassen, hören wir, wie sie telefoniert.

»Herr Breitschneider, wie geht es Ihnen? Wie sieht es denn nachher noch mit einer Runde Schafkopf im Gemeinschaftsraum aus?«

Toni schüttelt den Kopf: »Der arme Kerl, wie soll er jetzt wissen, was richtig und falsch ist?«

Ich muss lachen: »Wieso? Das hat sie ihm doch heute laut genug verklickert.«

Dabei ist das Thema gar nicht immer so lustig für die älteren Herrschaften, denn die Gefühle hören ja im Alten- und Pflegeheim nicht auf. Aber das Realisieren des Wunschs nach körperlicher Nähe und mehr ist kompliziert.

Sei es wegen getrennter Zimmer, die vielleicht sofort nach dem Anklopfen von Pflegern oder Besuchern betreten werden, oder auch nur wegen der vielen neugierigen Augen und Ohren. Und wir Jüngeren machen uns zu selten bewusst, dass Verlangen und Liebesbedürfnis zu uns Menschen gehören – egal, ob wir 16, 40 oder 80 Jahre alt sind. Leider ist es ein Tabuthema trotz unserer sexbetonten Welt der Dating Shows à la Love Island und Co.

Als George und ich Harriets Laden betreten, falle ich beinahe wieder rückwärts zur Tür raus. Das gäbe ein doppeltes Türglockengeklimper, was aber niemand gehört hätte, denn im Coaching-Studio geht die Post ab.

Da drin stehen zwei Herren, der eine im Maßanzug, der andere in Monteurkleidung. Und sie schreien eine blasse Harriet an, die versucht, zu Wort zu kommen.

Ich könnte ihr sagen, dass das nichts hilft, solange die sich nicht abgeregt haben. Und das kann bei dem speziellen Thema dauern.

Sie beschweren sich nämlich über den Streik ihrer Frauen, die wohl zu der »Giggel-Runde« gehören. Die Damen haben im Kampf um die Wertschätzung ihrer werten Gatten offensichtlich Ernst gemacht.

»Meine Frau liegt auf der Couch, sobald die Kinder in der Schule sind. Ein Glas Prosecco in der Hand, schaut sie irgendeine Serie an, die im Frauengefängnis spielt.«

»Meine schaut zwar nix aus dem Knast an, trinkt aber auch irgend so ein Gesöff. Und sie hat überall Blumen hingestellt. Dekoriert, sagt sie dazu. Daheim ist es wie im Beerdigungsinstitut.«

»Solange sie keine Lilien genommen hat, riecht es wenigstens ned so«, kann ich mir nicht verkneifen. Die geballte Manneswut fährt zu mir herum.

Ich lächle brav, das zieht am besten, obwohl es höchst unprofessionell ist: vom Coaching- und auch vom Emanzipationsgedanken her. Immerhin, es wirkt, die Mienen glätten sich. Sie wenden sich wieder Harriet zu, die die kurze Pause allerdings nicht nützen kann.

»So geht es auf jeden Fall nicht weiter. Ich arbeite den ganzen Tag, da kann ich wohl ein warmes Essen erwarten, wenn ich heimkomme.«

»Und dass alles ordentlich ist. Das ist mein letzter Blaumann. Sie wäscht nicht mehr, seit sie hier war.«

Mein lockeres Mundwerk bringt mich vermutlich gleich in Schwierigkeiten, aber ich kann nicht anders: »Sie sind Sanitärfachmann, schmeißen Sie einfach selbst eine Waschmaschine an. Ich persönlich würd mich ja nicht so abhängig machen wollen.«

Der Gesichtspunkt lässt die Herren kurz nachdenken, sehr kurz.

»Ich mach meinen Job und meine Frau den ihren«, so sehen sie es übereinstimmend. Es ist sinnlos, so meine Zeit zu verbraten. Das ist auch nicht mein Job. Ich nicke freundlich und will George nach hinten in die Werkstatt folgen, doch Harriet hält mich auf. Das ist wieder das Ding mit der Frauensolidarität. Ich verstehe ja beide Seiten, werde jedoch das Problem nicht lösen können. Sonst wäre ich reich und würde mit einem alkoholfreien Prosecco in der Hängematte liegen. Etwa zwei Tage, dann wär es mir zu fad.

»Minnie, findest du nicht, dass wir Frauen uns Freizeit verdient haben?«

»Ich hab auch keine Freizeit«, geht der Anzug hoch, und der Blaumann pflichtet bei: »Ein Selbstständiger arbeitet selbst und ständig.«

Was soll *frau* da sagen?

»Und die Entscheidung haben Sie bei der Heirat in beiderseitigem Einvernehmen geschlossen?«, kommt es folgerichtig und trotzdem unklug von der professionellen Beraterin.

»Sie wollte heiraten, Kinder haben und daheimbleiben«, flippen die Männer praktisch zeitgleich aus.

Ich schüttle den Kopf und will wieder gehen, da hält mich der eine am Arm fest. Ich fahre herum und kneife die Augen zusammen.

»Finger weg, aber schnell. Egal, wie sauer Sie sind!«

Er hebt die Hände und entschuldigt sich rasch.

Ich seufze und winke den beiden, mir zu folgen. Harriet schleicht erstaunt hinterher. Ich biete den Herren einen unbequemen Schemel an, und hole zwei Bier aus dem Kühlschrank. Die Männer sehen sich derweil um und amüsieren sich über die Wolpertinger im Regal und die Schweine auf dem Tisch.

»Respekt, das können'S aber gut.«

»Danke, ich bin übrigens die Minnie.«

»Martin.«

»Thomas.«

Harriet reiche ich ein Ginger Ale, das mag sie ebenso wie ich, habe ich rausgefunden.

Ich setze mich dazu. »Also, geht es jetzt wieder?«

Die Männer sind verunsichert. »Was hast du mit dem Streik zu tun, Minnie?«

»Nichts. Ich arbeite hier und mach meine Viecherl.«

»Gehört deiner Mutter ned das Haus?«

»Ja, aber ich bin nur der Hausmeister. Trotzdem – Überraschung – bin ich eine Frau.«

Die beiden werden wachsam. Ich grinse und hebe den Finger: »Ihr trinkt euer Bier, und ich sag mal kurz was zu eurem Thema. Ich hab keine Kinder und bin ned verheiratet, daher fast vorurteilsfrei.«

So leicht nehmen sie mir die Neutralität nicht ab.

»Aber eine Frau.«

»Also bist du auf ihrer Seite.«

Ich muss lachen. »Gebt mir zwei Minuten, schneller seid ihr mit dem Bier auch ned. Und nein, wir machen kein Wettsaufen.«

Sie nicken brav, und Harriet wechselt die Gesichtsfarbe, wahrscheinlich der Neid, weil die beiden nicht mehr schreien. Wobei es mit der Ruhe natürlich gleich wieder vorbei sein kann.

»Erstens: Ich verstehe, dass ihr abends nach der Arbeit nicht noch Hausarbeit machen wollt.«

Der Gesichtsausdruck entspannt sich etwas.

»Zweitens: Eure Frauen können nichts dafür, dass ihr so viel arbeitet, oder?«

Die Entspannung ist weg. Immerhin stimmen sie zu, sehr zögerlich.

»Drittens: Eure Frauen waren bisher immer fleißig?«

»Ja, bis die Zupfgeign da ihnen den Schmarrn eingeredet hat.«

»Na, dann müsst ihr euch keine Sorgen machen. Ihr könnt davon ausgehen, dass euren Frauen in spätestens drei Tagen langweilig wird, wenn sie nur auf der Couch rumliegen. Denn wir Frauen wollen gebraucht werden und nützlich sein.«

»Das sind sie ja normalerweise. Aber ich hör ja auch ned einfach mit dem Geldverdienen auf.«

»Und wie sind eure Kunden so mit euch zufrieden?«

»Ich habe super Bewertungen in Google.«

»Und mein Geschäft läuft mit Mundpropaganda, ich brauch keine Werbung machen.«

»Und das Geschäft eurer Frauen, also der Haushalt und die Kinderversorgung. Wie bekommen die ihre Rezensionen? Nicht in Google, oder?«

Jetzt schauen sie mich an, als wenn meine Tassen gerade im Oberstüberl durcheinanderpurzeln würden.

»Ja, von wem sollen die denn Rezensionen bekommen? Die arbeiten ja nur für uns.«

»Eben. Und wenn ihr kein Lob und keine Rezis kriegen würdet, wärt ihr auch gefrustet. Und das ist das einzige Problem: Eure Frauen kriegen schon kein Geld, also wollen sie wenigstens eure Wertschätzung, ein Lob. Ab und zu mal ein: ›Die Fenster blitzen aber, Maus!‹, oder ›Waren die Hausaufgaben mit den Kindern heute arg anstrengend, Schatz?‹, und ganz wichtig: ›Du bist immer noch so sexy wie früher, ich bin nur manchmal ein bisserl blind‹.«

Sie begreifen, worauf ich hinauswill, und ich sehe schlechtes Gewissen aufleuchten. Das Schwerste ist das Zugeben und Einlenken beider Seiten. Deswegen helfe ich ihnen auf die Sprünge.

»Es ist natürlich schwer, aufeinander zuzugehen, das versteh ich. Wie wäre es, wenn ihr mal einen Kindersitter einfliegen lasst und ausgeht? Euch ein paar Stunden von der Arbeit loseist und euren Frauen zeigt, dass sie diese Zeit wert sind und ihr ihre Arbeit schätzt. Ihr könnt das doch sicher organisieren?«

Nun steht Verzweiflung in den Gesichtern.

»Das könnt ma schon machen, Minnie. Aber wenn ich jetzt damit ankomme, springt ma die Meine ins Gesicht und denkt, sie hat gesiegt. Und dann wird's gschert mit mir.«

»Wartet bis morgen, schimpft heute ned, und ich schwör euch: Eure Frauen legen bald wieder los. Sie sind das

Werkeln ja gewohnt und unterstützen euch gern. Eine Pause müssen sie mal machen dürfen. Und sie brauchen eure Anerkennung. Und wenn ihr ihnen die gebt, ist alles bald wie vorher.«

Die beiden nicken, doch ich weiß, etwas muss noch gesagt werden.

»Und seid mir ned bös: Ihr bringt zwar das Geld heim, doch die Mamas und Hausfrauen haben sich nicht freiwillig ausgesucht, dass sie nicht bezahlt werden. Ihr würdet auch ned für nix arbeiten wollen, oder? Also sollten die Männer ned so drauf stolz sein, finde ich, dass nur sie das Geld bringen. Denn es ist eigentlich grob unfair.«

»Ja, soll ich ihr jetzt a Gehalt zahlen, oder was?« Der Ton wird wieder ein bisschen aufmüpfig, damit hab ich gerechnet.

»Das wäre schön. Das musst du selbst wissen, ob du dir das leisten kannst. Aber deshalb sind die meisten Frauen lieber berufstätig: Weil wir dann unser eigenes Geld haben, und niemand uns sagt, dass wir ihm auf der Tasche liegen. Ihr seid beide Geschäftsleute und versteht bestimmt, was ich meine, oder? Außerdem haben wir Frauen ebenfalls Jobs, die uns Freude machen und in die wir gern zurückkehren.«

Ein zweistimmiger Seufzer folgt.

»Mei, ich hab des so was von dick.«

»Wenn eine Frau recht hat?« Ich muss lachen, als sie mich angrinsen.

»Das auch. Und das Heimkommen heut.«

»Viel Glück«, sage ich und meine es ganz ehrlich. Wenn daheim jetzt eine rumzickt und den Mann nicht zu Wort kommen lässt, war meine Ansprache vergebens. Dann kann sich Harriet wieder selbst drum kümmern. Die wird übrigens völlig ignoriert.

»Danke fürs Bier, Minnie.«

»Gern.«

Für das andere bedankt *mann* sich nicht so leicht, aber das ist okay. Ich mag mich auch manchmal nicht bedanken, wenn mir die Hilfe widerstrebt.

»Und sag deiner Mutter, sie soll sich vernünftige Mieter suchen!«

Da sag ich nichts dazu – aus bekannten Gründen.

Harriet steht kopfschüttelnd neben mir.

»Sind nur die Bayern so?«

»Nein, wieso? Das ist ein Problem in der ganzen modernen Welt. Aber wahrscheinlich nimmer lang, denn die Generation der Vollzeithausfrauen stirbt aus, soweit ich gehört habe.«

»Das weiß ich, Minnie. Ich bin der Coach.«

Ach ja, fällt dir das jetzt wieder ein? Praktischerweise erst, wenn die Kundschaft weg ist.

»Nein, ich meine, dass du ihnen ein Bier in die Hand drückst und sie schweigen.«

Also ehrlich! Wie soll ich da ernst bleiben, bei der dämlichen Frage? Ich täusche ein Verschlucken vor.

»Mach dir nix daraus, natürlich kannst du nicht jeden mit Alkohol besänftigen. Es ging nur um einen kurzen Schweigemoment, damit ich ihnen sagen kann, dass ich auch ihre Seite sehe. Das Problem ist nur, dass die Männer selten aufhören zu reden, wenn Zunge und Kiefer mal in Aktion sind.«

Außer Alex zurzeit. Ich schau meine Schweinderl an und hab keine Lust zum Töpfern mehr. Da denk ich zu viel über meinen Freund und unsere gemeinsame Zukunft nach. Schreiben und in eine andere Welt abtauchen, ist besser.

»Hast du eigentlich Cachaça da?«, fragt mich Harriet und starrt auf ihre Flasche mit Ginger Ale.

»Nein, wieso? Ich vertrag so was nicht besonders gut.«

»Ein Schuss Hochprozentiges wäre fein. Ich glaube, ich sperre zu und fahre heim.«

Gute Idee, finde ich. Bevor Harriet in meiner Wohnung auftaucht und mich um Alkohol anbettelt.

»Aber nicht zu viel Caipirinha«, mahne ich und mache mich aus dem Staub.

Lose Schrauben

Am nächsten Tag bleibt es spannend oder zumindest unterhaltsam. Es ist Donnerstag, der Tag vor der Schweinderl-Ausstellung und zwei Tage vor »Wasserburg leuchtet«.

Weil ich »grad da« bin, fängt mich am Morgen gleich mal die Frau Kreuzpointner ab. Ich darf ihr helfen, den Herd vorzurücken, meint sie großzügig. Im Verplanen meiner Zeit ist sie geübt. Gestern wäre ihr der Milchreis übergegangen und angebrannt.

Die schwarze Masse klebt stinkend und beweisträchtig im Topf, der noch hellere Schlaaz hat sich an der Rückseite des Ofens entlang auf den Boden zubewegt. Es ist echt eklig. Und das schafft sie nicht allein. Ich komme ziemlich ins Schwitzen, aber ich jammere nicht, denn den Hausmeisterjob will ich behalten.

»Frau Kreuzpointner, Sie sollten nicht gleichzeitig kochen und den Silbereisen anschauen, wenn ich das raten darf.«

»Mei, aber der ist so schmuck und singt so schön, Minnie.«

»Ja bestimmt, genießen Sie ihn halt eben ohne Milchreis auf dem Ofen.«

Als wir eine Stunde später die Sauerei gemeinsam beseitigt haben – den Topf kann sie wegschmeißen, will jedoch trotzdem versuchen, ihn zu retten –, drückt sie mir ihre Sammelkaffeegutscheine vom *Bergmeister* in die Hand. »Vielen Dank für deine Hilfe, Minnie.«

»Das ist sehr lieb, Frau Kreuzpointner. Dankeschön.«

»Du trinkst ja so gern den Kaffee, und ich hole mir eh bloß die Gebäckteilchen dort.«

Eben, mir ist geholfen und ihr ebenfalls. Was soll's? In der Stunde hätte ich beim Töpfern auch nicht mehr verdient, als die Gutscheine wert sind: Immerhin drei Getränke, wenn ich den Stapel zusammenzähle.

In Harriets Studio ist nichts los, trotzdem stürzt sie sich nicht auf mich als willkommene Abwechslung. Sie wirkt, als sei ihr etwas peinlich, steht aber drüber. Ich grüße sie und gehe in meine Werkstatt.

»Minnie?«

»Ja, Harriet?«

»Danke übrigens für deine Vermittlung gestern. Das hat mir ganz neue Einblicke beschert.« Der Ton ist hochnäsig. Der Gesichtsausdruck ebenso.

»Dann drücke ich dir die Daumen, dass du sie in deinen Beratungen verwenden kannst.«

Ich schließe die Tür und lehne meine Stirn gegen das alte Holz. War das gemein? Ist mir egal. Sie soll mich einfach in Ruhe lassen!

Ein Stünderl später muss ich sausen, denn das Annamirl wartet auf meine Aufbauhilfe. Sekt und Co sind gleich besorgt. Mein Handwagen leistet mir dabei gute Dienste, das Zeugs wäre ein bisschen schwer geworden, obwohl es zum Laden nicht weit ist.

Wir bauen die Tische mit den Dekoartikeln so auf, dass wir sie morgen flott vor die Tür stellen können. Dann richten wir die Sektgläser her. Die Kekse kommen erst zur Eröffnung in die Schüsselchen.

Als wir so über das Sammelsurium an Schweinderl schauen, haben wir ein breites Grinsen auf unseren Gesichtern.

Holz, Ton, Metall und gestrickt – es ist eine unglaublich süße Mischung. Natürlich wissen wir beide, dass keine von uns damit reich wird. Ich schicke noch eine Mail mit einer kurzen Ankündigung und ein paar Fotos an die regionale Zeitung, das Radio und das Fernsehen. Vielleicht schaut ja einer vorbei, der darüber berichtet, beispielsweise ein Tierliebhaber.

Ich habe eine Anfrage für ein Alpaka und beginne am Nachmittag mit den ersten Skizzen. Da geht es vorne im Studio wieder mit dem Geschrei los. Viel Kundschaft hat Harriet in den vergangenen Tagen nicht gehabt. Und die jetzige Besucherin scheint auch keine zu sein.

»Sie sind unqualifiziert« ist einer der Brocken, die ich zu verstehen glaube. »Wie können Sie es wagen?« ein anderer. »Bleiben Sie beim Coachen von Hausfrauen …«

Nein, lieber nicht, bin ich der Ansicht.

»Wenn Sie noch einmal …«

Jetzt reicht es! Drohungen gibt es hier in diesem Haus nicht! Also seit der Franz weg ist, zumindest nicht.

Ich öffne die Tür und sehe eine Dame in weißem Arztkittel, die mit hochrotem Kopf Harriet anbrüllt.

»Sie haben meine Arbeit um Monate zurückgeworfen. Und das arme Mädchen ist für die nächsten Wochen in der Klinik.«

Oje, das hört sich nicht gut an. Die Frau erblickt mich, schnauft tief ein: »Sie hören von meinem Anwalt!« Und rauscht hinaus auf den Gehweg.

Harriet steht mit dem Rücken zu mir da und bebt vor Wut.

Dann gibt sie der Laden-, nein, Studiotür einen Stoß, dass diese zuknallt und die eingearbeitete Glasscheibe zerbricht!

Was ist denn mit »Stehen Sie über Ihrer Wut, sonst machen Sie sich angreifbar« geworden?

»Ähem, Harriet, …«

Sie schießt herum, von Gelassenheit keine Spur mehr, und bricht in Tränen aus.

»Ach Minnie, es tut mir leid, aber ich bin so wütend.«

»Hm, kann ja mal vorkommen. Ich ruf jetzt den Glaser an und kehre zusammen, damit sich keiner verletzt.«

Harriet lässt sich im weißen Yoga-Outfit bühnenreif elegant auf den weißen Teppich sinken. Nun erkennt man nur noch das rotverheulte Gesicht.

Mein Telefon klingelt. Meine Mutter, oh oh. Da war der Ratschkettenbrief wieder schneller als eine Brieftaube. Ich gehe besser ran, bevor Traudl selbst nach dem Rechten sieht.

»Arminia, was ist da los? Mich hat gerade die Margarethe angerufen, dass bei dir jemand gewalttätig geworden ist.«

»Deine Spionin von gegenüber übertreibt. Außerdem ist es nicht bei mir, sondern bei Harriet passiert. Es ist nur die Tür etwas heftig zugeflogen. Ich rufe jetzt den Glaser an.«

»Hattest du dein Fenster zum Inn offen? Hat es durchgezogen?«

»Nein, Traudl, das Fenster ist zu, Harriet war leicht aufgewühlt.« Ich könnte auch »ist ausgerastet« sagen, aber Traudl liebt die besondere Wortwahl.

Das nimmt sie hin, denn zugeben, dass ihre Mieterin nicht perfekt wäre, das geht gar nicht.

»Du hast mir nicht Bescheid gesagt, was mit Alex ist. Stimmt es, dass er weggeht?«

Da war vermutlich ein Buschtrommler im *La Famiglia* anwesend, der Anjas Verkündigung mitbekommen hat.

»Es ist nicht sicher und sollte daher nicht rumerzählt werden«, versuche ich es mit Ruhe, trotzdem ereifert sie sich.

»Bei allem Verständnis für seine Karriere, Kind, er kann dich doch nicht aus Wasserburg reißen.«

Das sehe ich ebenso, allerdings ist das eine Sache zwischen mir und meinem Freund. Und bevor der Ratschlag kommt, meine Beziehung zu beenden, werde ich energisch: »Traudl, ich hab jetzt keine Zeit, draußen liegen Scherben, und du willst ja keine Anzeige wegen verletzter Hundepfötchen.«

Ich informiere den Glaser, dann werde ich die Kreuzpointnerin los, die ebenfalls von der Margarethe informiert wurde und dabei ihre Hypochondrie, die sich nicht nur auf Krankheiten beschränkt, auslebt. Ist Harriets Tür kaputt, stimmt an ihrer sicher auch etwas nicht. Todernst schaut sie mich durch ihre dicken großen Brillengläser an.

»Minnie, wenn das hier wieder in Ordnung ist: Meine Wohnungstür wackelt, vielleicht sind da ein paar Schrauben locker. Schau bitte nachher mal rauf, nicht dass es bei mir ebenso Scherben gibt.«

Das verspreche ich, der Hausmeister vom Fach, obwohl mir klar ist, dass die Wahrscheinlichkeit gering ist. Das Glas in ihrer Wohnungstür aus Holz beschränkt sich nämlich auf den Türspion.

Ich beseitige den Scherbenhaufen, viel ist es nicht, denn das Sicherheitsglas hängt in winzigen Teilen noch zusammen im Türrahmen. Und der Glaser ist schon unterwegs.

Harriet sitzt auf dem Teppich und macht Yoga zur Beruhigung. Sie wirkt völlig entrückt. Ich bringe ihr eine Tasse Tee, leiste ihr trotz immensem inneren Widerwillen Gesellschaft und frage: »Kann ich dir helfen?«

Sie lacht, es klingt bitter.

»Du hilfst mir ständig, ich weiß wirklich nicht, wozu deine Mutter bei dir ein Coaching für notwendig hält.«

»Meine Mutter ist ein wenig anders als andere. Das muss man hinnehmen. Das konntest du ja nicht wissen.«

»Ich weiß so einiges nicht. Aber Minnie, auch wenn es gerade nicht so aussieht: Ich habe eine hervorragende Ausbildung absolviert. Ich bin durchaus befähigt zu coachen.«

»Das glaube ich dir, Harriet. Bei mir hast du das großartig gemacht. Ich wollte es nur nicht.«

»Die Gruppe der Frauen, sie sind zu mir gekommen. Ich habe ja nicht gesagt, dass sie in Streik treten sollen.«

Na ja, eigentlich schon. »Du hast ihnen den Eindruck vermittelt, würde ich sagen. Wie läuft es bei den Damen?«

Sie lässt den Kopf sinken. »Offensichtlich gut, denn ich habe keine Beschwerden mehr bekommen.«

»Ja, mit Lob sind die Leute meist sparsamer als mit Gemecker. Denk dir einfach, dass dein Impuls zumindest ein Nachdenken bewirkt hat. Vielleicht sogar eine Änderung herbeigeführt hat.«

Nun sieht sie tatsächlich traurig aus.

»Die Ärztin eben ist die Psychologin eines jungen Mädchens. Die hat mir nicht gesagt, was hinter dem allen steckt und dass sie in Behandlung ist.«

Ein wirklich gutes Gespür hat sie nicht gerade. Ich habe mir damals schon gedacht, dass ihre Reaktion nicht richtig war. Mir wird ein wenig Angst, wenn ich an das Mädchen denke.

»Was ist passiert?«

»Die Patientin hat einen aggressiven Vater, der sie ständig anschreit. Ich habe ihr geraten, ihm die Stirn zu bieten. Sie hat mir nicht erzählt, dass sie Medikamente gegen Depressionen nimmt und er ihre Mutter verprügelt.«

Ich kann schlecht sagen, dass ich Letzteres vermutet hätte, nach dem, was ich an Gesprächsfetzen mitbekommen habe. Es nützt ja jetzt keinem mehr. Und Gscheithaferl mag ich aus Prinzip nicht.

»Sie hat sich getraut, und als Folge hat er sie zum ersten Mal geschlagen. Nun ist sie in der Klinik und bekommt noch stärkere Medikamente.«

»Das ist furchtbar, Harriet. Was macht die Mutter?«

»Sie haben sie in ein Frauenhaus gebracht. Das hat sie bisher immer verweigert.«

»Das ist doch zumindest eine positive Änderung. Manche misshandelten Frauen wachen auf, wenn es ihre Kinder betrifft.«

Und ganz viele stecken weiter den Kopf in den Sand. Vor Angst und weil sie ihre Loyalität zu dem Schläger, den sie geheiratet haben, für Liebe halten. Da habe ich einiges Schlimmes zu dem Thema durch Basti mitbekommen, der eine Sozialpädagogenkollegin hat, die bei einem Frauennotruf arbeitet.

Recht viel mehr an Aufbauarbeit kann und will ich nicht leisten. Harriet hat genug Ahnung von ihrem Fachgebiet, um ihre Handlungsweise selbst zu überdenken.

Außerdem ist der Glaser da, der die zerstörte Scheibe entfernt, die Tür ausmisst und mit einer Holzplatte vorübergehend dichtmacht.

»Das sieht ja einladend aus.«

Markus steht vor dem Laden und betrachtet kritisch die Tür.

»Wieso? Holz ist doch das A und O der natürlichen Baustoffe«, erwidere ich etwas genervt. Er merkt, dass er mich auf dem falschen Fuß erwischt hat und entschuldigt sich. Ich habe ein schlechtes Gewissen, denn er kann ja nichts dafür.

»Macht nix, mir ist nur grad nicht so zum Lachen. Was gibt's?«

»Ich wollte mit dir ratschen. Gehst du auch auf ›Wasserburg leuchtet‹?«

Ich muss doch lachen. »Ich wohne mittendrin, Markus. Klar schau ich da hin.«

Harriet wirft uns einen Blick zu, sie will offensichtlich ihre Ruhe haben. Ich winke Markus, mir in die Werkstatt zu folgen.

Er kommentiert meine Tiere, meist positiv, aber irgendwie hat er einen seltsamen Humor. Oder ich. Was wahrscheinlicher ist, wenn ich genau darüber nachdenke.

Ich frage Markus, ob er schon mal in den Bierkellern war.

»Ja, das ist Wasserburgs Geschichte, logisch sollte man die gesehen haben.«

Neben seltsamem Humor ist er also auch ein Gscheithaferl! Langsam nervt er mich. Hoffentlich geht er bald.

Der Gustl ruft an und fragt nach der Tür. Außerdem hat er mich gestern im *Stechl-Keller* sitzen sehen, mit Ludwig und Markus.

»Der Markus wollte übrigens auch mal Kellerführer in den Katakomben werden, ist aber nach ein paar Mal mitgehen nicht mehr aufgetaucht, ohne abzusagen. Da war der Wiggerl recht enttäuscht.«

»Echt?«

Schon wieder ein ungutes Verschweigen – wie Peter Lambrecht, der nicht erzählt, dass er sich auf das Revier bewirbt. Großartig darauf eingehen will ich jetzt nicht, während Markus hier neben mir steht. Ich habe aus der Sache mit dem Franz gelernt, dass ich keinen provoziere, wenn ich mit ihm allein in der Werkstatt bin. Das war damals doch zu schmerzhaft und beängstigend.

»Schaust du morgen zu unserer Ausstellung, Gustl? Ich heb dir ein Schweinderl auf«, lenke ich ab, was offensichtlich funktioniert, denn der Markus grinst.

Gustl meint, er sucht sich selbst eins aus. »Wird schon noch eins da sein, bis ich vorbeikomme.«

»Wahrscheinlich, aber so deutlich hättest du es nicht sagen müssen.«

Gustl lacht nur und beendet das Gespräch.

Markus sieht neugierig aus. Ich ahne, dass er gleich fragen wird, worüber ich mit dem Gustl geredet habe, weil ich so wortkarg war. Doch Alex ist schneller.

»Minnie, was ist mit der Tür passiert?«

Mein Freund steht vor uns und schaut Markus irritiert an. Eigentlich ist er um diese Zeit noch in der Arbeit. Er schlendert näher, legt den Arm um mich, demonstrativ, und küsst mich auf die Wange, ohne Markus zu beachten.

Der wirft mir einen verunsicherten Blick zu. Ich stelle die beiden einander vor. Alex ist kühl zu Markus, der deshalb endlich verschwindet. Ohne Andeutungen auf einen gemeinsamen Partybesuch glücklicherweise.

»Woher kennst du ihn, Minnie?«

Ich erkläre es sehr kurz angebunden – auf Eifersüchteleien hab ich keine Lust –, ebenso die Türepisode mit Harriet.

Dann wird Markus wieder zum Thema: »Der Kerl kommt mir komisch vor. Du solltest besser nicht mit ihm allein sein.«

Ich schüttle den Kopf. »Alex, Harriet war eben noch vorne, ich hab mit Gustl telefoniert. Ich war völlig in Sicherheit.«

»Die ist weg, also warst du mit ihm allein. Oder willst du mich eifersüchtig machen?«

Beinahe fällt mir der Stift aus der Hand.

»Spinnst du? Mit dem Deppen? Und außerdem bin nicht ich diejenige, die mit einem anderen nach Frankfurt gehen will.«

Sein gutaussehendes Gesicht hellt sich auf.

»Ich gehe nicht mit einer anderen nach Frankfurt, höchstens aus beruflichen Gründen.«

Er nimmt mein Gesicht in seine schönen Hände, die ich so liebe, und küsst mich sanft. »Minnie, ich will dich nicht verlieren.«

Ich genieße noch ein wenig und flüstere etwas atemlos: »In dem Fall: Hör auf mit dem Eifern. Überleg lieber, wie wir das hinbekommen können.«

»Hast du darüber nachgedacht?«

Ich seufze abgrundtief. »Ich will dich auch nicht verlieren, aber hier weggehen würde mir echt schwerfallen. Wenn du es unbedingt durchziehen möchtest, dann wechseln wir uns mit dem Fahren während dieser zwei Jahre ab. Und vielleicht bekommst du ja danach eine Stelle in München oder so. Wohin du pendeln kannst. Wäre das als Kompromiss möglich?«

Sein überglücklicher Kuss fällt lange und leidenschaftlich aus, weshalb wir uns eilig auf den Weg in meine Wohnung machen. Immerhin hat die Eiszeit zwischen uns doch mehr als eine Woche gedauert. Das ist bei uns wie bei anderen Paaren ein Jahr. Ich bin sehr erleichtert, obwohl mich meine eigene Antwort, die ich so schnell gegeben habe, selbst überrascht hat. Spontanität hat mir allerdings noch keiner abgesprochen.

Unterwegs bremst uns zunächst die Frau Kreuzpointner aus. »Minnie, die Tür! Hast du mich vergessen?«

Alex schaut mich an. »Was ist das heute mit den Türen bei dir?«

Ich muss lachen und flüstere ihm zu: »Du weißt doch, dass sie immer dabei sein will, wenn etwas Dramatisches passiert.«

»So wie du«, kontert er trocken und lacht ebenfalls.

Wir stellen gemeinschaftlich fest, dass die Schrauben an den Türangeln mal wieder nachgezogen gehören. Aber dazu muss ich erst das Werkzeug aus dem Hausmeisterkammerl im Erdgeschoss holen.

»Frau Kreuzpointner, ich komme morgen mit dem Werkzeug vorbei, es sind nur ein paar Schrauben locker.«

Nachdem ich den Silbereisen im Hintergrund singen hören kann – die Kreuzpointnerin würde ihn nur zu gerne über seinen Liebeskummer wegen Helene Fischer hinwegtrösten – und ein Ja in meine Richtung gebrüllt wird, weiß ich, dass es ihr recht ist. Und sie uns nicht in fünf Minuten aus dem schönsten Zeitvertreib reißt, indem sie an die Tür hämmert.

Alex hat sich heute früher frei genommen, aus seinen knapp gemurmelten Worte schließe ich, dass ihn die Anja verfolgt hat. Und das mag er gar nicht, mein Schatz.

Da ich eine kluge Frau bin, frage ich nicht weiter nach. Hoffentlich zerreißt mich die Neugier nicht, es ziept schon etwas. Die horizontale Ablenkung beherrscht Alex perfekt, und wenn ich nicht an Frankfurt denke, ist eigentlich alles in Ordnung und wunderschön.

Freitag, der Ausstellungstag, ist da.

Ich habe unsere Ausstellung großkotzig Vernissage genannt, und die Medien haben es netterweise übernommen. Annamirl ist mit Interviews beschäftigt. Die Pressedame macht Fotos, der Videoreporter vom rfo filmt, und von Radio Regenbogen Rosenheim ist auch jemand da. Eine Nahaufnahme von meinem verhunzten Schwein kann ich verhindern, das wäre für das Annamirl fast geschäftsschädigend – Charakter hin oder her!

Es herrscht wohl gerade eine Berichtflaute, da alle hier auftauchen. Der Mord ist fast zwei Wochen her. Vermutlich können sie unser »Event« gut mit einer Reportage über den Aufbau beziehungsweise ein »Hinter den Kulissen« von »Wasserburg leuchtet« kombinieren.

Ich bin schon gespannt, ob ich richtig liege. Egal – die kostenlose Werbung schadet weder dem Annamirl noch mir.

Das Annamirl strahlt und plappert, während ich die Schweinderl-Fans berate, die lachend vor den Tischen stehen. Zwischendrin werfe ich zwei etwa zehnjährigen Jungs einen mahnenden Blick zu, die die Keksschüsseln leerräumen. Einer wagt es sogar, nach einem frisch eingeschenkten Sekt zu greifen.

»Jetzt aber Stopp, Spezi. Wir sind keine Minderjährigen-Bar.«

»Und wenn ich so ein Viech für meine Oma kauf?«, fragt der Striezi mit den abstehenden Ohren. Ich verbeiße mir das Lachen, denn den Unschuldsblick kann er sich bei mir schenken.

»Dann gibt es auch nur Saft zum Runterspülen der ganzen Kekspackung, die ihr schon verdrückt habt.«

Johlend sausen sie auf ihren Rädern davon – ohne einen Kauf vollzogen zu haben, versteht sich.

Um uns herum wuseln in den Gassen die Verantwortlichen und Techniker, die morgen Abend die Häuserkulissen, Bäume, Torbögen und so weiter mit dekorativen Illustrationen zum Leuchten bringen. Ich fühle da ja sehr zweigeteilt – wie bei der Eisbahn mitten in der Stadt, die es seit vorletztem Winter gibt.

Einerseits macht mich der Schaden für die Umwelt wirklich narrisch – Stromverbrauch und schlechte CO_2-Bilanz, jede Menge Müll wegen der Essensstände, wobei das allmählich besser wird. Die Lösung heißt: teures Pfand kassieren!

Zum anderen ist das beleuchtete Wasserburg wunderschön, atmosphärisch der Wahnsinn, ein

Hingucker, der einen sprachlos staunen lässt. Dazu die Musik in den Gassen, die Gerüche der leckeren Speisen, die in den Buden verkauft werden, und die Stimmung der Menschen an sich.

In diesem Fall versuche ich es mit der bewährten Taktik vieler, anderen den schwarzen Peter zuzuschieben: »Was ich tu, ist ja gar nicht so schlimm im Gegensatz zu …«

Städte wie New York haben vermutlich in einer Minute einer jeden Nacht einen weitaus höheren Stromverbrauch nur durch Leuchtreklamen als Wasserburg durch diese Veranstaltung.

Trotzdem bin ich der Meinung, dass jeder von uns unserem Planeten durch Verzicht helfen kann.

Leitungen werden verlegt, Stromkästen aufgebaut, die Technikwagen so geparkt, dass sie die Fußgänger nicht behindern.

In der Ledererzeile gibt es sogar eine Showtanzbühne, und die Hofstatt ist ebenfalls gut aufgestellt mit Bandbühne und allen möglichen Standerln.

Gustl schaut vorbei, bleibt aber nicht lang. Er kauft ein Holzschwein, das er grinsend in die Tasche steckt.

Ich erzähle ihm, dass der Markus während seines Anrufs gestern da war und nicht erzählt hat, dass er mal Bierkatakombenführer hat werden wollen.

»Er kennt sich also aus da drin«, meine ich nachdenklich.

Gustl nickt. »Da gibt es viele Möglichkeiten, sich umzuschauen. Die Kellerfreunde haben ab und zu Leute da, die beim Reinigen mithelfen. Die wechseln auch immer wieder, wenn sie den Kellerfreunden dann doch nicht beitreten wollen. Vermutlich ist ihnen das Arbeiten unter den klimatischen Bedingungen zu hart. Oder sie haben eher darauf gehofft, dass Bierkellerführer Bierproben veranstalten. Die Polizei ist eben dabei, Listen anzulegen.«

»Wobei der Wiggerl ab und zu nicht mehr als den Vornamen, maximal noch den Familiennamen, haben wird und keine Adresse zu den Personen«, ist mir klar.

Toni, Basti und Alex tauchen auf – praktischerweise mit Pizzen, die wir heißhungrig vertilgen.

Die »große Blonde« folgt in ihrem Kielwasser. Sie wirft einen verächtlichen Blick auf unser Sammelsurium, und ich sehe ihr an, was sie denkt, als die Augen an mir hängen bleiben: »Und an so was wie dich kettet sich Alex. Der kann Besseres haben – nämlich mich!«

Sie zwingt meinen Freund, ihr ein wenig zur Seite zu folgen, weil sie »unbedingt etwas Wichtiges« zu berichten hat. Alex unterlässt es nicht, mich demonstrativ zu küssen, als stünde ein herzzerreißender Abschied an, bevor er die zehn Meter mit Anja geht. Sie redet mit viel Augengeklimper auf ihn ein, ich spüre seine Gereiztheit bis hierher. Es gibt keine Gewähr, keine Garantie, dass das so bleibt. Aber mit ihrem vorlauten Herausplatzen beim Italiener hat sie Alex verschreckt und abgestoßen.

»Minnie, mach dir nix draus. Alex will nix von der Zupfgeign«, sagt Basti leise. Er will mich trösten, wie süß. Ich lächle ihn an.

»Das weiß ich, Basti. Sie legt es allerdings drauf an, und wenn er dann in Frankfurt ist und ich hier … eine Gewähr gibt es nicht«, wiederhole ich meine düsteren Gedanken.

»Die gibt es nie, Minnie. Doch ihr liebt euch, das sieht man. Und ihr schafft das.«

Hat er recht? Ich schaue Toni an. »Siehst du es auch?«

Sie lachen beide, und meine beste Freundin meint: »Logisch. Ist ja nicht jeder so blind wie du Maulwurf.«

»Ihr seht es auch bei mir, dass ich ihn liebe?«, lasse ich nicht locker, und Toni wird ernst. »Ja, freilich.«

Nachdenklich beobachte ich, wie sich Alex von Anja verabschiedet und wieder zu uns schlendert. Die Hände in den Hosentaschen der knackig sitzenden Hose, das blonde Haar von der Sonne erhellt; ein gutaussehender Mann mit perfekter Figur. Der die schönen blauen Augen verdreht, als er meinen Blick bemerkt.

»Minnie, denk nicht mal dran, dass sie mir gefällt!«

»Das tu ich gar nicht«, antworte ich wahrheitsgemäß. Er stutzt. »Warum dann der grimmige Blick?«

»Nicht grimmig, nachdenklich. Wenn du mit einem blinden Maulwurf verglichen werden würdest, würde dich das auch nachdenklich machen.«

»Wofür sollst du denn blind sein?«, bringt er die Sache natürlich gleich auf den entscheidenden Punkt.

Basti und Toni kichern. »Wir gehen jetzt heim. Viel Spaß noch.«

Die Verräter!

Alex schaut mich fragend an. Ich ziehe ihn in den Laden, der aktuell leer ist und atme tief ein. »Sie meinen, dass ich blind bin, weil ich nicht sehe, dass wir einander lieben. Jeder sieht es, sagen sie.«

Er verzieht keine Miene. Ist er gekränkt?

»Was ist, Alex? Ich meine das nicht bös. Ich weiß nicht, wie ich es besser ausdrücken kann.«

Seine Mundwinkel zucken. Ich hasse es, wenn er sich über mich lustig macht. Aber besser als beleidigt zu sein, ist es allemal.

»Ich überlege gerade, wie ihr wohl auf dieses Gespräch gekommen seid. Hat es mit der großen schweren Blonden zu tun?«, zieht er mich mit meiner kürzlich unter Alkoholeinfluss gegebenen Beschreibung auf.

»Nicht, was mich angeht!«, fahre ich empört hoch. Seine blauen Augen strahlen wie der bayerische Sommerhimmel – ein schmalziger Vergleich, aber es ist halt so.

»Sieh mich an, Minnie. Schau genau hin!«

Er küsst mich, dann geht er wieder auf Abstand. Und nun sehe ich es. In seinen Augen. »Du liebst mich?«, frage ich atemlos, was einen Seufzer zur Antwort hat.

»Ja, Minnie. Ich liebe dich, und ich habe es dir auch schon an die ein-, zweihundertmal gesagt, oder?«

»Ja, ich habe es gehört, aber jetzt sehe ich es.«

Er dreht mich um und schiebt mich in Richtung eines Spiegels mit bunt bestricktem Rand. Er legt seine Hände auf meine Schultern, bückt sich etwas und bringt sein Gesicht neben meines. Wir betrachten einander im Spiegel, wir sind ein hübsches Paar.

»Schau dich an, nicht mich«, meint er drängend, und ich befolge das erstaunt. Die Haare pfludern wild um mein sommersprossiges Gesicht, doch die Punkte werden schon unauffälliger, je weniger Sonne ich abbekomme. Mein Kopf ist kleiner als seiner.

Meine Augen … und dann weiß ich, worauf er hinauswill. Sie sind nicht einfach nur dunkelblau wie sonst, wenn ich vor dem Spiegel stehe. Nein, sie sehen Alex an und leuchten, funkeln, strahlen – vor Liebe. Ich drehe mich in seinen Armen um und küsse ihn leidenschaftlich.

Nach einer Weile schiebt er mich weg und meint leise lachend: »Was hast du gesehen, Süße?«

»Außer einem heißen Typen, meinst du?«, necke ich ihn. Er nickt und wird ernst. Ich weiß, aus der Nummer komme ich nicht mehr raus. »Ich habe die Liebe gesehen, Alex. Ich liebe dich!«

Erst das laute Räuspern einer Kundin reißt uns aus dem nächsten tief versunkenen Kuss.

Alex muss leider zurück in die Arbeit. Ich fühle mich leicht und auf Wolken schwebend, bis mir Frankfurt und Anja wieder in den Sinn kommen. Natürlich liebe ich Alex schon länger, sonst wäre ich doch kaum seit Jahren mit ihm zusammen, oder? Aber ich habe mich geweigert, es so klar zu benennen. Das klingt kindisch und auch gemein, denn er hat es wirklich oft genug gesagt, ohne eine gleichwertige Erwiderung zu erhalten.

Vermutlich hat es viel damit zu tun, dass ich Angst habe. Dass es schief gehen könnte. Mein Vater wollte mich nicht. Auf die bedingungs- und kritiklose Liebe meiner Mutter arbeite ich hin, seit ich denken kann. Obwohl wir einander allmählich näher rücken, fühle ich mich unsicher. Nun ist die Katze aus dem Sack, was mein Liebesgeständnis Alex gegenüber angeht. Die Katze, von der jeder – sogar ich – wusste, dass sie da drinsteckt. Und ich weiß, wenn nun etwas mit Alex und mir schiefläuft, dann werde ich leiden wie ein Hund. Jetzt, wo ich es mir und ihm offen eingestanden habe, was ich empfinde. Und mich so verletzbar gemacht habe wie nie zuvor.

Apropos – wo ist eigentlich mein Hund?

Am Samstag sind es eher Touristen, die in Annamirls Laden vorbeischauen. Das ein oder andere Schwein geht als Souvenir mit. Meine Wildschweinrotte hat Peter Lambrecht, der Jäger, im Gesamten mitgenommen. Mit einem breiten Grinsen und viel Lob für meine Arbeit.

»Die Hälfte haben wir bestimmt verkauft, Minnie«, freut sich das Annamirl, und ich stimme zu.

»Ja, das war echt erfolgreich. Und jetzt kennen die Leute dich und deinen Laden.«

»Die Flyer über deine Töpferarbeiten sind auch fast weg.«

Dann hoffe ich mal, dass die nicht gleich daheim bei den Leuten in den Papiermüll wandern.

Aber besser dahin als an den Straßenrand, wo immer die McDonalds-Tüten landen, die von Idioten unterwegs aus den Autofenstern geworfen werden, sobald die satt sind.

»Da krieg ich Puls«, wie ein Spezl gerne sagt.

Wie kommt ein Mensch mit mehr als einer Gehirnzelle darauf, seine Verpackungen während der Fahrt aus dem Fenster zu schmeißen? Gibt es da eine Gehirnzellenmindestzahl, um ein Umweltbewusstsein zu entwickeln? Was glauben die, wer das wegräumt? Oder hoffen sie, in einem Müllcimer einzulochen wie ein Profigolfer?

Man kann sich übrigens ausrechnen, was die Leute weggespachtelt haben, wenn man die für Pommes und Chickenwings oder Burger nötige Vertilgungsdauer weiß. Dann muss man sich nur die Straße von Wasserburg nach Griesstätt oder entsprechende Strecken stadtauswärts im Radius um das Fast-Food-Lokal anschauen.

Fertig gegessen? Raus damit! Der Straßenrand ist immer an denselben Stellen vollgemüllt.

Mein Puls galoppiert schon, sobald ich nur daran denke.

»Beruhig dich, Minnie«, würde Alex jetzt säuseln, was mich besonders schnell auf die Palme bringt. »Du kannst nicht aus allen Idioten vernünftige Menschen machen.«

Aber ich würde Kameras aufstellen und drakonische Strafen einführen! Neben einer deftigen Zahlung sollen die Dreckspatzen Müll aufsammeln – wochen-, ach, was sage ich, monatelang. Sonst werden Papas reiche Söhne oder

Töchter, die die Strafe mit einem Grinsen zahlen können, nicht klüger. Und auch von denen brauchen manche vielleicht Gehirnzellenzuwachs.

Ich ignoriere zähneknirschend die ersten Papierservietten, die neben den Buden das Kopfsteinpflaster »zieren«, und erspähe George, der eben den danebenliegenden Currywurstrest verspeist.

»Dann gehen wir wohl mal besser heim, denn du wirst gleich ziemlich Durst bekommen, mein Freund«, rate ich ihm, und er folgt mir brav. Er ahnt nicht, dass ich ihn später in der Wohnung einsperre. Menschengewühl ist nichts für Hunde. Beim Inndammfest ist ihm ein Mann böse auf den Fuß getreten. George konnte weder vor noch zurück ausweichen – nur kräftig jaulen. Fast eine Woche ist er gehumpelt, glücklicherweise hat ihm das Schwergewicht nichts gebrochen.

Wir treffen Basti und Toni, als es dunkel ist, vor dem Roten Turm, der gerade mit abstrakten grünen und weißen Kreisen beleuchtet wird. Hinter uns wird gerockt, und wir machen mit, nachdem wir unsere Vinschgerl verspeist haben. Das sind Sauerteigsemmeln, eigentlich aus dem Südtiroler Vinschgau, die aber auch bei uns beliebt sind.

Die Bilder, die an die Häuser geworfen werden, wechseln, und die Menschen staunen über die Variationen. Fassadenmapping nennt man das. Räder in schrillen Farben drehen sich, Quader, Sonnen oder Blumen. Täuschend echt wirkende Bälle scheinen aus Fenstern zu purzeln. Fast ducken wir uns, damit sie uns nicht treffen.

Ich weiß gar nicht, wo ich zuerst hinsehen soll.

Feuerschalen, aus denen Flammen flackern, passen zum Thema Licht und betonen trotzdem die mittelalterliche Szenerie.

Die hoffentlich volljährige Jugend trifft sich an einem großen aufgestellten Fass mit ihren »Klopferln«, es wird eifrig geschnapselt.

Kinder toben auf Hüpfburgen oder sausen mit leuchtendem Spielzeug durch den künstlichen Nebel, der einen mystischen Eindruck herbeizaubert.

Bei diesen einzigartigen Lichtprojektionen sind wirklich Künstler am Werk, was die gezeigten Objekte angeht und auch die Technik, wie diese präsentiert werden. Übergroße Diascheiben mit den Motiven werden vor Strahler geschoben und so an die Hauswände geworfen.

Eine riesige silber strahlende »Marionettenfigur« tanzt durch die Menge, unauffällig gelenkt. Showtanzgruppen, die die Zeit bis zum nächsten Fasching überbrücken, zeigen ihr sportliches Programm.

Ich spüre allmählich, dass ich müde werde. Alex sieht es mir an, und wir verabschieden uns von unseren Freunden. Händchenhaltend spazieren wir am Bankgebäude vorüber, auf dem bunte Luftblasen auf und ab zu flitzen scheinen.

Wie jedes Jahr durchqueren wir noch das Brucktor und schauen von der Brücke auf die Stadt. Wir staunen über die Projektion einer überdimensionalen Biene mit passender Blume auf der Brucktor-Fassade.

Hier ist es ruhiger. Doch so nach und nach verlassen die Menschen die Stadt und fahren nach Hause. Meine Augen folgen einer lachenden Truppe, die eben das Parkhaus erreicht.

Und dann sehe ich es: das Aufblitzen einer Taschenlampe vor dem Eingang zu den Bierkatakomben. Ich packe Alex am Unterarm.

»Alex!«

Er sieht es ebenso, zaudert aber. »Jemand, der die Toiletten im Parkhaus nicht benutzen will?«

»Das ist innerhalb des Zauns, Alex. Nicht am Fluss. Lass uns nachsehen.«

»Minnie, du erinnerst dich, dass dort neulich ein Mörder eine Leiche abgelegt hat? Ach, was frage ich so dumm?«

Ich zittere, vermutlich vor Aufregung, doch es ist auch kühl auf der Brücke über dem kalten Inn an diesem Herbstabend.

»Wir halten Abstand. Und wenn da einer drin ist, ruf ich den Wiggerl an oder die Polizei, versprochen.«

Alex sieht mich an und nickt.

Wir gehen nicht zu schnell über die Brücke. Wer weiß, wer uns beobachtet? Dann schleichen wir am Parkhaus und Heimatarchiv entlang bis zum Ende des Gebäudes. Es steht ein Wagen da, den ich nicht kenne.

Ein klirrendes Geräusch verrät mir, dass das Eisentor zugezogen wird. Und nun eilt ein Mann die Treppen hinunter, die zum Eingang der Bierkeller führen.

Der Grobmeier ist es nicht, der Wiggerl auch nicht. Eine schmale Statur. Jetzt öffnet er die Wagentür und steigt ein. Das Licht der Innenbeleuchtung scheint auf sein Gesicht. Ich ziehe Alex wieder weiter in den Schatten, während das Auto rückwärts ausparkt.

»Hast du ihn erkannt?«, fragt Alex leise. Wir blicken den roten Rücklichtern nach.

»Ja, das war der Bergdorfer.« Mir ist ganz schlecht. Gustls Freund!

»Den die Polizei verdächtigt?«

»Ja, ich hab gar nicht gewusst, dass sie ihn freigelassen haben. Mei, für den hätt ich die Hand ins Feuer gelegt.«

»Und du bist sicher, dass er da drin war?«

»Innerhalb des Zauns ja. Ob in den Katakomben weiß ich nicht. Ich ruf mal den Gustl an.«

»Und den Wiggerl«, schlägt Alex vor, und ich schaue ihn unglücklich an. »Ja, wahrscheinlich hast du recht.«

Der Gustl ist noch wach und schaut einen Syltkrimi an. Einen Moment bleibt es still am Telefon, dann sagt er: »Ich ruf den Wiggerl an, Minnie. Geh du ins Bett. Ich schreib dir nachher.«

»Danke, gute Nacht, Gustl.«

Schlafen wird der sicher nicht mehr so toll.

Alex und ich machen uns ein bisschen Musik an und trinken ein Glas Wein. Ich muss meine rotierenden Gedanken runterfahren, sonst wird das bei mir auch nichts mit Augen zu und wegknacken.

George hat auf einem Ausflug bestanden, deshalb hab ich ihn rausgelassen. Ich sehe von oben seinen Schatten, als er an den Büschen entlangläuft. Hoffentlich gibt das kein Häufchen, ohne dass ich mit der unvermeidlichen Tüte dabei bin. Doch er bleibt nur zweimal kurz stehen, nach wenigen Minuten taucht er vor der Hintertür auf.

»Ich geh schon«, meint mein Kavalier und macht sich auf den langen Weg nach unten.

Mein Handy summt: eine Nachricht von Gustl. »Treffen uns morgen um zehn bei den Kellern. Gute Nacht.«

Alex und George sind wieder da, und ich zeige dem leicht schnaufenden Mann – haben sie ein Treppenwettsprinten gemacht? – die Worte.

»Ein bisserl mehr Info wäre nett gewesen«, murre ich, und Alex zieht mich hoch.

»Komm, lass uns ins Bett gehen. Morgen weißt du mehr.«

Ja, vielleicht bekomme ich dann meine persönliche Erleuchtung, nachdem »Wasserburg leuchtet« vorüber ist.

Minnie geht ein Licht auf

Doch zunächst wird es eher verwirrender, was Mord und Täter angeht.

Wiggerl und Gustl stehen mit ernsten Gesichtern im Vorraum zu den Kellern, als ich am Vormittag zu ihnen stoße.

»Der Alois hat zugegeben, dass er hier war, aber ned in den Katakomben. Die Polizei will ihn jetzt befragen. Am besten schauen wir uns um«, schlägt Gustl vor, mit einer Miene, die nach Zahnschmerzen aussieht. Oder als ob er das Vertrauen zu seinem Freund verloren hätte. Beides ist nicht schön!

George bleibt an meiner Seite, schnüffelt jedoch eifrig. Das sind sicher besondere Gerüche für so eine Hundenase: Schimmel, ins Gestein eingesickertes Wasserburger Bier von anno dazumal, ganz zu schweigen vom vergleichsweise neuen Leichengeruch.

Hoffentlich nicht zu neu. Ich erschrecke bei dem Gedanken, dass hier schon wieder ein Toter liegen könnte, nachdem der Alois da war. Die Fässer, hinter denen der Weidenbaum gelegen ist, interessieren George seltsamerweise gar nicht. Die Spuren auf dem Boden zeugen von der Arbeit der Fachleute der KTU.

Wir gehen zuerst die breiten Wege ab, anschließend betreten wir einen der schmalen Gänge, die eine Abkürzung zum Gassner-Keller bedeuten.

»Stopp!«, befiehlt Gustl, und George lässt sogar seine Pfote einen Moment in der Luft verharren.

Und dann sehen wir sie: Fußspuren im Schimmel auf dem Katzenkopfpflaster!

»Die waren nach dem Auffinden der Leiche noch nicht da«, ist sich Wiggerl sicher. Da seither nur eine Reinigung direkt nach dem Abrücken der KTU, aber keine weitere stattgefunden hat, bleibt nur ein Schluss zu ziehen: »Jemand war hier«, sage ich leise, und beide Männer nicken.

Wiggerl richtet seine starke Taschenlampe auf die Spur. Und hält seinen Fuß daneben, ohne diesen abzustellen.

»Mindestens Größe 46«, konstatiert er.

Gustl meint erleichtert: »Der Alois hat höchstens einen 42er.«

Der Blick, den er mir zuwirft, zeigt mir jedoch, dass es mit der Erleichterung nicht weit her ist: Man kann ohne Probleme mit einem zu großen Schuh hatschen, andersherum eher schlecht. Also ist das kein Beweis, es könnte vielmehr eine Verschleierungstaktik sein. Die beiden Herren werfen sich die Entdeckungen zu wie zwei Tennisspieler den Ball.

»Grobes Profil mit Erde drin.«

»Und Blätterreste. Könnten aus dem Wald stammen.«

»Muss aber nicht der Wald vom Weidenbaum sein.«

»Ich ruf die Kollegen an«, gibt der Gustl frustriert auf und will zum Eingang zurück, wegen der besseren

Handyverbindung. Da bellt George, der plötzlich am anderen Ende des Tunnels zu sein scheint.

»Er ist außenrum gelaufen«, wundere ich mich. Warum sollte er das tun?

Wir gehen den alternativen, längeren Weg durch ein paar Keller und sehen George, der den Kopf in einen der gemauerten ehemaligen Biertanks steckt. Sein Bellen müsste ihm eigentlich das eigene Trommelfell zerreißen, denn da drin hallt es ziemlich.

»George, komm her zu mir! Was ist los?«

Sichtlich widerstrebend kommt er an meine Seite, und ich halte ihn am Halsband fest, während Wiggerl sich bückt und durch die Öffnung leuchtet.

Als er den Kopf zurückzieht und uns anschaut, wirkt er blasser als vorher in diesem Halbdunkel. »Da liegt ein Gewehr!«

Ich atme auf, wenigstens keine Leiche. Ein Weidenbaum hätte schwer durchgepasst. Einer mit einer Bergdorfer-Statur aber schon. Apropos Bergdorfer!

Gustl schüttelt den Kopf. »Mei, wenn der Alois jetzt keine gute Ausrede hat …«

Und wenn es dann noch die Mordwaffe oder das Gewehr vom Weidenbaum – oder beides – ist, in dem Fall ist er der 1a-Mordverdächtige. Und mein Minnie-Näschen sagt mir, dass mindestens eins davon der Fall ist.

Es wuselt wieder vor Polizei und KTU in den Kellern. Wiggerl und Gustl sitzen schweigend auf der Bank vor der Schiffsanlegestelle und schauen auf den Inn.

Es ist zwar erst elf Uhr, aber besondere Zeiten erfordern besondere Maßnahmen. Deswegen gehe ich ins *Queens* und organisiere den beiden Trübsinnigen ein Bier, bevor ich mich mit einem Tee, ohne Schuss, dazusetze.

Gustl zuckt zusammen, als hinter uns ein Kriminaler aus Rosenheim in sein Handy spricht: »Und holt den Bergdorfer ins Präsidium. Der hat ein paar Fragen zu beantworten.«

Natürlich habe ich nicht verschwiegen, dass ich den Alois gestern hier gesehen habe. Das geht nicht. Wenn er unschuldig ist, wird es schon rauskommen. Ganz ehrlich, allmählich verstehe ich Gustls schwermütiges Gschau trotz des sensationellen Blicks hinüber auf die Stadt: Die Aussichten für Alois sind grad nicht so rosig.

Und der Wiggerl ist genervt, dass seine Keller erneut zugesperrt werden. »Irgendwann mauer ich den Eingang mit Ziegeln zu. Das macht echt keinen Spaß mehr. Wir haben eh viel Arbeit, damit wir den Besuchern die Geschichte der Keller zeigen können. Und so ein Mistkrippel hat nix Besseres zu tun, als dass er die Keller für seine Verbrechen benutzt!«

So sauer habe ich ihn noch nie erlebt. Aber ich weiß auch nicht, wie ich ihn da trösten soll. Das Einzige, was helfen kann, ist, dass der Mörder gefasst wird und der Schlüssel auftaucht, den irgendeiner geklaut und verwendet hat.

Am Montag hat Alex erstaunlicherweise Zeit, mittags zum Essen zu kommen.

Mit breitem Grinsen stelle ich die Lasagne vor seine Nase. Und diesmal ist es keine Ratzi-Fatzi-Minnie-Lasagne – mit nur zwei Hackfleischschichten –, nein, ich habe mir Mühe gegeben und nach Rezept gekocht. Und zwei kalorienreiche Schichten Béchamelsauce hinzugefügt.

Freudestrahlend mampft mein Freund vor sich hin. Immerhin ist es eines seiner Lieblingsessen. Und die große

Blonde kann heute mit einem anderen Kollegen oder allein tafeln. Aber es wäre nicht Alex, wenn ihm das nicht auch zu einem neuen Einfall verhelfen würde. Zu seinen Gunsten selbstverständlich.

»Also falls du weiter so kochst, Minnie, bin ich jeden Mittag bei dir«, zwinkert er, und ich lasse traurig den Kopf sinken.

»Gibt man einem Mann den kleinen Finger …«

Er lacht, und es klingt ziemlich schmutzig.

Ich wende den jämmerlichen Kugelaugenblick mit Zitterkinn an.

»Wenn es mir irgendwann zu viel wird, muss ich halt mal mit jemandem zum Essen gehen.«

Das Grinsen wird schwächer, und er runzelt die Stirn. »Mit wem denn?«

»Ach, der ein oder andere fragt schon mal.«

»Minnie!«

»Ja, Schatz? Du würdest mich nie erpressen, oder?«

»Niemals, Liebling.«

»Na siehst du, ich schon, weil ich sonst keine Chance gegen dich hab.«

Er schüttelte den Kopf, wirft einen wehmütigen Blick auf den halbvollen Teller und kommt zu mir auf meine Tischseite. Auf seinem Gesicht liegt nun ein Lächeln, und seine Augen funkeln frech. Beides lässt mich auf der Hut sein, aber es ist nicht nötig. Ein Lasagnekuss ist etwas Besonderes, kann ich euch sagen.

Kurz vor dem Ende von Mittagspause klingelt es, und der Gustl steht vor der Tür. Verdutzt überlege ich, ob ich erwähnt habe, was es zum Essen gibt. Der Gustl hat viele Lieblingsessen, und Lasagne gehört dazu. Nein, es ist mir wohl nichts rausgerutscht, Gustl ist jedoch angenehm vom Duft überrascht.

Die beiden Herren geben sich quasi die Klinke in die Hand, der eine geht widerstrebend hinaus, der andere stürzt zum Küchentisch. Alex grummelt ein bisschen, denn er hat auf einen Pasta-Rest am Abend gehofft. Die Wahrscheinlichkeit ist gesunken, aber ich schaffe es mit heldenhafter Geschwindigkeit, meinem Schatz einen Teller auf die Seite zu schaffen. Bevor der Gustl die Auflaufform, nach langwierigem Auskratzen mit der Gabel, praktisch ausschleckt.

»Schau, Minnie, du musst fast nimmer spülen. Beinahe könnte man sie so in den Schrank stellen.«

»Und Gustl draufschreiben fürs nächste Mal«, vollende ich trocken den schon oft gehörten Satz.

Während wir miteinander einen Kaffee genießen, erzählt er mir die Neuigkeiten, die ihn geknickt stimmen. Wenigstens kurzzeitig hat ihn die Lasagne aus dem Tief geholt. Der Wiggerl wird aufatmen, weil nicht nur das Gewehr, sondern auch Rucksack und Schlüssel aufgetaucht sind.

»Der Alois ist durch seine Anwesenheit Samstagabend natürlich wieder in den Fokus der Ermittlungen gerückt. Dummerweise hat er zuerst behauptet, dass er nicht bei den Kellern war. Hat das aber zurückgezogen, nachdem sie ihn mit deiner und Alex' Zeugenaussage konfrontiert haben. Das war freilich saudumm, zu lügen.«

»Und dann? Hat er es zugegeben?«

»Ja, halt dich fest: Er sagt, er weiß nix vom Gewehr. Die Dorothea hätte den Schlüssel und den Rucksack in ihrem Gartenhaus neben dem Dackelzwinger gefunden. Sie hat Panik gekriegt, und er wollte sie entlasten. Und er war ned in den Kellern, sondern hat den Rucksack in den Lüftungsschacht gelegt. Da hat ihn die Polizei eben rausgeholt. Den Schlüssel hat er der Polizei gegeben. Bei dem ist jetzt allerdings klar, dass ihn niemand vermisst. Denn es war kein Original, sondern nachgeschliffen, was man an der Bezeichnung des Rohlings erkennen kann. Das heißt, der Dieb hat kriminelles Potenzial, da man die Schlüssel einer Schließanlage nicht so einfach beim Schlüsseldienst nachmachen lassen kann.«

»Hat ihm das alles jemand geglaubt?«, frage ich ungläubig und sehe die Antwort auf seinem Gesicht.

»Du glaubst ihm, Gustl?«

»Eher ihm als ihr!«

»Das hätte sie allein doch nie geschafft! Das Krischperl!«

Wir schweigen, und ich hoffe, dass er eins und eins zusammenzählt, was gerade in diesem Fall passt. Und der Gustl beweist, dass er rechnen kann, auch wenn es ihm weh tut:

»Allein hätt es keines der halben Hemden fertig gebracht, den Weidenbaum da rein zu bringen. Aber miteinander. Und es gibt nur die Fingerabdrücke der beiden auf dem Schlüssel. Keine Abdrücke auf der Waffe.«

»Keine vom Weidenbaum auf seiner eigenen Waffe?«

Er schüttelt den Kopf, doch ein Hoffnungsschimmer blitzt in seinen Augen auf. Das Fehlen von Fingerabdrücken des Waffenbesitzers lässt darauf schließen, dass das Gewehr, in dem sich keine Kugel mehr befand, gereinigt wurde.

Und warum sollten der Alois oder die Dorothea es reinigen, um sich zu entlasten, und ihre Fingerabdrücke auf dem Schlüssel vergessen?

Die Polizei beherrscht Mathematik ebenfalls. Trotzdem ruft der Gerhard an und meldet, dass neben dem Alois auch die Dorothea Weidenbaum verhaftet wurde. Jetzt gräbt die KTU gewissermaßen das Grundstück um. Das Thema Fingerabdrücke ist den Mordermittlern allerdings gleichermaßen sauer aufgestoßen. Die Ermittlungen laufen deshalb zusätzlich in anderen Richtungen weiter.

»Der Ludwig muss total am Ende sein«, meine ich mitleidig, und der Gustl nickt.

Am nächsten Morgen treffe ich den Gerhard in der Backstube, als ich mir mein Herrenhausbrot hole.

Wie immer freut er sich, obwohl er sich gewohnheitsmäßig ziert, wenn es darum geht, mich auf den neuesten Stand zu bringen.

Er beobachtet die Angestellte, wie sie mindestens vier belegte Semmeln in eine riesige Papiertüte packt. Sind das Sabberspuren an seinen Mundwinkeln?

»Hast du nix gefrühstückt, Gerhard?«

Er schaut mich entsetzt an. »Freilich! Wie soll ich denn sonst aus dem Haus kommen? Da streckt mich doch noch vor der nächsten Kreuzung der Schwächeanfall nieder.«

»Du wirkst irgendwie hungrig. Oder ist das die Brotzeit für die Kollegen?«

Kaum zu glauben, das Entsetzen im Blick ist steigerungsfähig.

»Minnie, ich bin ein ausgewachsenes Mannsbild mit einem schwer arbeitenden Hirn, das muss gefüttert werden.«

Ich vollziehe das nach: »Also du frühstückst, dann kommst du hierher und kaufst ein, dann gehst du an deinen Schreibtisch und brauchst erst mal eine Stärkung. Dann denkst du ein bisserl – so bis um neun Uhr –, dann stärkst du dein Hirn, dann denkst du ein bisserl – so bis um zehn Uhr –, dann …«

Das Mädchen hinter der Theke reicht ihm die Tüte breit grinsend, und weil er zahlen muss, hat er Zeit gewonnen, sich eine geistreiche Antwort zu überlegen.

»Minnie, … äähm, ja, genauso ist es.«

Da hätte sogar ich ihm mehr Schlagfertigkeit zugetraut. Aber wahrscheinlich ist das Hirn kurz vor dem Unterzucker, weil ich ihn aufhalte.

»An deiner Stelle würde ich gleich hier noch eine Semmel essen,« rate ich ihm mit freundlichen Lächeln. Er hebt in vollem Einverständnis nickend einen Zeigefinger und gruschtelt in der Tüte. Miteinander verlassen wir die Bäckerei, während er die erste Semmel verspeist. Wie er diese Kalorien verbrennt, ist mir schleierhaft, denn er ist nicht dick.

Die Sonne geht über der Häuserzeile im Osten auf und wirft eine zarte Lichtspur auf das Pflaster. Das dunkelrote Laub am *Roten Turm* leuchtet auf. Das ist eines der schönsten Herbstmotive der Stadt, finde ich.

Der Gerhard berichtet weiter, und weil ich geübt darin bin, essenden Männern beim Reden zuzuhören, verstehe ich fast alles.

»Das Gewehr ist das vom Weidenbaum. Eine tolle Waffe. Die Holzmaserung von Feinsten. Das war teuer, so viel verdiene ich in einem Vierteljahr.«

Und ich wahrscheinlich in vier Jahren.

Aber dann erfahre ich doch etwas, was mich von der frustrierenden Tatsache ablenkt, dass manche so viel Geld für eine Waffe ausgeben wie ich in vier Jahren für meinen Lebensunterhalt.

Darüber nachzugrübeln lohnt sich nicht, das weiß ich schon lange. Nicht, solange Deutschland Waffen für Milliarden von Euros in Krisengebiete exportiert.

»Und es war die Mordwaffe.«

»Er ist also mit seinem eigenen Gewehr erschossen worden? Wie das wohl hergegangen ist?«

»Entweder ist er gezwungen worden oder war unvorsichtig. Auf dem Gewehr war ein weißes Pulver, das untersucht die KTU noch.«

»Drogen?«

»Nein, aber auch kein Mehl. Bin gespannt, was da rauskommt. Am Toten hat man so ein Pulver nicht gefunden, also muss es vom Mörder stammen.«

Irgendetwas läutet bei mir wie ein lästiges Telefon, doch mein Hirn hebt nicht ab. Was hatte ich neulich in Zusammenhang mit weißem Pulver gleich wieder gehört?

»Vielleicht die Béchamelsauce?«, murmle ich vor mich hin, nachdem der Gerhard und ich getrennte Wege gehen.

Gerade in der Wohnung angekommen, meldet sich der Gustl. Peter Lambrecht hat ihn angerufen, dass in der Nähe vom Hochsitz mehrere getötete Wildschweine gefunden wurden. Er wolle noch was anderes checken, danach aber dorthin nachkommen. Er hat sich bereits überlegt, wie sein zweiter Ermittler-Dreamteam-Teil rechtzeitig vor Ort sein kann: »Du könntest mit dem Ludwig rüberfahren. Der macht sich in einer halben Stunde auf den Weg. Und dann fährst du mit mir wieder heim.«

Ein Waldspaziergang? Gerne, hoffentlich muss ich die armen Viecherl nicht anschauen. Neugierig bin ich trotzdem, und so steige ich kurz darauf zum Ludwig ins Auto, nachdem geklärt ist, dass Alex das Mittagessen besorgt.

Hinten im Kofferraum, vorschriftsmäßig durch ein Netz gesichert, steht ein bildhübscher Hund, der mich schwanzwedelnd begrüßt.

»Dein Jagdhund?«, frage ich lächelnd, von dem hübschen Gesicht bezirzt.

»Ja, das ist der Champ.«

»Kein Poldi oder so?«

Ludwig lacht. »Gefällt dir ›Champ‹ ned? Er ist einfach so guad, dass er den Namen verdient hat.«

»Ein Irish Setter, oder? Sehr hübsch.«

Als wir losfahren, legt sich der hübsche und »guade« Kerl hin.

»Ja, das sind super Allrounder und gute Vorstehhunde.«

»Ich versteh nur Bahnhof.«

»Ein Vorstehhund zeigt es seinem Jäger, wenn er ein Wild hört oder riecht, mit seiner Körperhaltung. Er hebt einen Fuß hoch, bleibt aber ganz staad.«

»Müssen ned alle Jagdhunde folgsam und staad sein, wenn der Jäger das sagt?«

»Ja, trotzdem gibt es Unterschiede bei den Rassen: Manche Hunde sind gut im Aufstöbern, also Aufscheuchen. Andere im Nachsuchen, und wieder andere jagen selbst für den Jäger. Mein Champ kann das alles gut – außer in einen Bau kriechen. Dazu ist er zu groß.«

Ich nicke, denn das leuchtet ein. Interessant, über so etwas habe ich noch nie nachgedacht. Dass es für verschiedene Jagdtechniken unterschiedlich geeignete Rassen gibt.

»Mit welchen Hunden jagt man Bären?« Die Frage kann ich mir nicht verkneifen. Ludwig grinst und antwortet gemütlich, während er am Gymnasium vorbei den Berg hinauffährt. Natürlich hat der Profi eine Antwort.

»Mit karelischen Bärenhunden oder Laikas. Das sind schlanke, schnelle Tiere, die für die Jagd im Norden passen. Oder mit einem Bluthund, der eine unglaublich gute Nase hat. Der schnüffelt auch oft für die Polizei, beispielsweise, wenn jemand vermisst wird.«

»Wie ist das bei dir mit den Arbeitszeiten?«, fragt er mich nun. Von Ludwig weiß ich, dass er einer der wenigen Auserwählten ist, der einen Job als staatlicher Revierjäger bekommen hat. Er kann seine Zeiten bestimmen, muss sich aber nach dem Wild beziehungsweise den günstigsten Jagdzeiten richten. Und nach den Anforderungen der Bauern und Anfragen anderer Jäger. Vermutlich ein Fulltime-Job.

Den hab ich genaugenommen ebenfalls, bloß dass es eben mehrere Jobs sind. Ab Herbst fällt allerdings das Spülen im *Roma* weg, weil die Gäste weniger werden und die Gelateria im Winter ganz schließt. Ich genieße es, weil ich ein bisschen vorarbeiten kann, was Töpfern und Schreiben angeht. Das verstehen Menschen mit geregelten Arbeitszeiten nicht. Manche setzen es gleich mit Nichtstun.

»Ich wäre frei wie ein Vogel, wenn ich kein Geld bräuchte. Deshalb muss ich mich auch heute Nachmittag um den nächsten Auftrag kümmern.«

»Du kriegst Aufträge?« Der Ton ist erstaunt, für mich nichts Neues.

»Ja, es gibt Menschen, die mögen Deko, die nicht von toten Tieren stammt. Die zahlen nur weniger als eure Trophäensammler.«

»Und was – äh – dekorierst du gerade?«

Ich muss lachen, der hat noch weniger Ahnung von meinem Job als die meisten, und das heißt schon etwas.

»Ich habe in der Ausstellung am vergangenen Wochenende einige Schweinderl verkauft.«

Er fängt an zu prusten.

»Und jetzt mache ich Alpakas.«

»Al …?« Ihm laufen die Tränen über die Wangen.

Ich erkläre geduldig: »Alpakas gehören zur Rasse der Kamele und leben in den Anden.«

»Das weiß ich, Minnie. Ich muss für meinen Beruf jede Menge Tiere kennen. Auch wenn selten Alpakas durch unsere Wälder streifen. Die sind doch flauschig, und du arbeitest mit harten Materialien. Die Tochter unserer Nachbarin läuft dauernd mit so Kuscheltierzeugs rum. Ich glaube, die hat sogar Ratzefummel mit Alpakamotiv und Haarschleifen und so.«

»Ja, das ist grad voll in, deshalb mache ich Alpakas für ein Hoffest auf einem Alpaka-Hof.«

Das Auto schlingert ein wenig bei seinem nächsten Lachkrampf, und ich schimpfe kräftig. Das Lachen hat dem Ludwig gutgetan, aber nun wird er wieder ernst, als er auf den Anlass unseres Ausflugs kommt.

»Diese toten Wildsauen, ich will wissen, wer das war. Das Revier meines Vaters ist noch nicht freigegeben. Wenn jemand schießen will – was die Wildsauen angeht, wäre es ja gut –, muss der es erst beim Grabmeier oder bei mir anfragen und kann nicht einfach anfangen herumzuballern.«

»Wäre es ein Jäger gewesen, hätte er die Tiere dann ned mitgenommen?«

Ludwig denkt eine Zeit lang drüber nach.

»Ja, normalerweise ist es Verschwendung, die Tiere verrotten zu lassen. Außerdem steigt die Gefahr für Seuchenausbreitung, falls eins von denen einen Erreger in sich hätte.«

»Wie die Afrikanische Schweinepest?«

Er wird ein bisschen blass. »Ja, das wäre die schlimmste Variante.«

»Du glaubst, es war trotzdem ein Jäger?«

Er beißt einen Moment die Zähne zusammen, das sehe ich an den Kiefern. Dann stößt er hervor: »Ein Wilderer hätt sie sicher mitgenommen. Ein Bauer hätt sie verschwinden lassen. Es kann nur einer sein, der meinen Vater gehasst hat und zeigen will, was der erledigen hätt sollen. Also ein Jäger.«

Das klingt logisch. Und etwas gruselig für mich waffenlose Keramikerin. Und Ludwigs finstere Absichten machen es nicht besser. »Ich muss rausfinden, wer die Sauen umgebracht hat, Minnie. Denn der hat auch meinen Vater auf dem Gewissen.«

Wir fahren über Wiesenwege bis zu einem Waldrand und erreichen einen kleinen Parkplatz. Dort wartet Peter Lambrecht samt Hund und Wagen mit Anhänger.

Der folgsame Champ verlässt den Kofferraum erst, als ihm Ludwig die Erlaubnis erteilt, trotz seiner sichtlichen Freude über die Anwesenheit von Burgi. Die Hunde toben über die Wiese, und die Männer schauen ihnen einen Augenblick lächelnd zu. Dann nehmen sie die Waffen aus den Autos, und ich werde ein wenig nervös. Es ist doch ganz etwas anderes, eine Waffe im Film oder in echt zu sehen. Und so ein Gewehr wirkt massiver und gefährlicher als eine Pistole. Leben kosten können sie beide!

Die Jäger hängen sich die Gewehre am Riemen über die Schulter, pfeifen ihre Hunde herbei, und wir betreten den Wald. Zunächst folgen wir einem befahrbaren Weg etwa eine Viertelstunde. Es ist wunderschön: die Lichtstimmung im Herbstwald, der Geruch nach modrigem Laub und

Schwammerln. Es raschelt, aber die Hunde bleiben mit gespitzten Ohren und der Nase am Boden an der Seite ihrer Herrchen.

Dann biegen wir ab. Es ist kein Weg mehr vorhanden, zumindest auf den ersten Blick nicht. Nur eine schmale Fährte, als wäre jemand vor uns durchs hohe Gras gestreift. Wir umgehen Brombeerbüsche, klettern durch eine Senke, wo uns ein kleiner Hüpfer über den Bach bringt. Auf der anderen Seite wird wohl eben ein neuer Wald hochgezogen: Blaue Plastikklupperl stecken auf den Spitzen der Minifichten, um die Rehe am Abknabbern derselben zu hindern.

Hellgrünes Moos wird von den durch die hochgewachsenen, nadelarmen Bäume fallenden Sonnenstrahlen erhellt. Meine Fantasyseele würde sich jetzt hier gerne niederlassen und den Feen beim Tanzen zusehen. Ob ich nochmals hier an diesen Ort finde? Dann könnte ich mich ins Moos setzen und schauen und träumen und alles aufschreiben, was mir in den Sinn kommt.

Doch mit dem Träumen hat es sich im nächsten Moment erledigt, denn Champ gibt ein kurzes Bellen von sich, und Burgi zerrt an der Leine.

Ludwig zeigt mir Spuren. »Das ist das typische Trittsiegel eines Wildschweins. Die zwei vorderen Hufschalen und die kleinen Afterklauen.«

Es sieht eher aus wie ein Papageienschnabel, finde ich, nicke aber nur. Ludwig hat heute schon genug über mich gelacht.

Wir treten auf eine große Lichtung, das Gras ist hier etwa einen halben Meter hoch.

Und am Ende der freien Fläche sehe ich ihn: den Hochsitz.

Ich schlucke schwer. »Ludwig, ist das der Hochsitz …«

»An dem mein Vater erschossen wurde, ja!«, ist die knappe Antwort.

Wir gehen am Rand der Wiese entlang, denn man läuft nicht mitten durch hohes Gras, weil sonst das Mähen erschwert wird.

Peter bleibt stehen und zeigt auf einen Bereich unter den Bäumen, wo es aussieht, als hätte – ja, vermutlich eine Herde Wildschweine gewütet. Eine Rotte Wildschweine, verbessere ich mich selbst.

Hier wurde gescharrt und weiter drüben im Bach gewälzt. Eine Riesensauerei praktisch, eine Schlammschlacht. Ein paar stinkende Haufen liegen dort, etwas kleiner als die von Pferden, aber doch ähnlich.

Die Hunde werden unruhiger.

Wir erreichen den Hochsitz, und ich bin entsetzt, dass hier immer noch so viele braune Flecken zu sehen sind: Auf der Leiter, am Boden um die Leiter, im zusammengedrückten Gras im Umkreis von etwa fünf Metern sieht man die Blutreste. Hat es seit dem Mord nicht geregnet? Wie muss das für Ludwig sein? Er mustert die Szene kurz mit grimmigem Gesicht und schaut dann geradeaus.

»Bleib hier, Minnie. Falls noch eines in der Nähe ist, kannst du zumindest die Leiter hochsausen«, rät mir Peter.

Ich brauche ein paar Sekunden, bis mir einfällt, dass er die Wildsauen meint. Mir ist alles andere als wohl hier am Ort des Mordes, aber ich gehorche und schaue ihnen nach. Beide Hunde bellen jetzt. Was ist denn da los? Ich setze einen Fuß auf die Leiter, obwohl mir so graust, und ziehe mich eine Stufe hoch.

Wo bleiben sie nur?

Meine Hände sind schweißnass, und ich wische sie mir abwechselnd an meiner Jeans ab. Dabei hinterlässt die Hand, mit der ich mich eben hochgezogen habe, helle Spuren.

Weißes Pulver bedeckt die Sprosse. Gerhard hatte so eins auf dem Gewehr erwähnt. Stammt es von hier?

Der Tote hatte keines an sich. Dann muss das Pulver nachträglich hierher gekommen sein – wie auch immer.

Mir wird das Furchtbare klar: Der Mörder war mit dem Gewehr des Ermordeten nach dem Mord nochmals hier. Wer sagt, dass er jetzt nicht auch in der Nähe ist?

Mir wird kalt. Eilig steige ich hinunter und folge dem Bellen der Hunde. Ich muss nicht einmal ganz in den Wald eintauchen, da sehe ich die beiden Jäger schon – heftig diskutierend. Vor ihnen auf dem Boden liegen vier Wildschweine – ein Riesentier, drei kleinere. Ich mache einen weiteren Schritt – o Gott, wo ist es grausiger: hier oder am Hochsitz? Mein geplantes Feen-Intermezzo hat sich erledigt. Dieser Wald sieht mich nie mehr!

Die Bache ist riesig, von so einer will ich nicht verfolgt werden. Und von einem Mörder genauso wenig.

»Minnie, alles in Ordnung?«, fragt mich Peter, ich schüttele den Kopf.

»Wie hat er die alle erwischt? Bleiben die anderen stehen, wenn er eines abschießt?«

»Nein, bleiben sie nicht. Darüber reden wir gerade«, meint Ludwig. »Wildschweine sind schlau und schnell. Sobald ein Schuss fällt, sind sie weg.«

»Es liegen Eicheln am Boden und Futterreste. Jemand hat sie angelockt«, schlussfolgert der Ältere, und Ludwig nickt.

»Ist das üblich?«, erkundige ich mich, was Ludwig bejaht.

»Ja, das nennt sich Kirrungsjagd. Trotzdem hätte er keine vier auf einen Streich erwischt.«

Die Hunde wollen an die Tiere ran, aber die Jäger lassen es nicht zu. »Was ist los?«, frage ich unsicher.

Lambrecht drückt Ludwig die Leine seiner Burgi in die Hand und kniet sich neben eines der Wildschweine.

»Ein einziger Einschuss. Meiner Ansicht nach hat er einen Repetierer verwendet, also ein Gewehr, mit dem man mehrmals hintereinander schießen kann, keine Kipplaufbüchse. Trotzdem müsste er einer der Glorreichen Sieben sein, wenn er alle vier Tiere ohne Nachladen erwischt hätte, außer …«

»Er hätte etwas in das Futter getan …«, ergänzt Ludwig düster.

»Und dann auf die betäubten oder toten Tiere geschossen. Macht ein Jäger sowas?«, frage ich entsetzt und ernte als Antwort ein lautes, einstimmiges und angeekeltes »Nein!«.

»Aber auch kein Wilderer, weil er nichts mehr vom Fleisch hat«, überlege ich weiter. »Deine Vermutung wird wahrscheinlicher, Ludwig«, sage ich leise zu ihm, und er nickt mit einem zornroten Kopf.

Der Peter erhebt sich wieder und nimmt seine Burgi zurück.

Und möglicherweise, weil noch das Adrenalin durch meinen Körper pumpt, fällt mir etwas auf: ein Haufen, nicht weit von den toten Wildschweinen entfernt, der nicht nur nach Erde und Laub aussieht.

Ich gehe darauf zu: »Was ist denn das? Das sieht ja komisch aus. Ist das …?«

Es ist kleiner und keinesfalls ein Frischling. Ich erkenne ein Schlappohr, dunkelrote Löckchen voller Erde und eine Hundeschnauze. Die Männer folgen mir. Als sie neben mir stehen und sehen, was ich sehe, beginnen beide zu fluchen.

Der Ludwig ist kreidebleich. »Das ist der Wastl, beziehungsweise das, was von ihm übrig ist.«

Es ist zu wenig, als dass man auf der Stelle sagen könnte, woran der Wastl gestorben ist. Das muss die KTU herausfinden.

»Die sind mit den Spürhunden nicht bis hierher gegangen? Sonst hätten sie den Wastl doch gefunden, oder?«

»Entweder das, oder der Mörder hat den Wastl erst später hier vergraben.«

Der Peter wirkt, als sei er in den vergangenen Minuten gealtert. Möglicherweise vergiftete Schweine und ein umgebrachter Jagdhund – das tut ihm sichtlich weh.

»Wir müssen schauen, dass wir sie und das Futter wegschaffen, bevor andere Tiere sich ebenfalls vergiften. Ich hole den Wagen.«

»Kann ich mitgehen?« Mir reicht es mit Grusel. »Der Gustl wollte herkommen und mich dann mit hcimnchmcn.«

»Das ist gescheit, weil wir hier sicher noch länger brauchen. Und wir sollten die Hunde in den Autos lassen, damit sie nix von dem Gift erwischen.«

»Noch etwas«, fällt mir meine Entdeckung wieder ein, die ich ihnen im Vorbeigehen am Hochsitz zeige.

»Das Pulver wurde laut Polizei nicht an deinem Vater gefunden, Ludwig, aber am Gewehr. Also stammt es vom Mörder.«

Und in diesem Moment fällt es mir endlich ein, wo mir das Pulver schon einmal untergekommen ist.

»Babypuder! Ich habe es vor ein paar Wochen in einem Film über einen Jäger gesehen. Der hat damit die günstigste Windrichtung zum Anschleichen bestimmt.«

Die beiden schauen sich an. »Das ist ein Spleen. Fast jeder hat so einen. Ich rauch halt eine«, meint der Ludwig und grinst kurz.

»Aber unser Mörder macht es so! Kennt ihr einen Jäger, der so jagt?«

Die Jäger sind ganz still, schütteln nachdenklich den Kopf.

Ich bin dagegen aufgeregt, denn ich spüre, dass der Puder wichtig ist. Wenn es ein Spleen ist, dann ein seltener.

Schweigend wandern wir zurück zum Ausgangspunkt.

Ich habe Gustl informiert, wo er mich abholen kann. Ludwig wartet mit mir dort. Peter fährt schon mit dem Anhänger den Weg außen um das Waldgebiet herum. Er hat eine Wanne dabei, darauf werden der Wastl, die Bache und die weiteren Wildschweine gelegt und zum Wagen gezogen. Von der anderen Waldseite geht es bergab in Richtung Wagen. Bei dem Gewicht, das er zu ziehen hat, ist das natürlich von Vorteil. Peter meint, das große Tier bringt etwa 100 Kilo auf die Waage.

Champ schnüffelt sich den Weg entlang, und wir spazieren hinter ihm her zur Straße. Dann muss Gustl nicht so weit fahren.

Ich warne Ludwig: »Pass auf, da liegt Hundekacka.«

Er winkt ab. »Der Champ sucht sich ein Platzerl im Wald. Das war nur ein Holzspreißel. Aber besser einmal zuviel ausweichen als einmal zu wenig.«

»Vor allem, wenn man ein gutes Profil an den Sohlen hat.«

»Kruzifünferl!« Ludwig flucht, denn soeben ist er doch in die Hinterlassenschaft von einem – ich würde mal sagen – Riesenschnauzer getreten.

Ich muss lachen. »Praktisch, dass du noch mal an einem Bach vorbeikommst.«

Er schimpft weiter vor sich hin. Aha, Spaß versteht der Herr nur, solange es um andere geht. Grimmig starrt er auf den Boden, mein Blick folgt seinem.

Mir wird ein bisschen schlecht, was nicht an dem penetranten Gestank liegt. Den Stiefelabdruck im Hundekacka kenne ich. Es ist derselbe wie der in den Bierkatakomben heute Morgen. Ich schätze, dass die Schuhgröße der orangefarbenen Stiefel auch hinkäme.

Ludwig mustert mich. »Was ist?«

»Nichts, ich ruf mal den Gustl noch mal an, wie lange er braucht.«

Mein Herz galoppiert wie wild, trotzdem bemühe ich mich um einen gelassenen Ton am Telefon. Wenn Ludwig der Mörder ist, dann sollte er besser nicht ahnen, dass ich ihn verdächtige, bevor Hilfe da ist. Während der Gustl antwortet, sehen wir seinen Wagen schon herannahen. Gemütlich, wie der Gustl eben ist. Seine Waffe hat der Ludwig glücklicherweise ins Auto gepackt, und der Gustl steigt grad aus, deshalb trau ich mich, Ludwig gespielt harmlos zu fragen: »Sind das typische Jägerstiefel?«

»Trekkingstiefel, halt ned für den Winter, aber wasserdicht.«

Gustl schaut auch auf den Boden und weiß sofort, was ich meine. Doch er formuliert die Frage anders, als ich sie mir denke.

»Wer hat in der Jägerschaft im Umkreis noch die gleichen Stiefel wie du, Ludwig? Kannst du das rausfinden? Und bring deine bitte heute oder morgen mal bei der Polizei vorbei.«

»Wieso?«

»Weil derselbe Abdruck in den Bierkatakomben gefunden wurde.«

Jetzt wird der Ludwig kasweiß. »Der Mörder hat dasselbe Schuhprofil?«

Er blickt mich an, und ich zittere ein bisschen. Natürlich vermutet er, was ich denke.

»Ich hab meinen Vater ned umgebracht, und auch ned das Gewehr in die Katakomben gelegt«, brüllt er völlig außer sich.

Gustl nickt gelassen, während ich recht unheldenhaft einen Schritt zurücktrete. Hinter die breite, schützende Gestalt vom Gustl, der den Wütenden beschwichtigt: »Das weiß ich, Ludwig. Aber wenn es wirklich der gleiche Abdruck ist, finden wir den Mörder schneller. Dann wissen wir, welchen Schuh er trägt.«

»Und dass er ein Repetiergewehr hat oder das von Ludwigs Vater für die betäubten oder vergifteten Wildsauen benutzt hat«, plappere ich, damit der Gustl in einem Rutsch über alles informiert ist.

Ludwig ist misstrauisch. »Warum traust du mir den Mord ned zu, Gustl?«

»Ich weiß, dass ihr euch ned immer grün wart, du und dein Vater. Doch so schlimm, dass du ihn umbringen tätst – das glaub ich ned. Außerdem hast du ein gutes Alibi.«

Aha, er hat sich also doch über Ludwigs Alibi schlau gemacht. Der seufzt, weil ihm das auch bewusst ist.

»Ja, ich war beim Bürgermeister, weil ich ihm ein Reh gebracht hab. Dafür hab ich mitessen dürfen. Und es ist spät geworden, weil wir noch gschafkopft haben.«

»Der Bürgermeister hat gesagt, du bist um zwei gefahren. Da war dein Vater schon mindestens zwei bis drei Stunden tot.«

Nun wird sogar der hartgesottene Jäger grün im Gesicht.

»Ich hab fröhlich einen Rehbraten vertilgt, derweil einer den Vater umgebracht hat«, sagt er leise, und nun tut er mir richtig leid. Daran wird er ab jetzt bei jedem Rehbraten denken, schätze ich mal. Saublöd für einen Jäger.

Bei allem Mitleid bin ich froh, dass wir uns auf den Heimweg machen. Ich berichte dem Gustl jede Einzelheit, und er will später die Kollegen informieren, damit sie die Stiefel der Verdächtigen prüfen.

»Und ob einer Babypuder in seinem Jagdrucksack hat«, meine ich sehr zufrieden mit mir. Und den Anruf vom Gerhard auf Gustls Handy entgegenzunehmen, ist mir ein Fest.

»Du, Minnie, sag dem Gustl, dass wir wissen, was das Pulver ist.«

»Babypuder, gell?«

»Ja, woher weißt du das?«

Der Gustl winkt ab, das heißt: »Minnie, ich erzähl es ihm selbst, aber erst nach den Kripo-Beamten!«

»Der Gustl ruft dich nachher an, Gerhard.«

»Du weißt es doch auch, oder?«

Gestelzt antworte ich: »Ja, ich bin jedoch nicht befugt, unbewiesene Verdachtsmomente zu veröffentlichen, Gerhard. Servus derweil.«

Lachend lege ich auf, der Gustl schüttelt grinsend den Kopf.

»Ärger dich ned, wenn der Gerhard dir demnächst nix mehr erzählt.«

Ich klimpere mit den Wimpern. »Der Gerhard und mir nix erzählen? Nicht in diesem Leben, Gustl.«

»Ich setz dich gleich am Eck ab, ich bin spät dran.«

»Okay, was hast du denn vor?«

»Bin zum Essen verabredet.«

So kurz, ohne Angabe mit wem? Da ist was faul.

»Mit der Traudl?«, wage ich einen Probeschuss, der offensichtlich ins Schwarze trifft, weil Gustls große Ohren rot werden.

Bevor ich aussteige, schau ich ihn mahnend an: »Gustl, überleg dir bitte jede Info über mich an Traudl, was diesen Fall betrifft. Sonst verpetz ich dich, dass du mich mitgeschickt hast.«

»Schon klar, Minnie«, sagt er eifrig nickend. Mir in die Augen zu sehen, das traut er sich nicht. Wir wissen beide, dass er der Traudl nicht gewachsen ist, wenn die was erfahren will. Dagegen bin ich ein Waisenkind, was das Beschaffen von Informationen beim Gerhard angeht. Aber ich habe gelernt, dass es kommt, wie es kommt, ob ich mir jetzt einen Kopf mache oder nicht. Also lasse ich es einfach bleiben.

Jägerehre

Alex hat zwei Burger vom *Stechl-Keller* mitgebracht, und wir schleppen uns bald darauf pappsatt auf die Couch. Mir fallen die Augen immer wieder zu, denn Alex streichelt mich liebevoll. Er ist wohl selbst etwas müde. Sein klugerweise eingestellter Handywecker reißt uns um halb zwei aus der Siesta, und mein Schatz stürzt nach einem schnellen Kaffee aus der Tür zurück in die Arbeit.

Ich werfe einen Blick vom Balkon, ob George am üblichen Ort drei Stockwerke unter mir liegt. Doch der windstille Platz ist leer. Die Sonne scheint jetzt an einem anderen schönen Fleckchen in Wasserburg. Und dort fände ich sicher auch meinen Hund.

Statt durch die Gegend zu rennen und zu suchen, töpfere ich jedoch lieber ein paar Alpakaversuche, die mir aber noch zu sehr nach Schwein aussehen. Komisch, irgendwie prägt mich dieser ganze Schweinekram offensichtlich.

Ich sehe mir Fotos an und beginne erst einmal mit Zeichnungen. Ich muss ein Gespür für das Tier bekommen und wie sich seine Eigenheiten am besten hervorheben lassen. Der lange Hals und die wunderschönen dunklen Augen. Der Kopf ist runder und die Ohren kürzer als bei Lamas. Und die Stupsnase erinnert mich an einen Hasen. Eines der abgebildeten Tiere hat sogar Hasenzähnchen, allerdings im Unterkiefer. Bis auf den kleinen Umstand, dass man aufpassen muss, dass man nicht in die Schuss- beziehungsweise Spucklinie gerät, wenn sie sich über die Rangfolge nicht einig sind, finde ich sie sehr knuffig.

»Hallo, Harriet?«, höre ich eine Stimme, die mir vage bekannt vorkommt.

Ich schau ins Studio vor, denn Harriet war vorhin nicht da, als ich mit meiner Arbeit begonnen habe.

Die Rufende ist eine aus der »Giggel-Runde«, oder auch »Streikfrauen«, wie immer man sie nennen mag. Die Dame wäre mit Harriet zum Waldbaden verabredet. Etwas, was ich mir nach dem heutigen Vormittag gar nicht vorstellen kann. Doch ich sage nichts, der Zufall wäre riesig, wenn sie den »Mord-Wald« erwischen würden.

Ich informiere Harriet, die matt klingt, am Handy über ihre Kundin.

»Sie ist in fünf Minuten da«, gebe ich freundlich weiter und biete der Dame einen Stuhl an. Aber sie fragt stattdessen: »Sie töpfern, nicht wahr? Darf ich mich bei Ihnen derweil umschauen?«

»Natürlich, gerne.«

Sie folgt mir, und ich erfahre, dass sie zum »Anzug« gehört, den ich neulich »gecoacht« habe. »Sie haben meinen Mann sehr beeindruckt, und ich bin Ihnen dankbar, dass wir nun miteinander reden und uns wieder vertragen.«

Sie seien Essen gegangen, und sie hätte ihm von ihrem Verlangen nach Anerkennung und auch bald einem Job erzählt. Er sei so verständnisvoll gewesen.

Da bin ich echt froh, dass das geklappt hat, denn bei mir steht doch viel zerbrechliches Zeug rum, das nicht mit erbosten Menschen in einem Raum sein sollte. Ich bin wohl bei aller Unstetigkeit eine ruhige Person. Mir würde es nie im Traum einfallen, einen hübschen Gegenstand zu zerdeppern, wenn ich sauer bin. Obwohl, da gibt es einen völlig verhunzten Bären, der keinerlei Charakter ausstrahlt. Und wenn ich so an Anja denke …

Die Frau sieht mir zu, wie ich Alpakas zeichne, und möchte gerne eines für ihre Tochter haben, die bald Geburtstag hat. Also ein Getöpfertes. Wir besprechen Größe und Preis, der Liefertermin ist in zwei Wochen. Bis dahin sollte ich den Dreh raus und das Tierlein verwirklicht haben.

Dann taucht Harriet auf, mit tiefen Augenringen, und ich wünsche den beiden viel Entspannung. Hoffentlich kriegt der Coach das bei sich selbst hin. Vielleicht redet aber auch nur der Wald bei so einem Waldbaden. Das fände ich persönlich sehr angenehm, denn Leute, die zuviel quatschen, gibt es en masse.

George verkündet mit einem kurzen Beller, dass er da ist und bitte schön zu mir möchte. Ich lobe meinen braven Streuner, der sich auf Harriets weißen Teppich legt. Das hat er noch nie gemacht. Heute vermutlich, weil der Teppich gerade die tägliche halbe Stunde Sonne erlebt, was nur im Herbst und Frühling hier unter den Arkaden funktioniert.

Ein paar braune Haare werden sicher hängen bleiben, aber George hat kein langes Flauschfell und haart wenig. Bis er ausgeschlafen hat, bin ich endlich mit meinen Zeichnungen zufrieden und beschließe, eine Runde zur Aussicht zu gehen.

George kommt natürlich mit, und ich schließe die Ersatzhaustür ab. Morgen wird die neue Glastür geliefert, da sieht das Haus wieder anständig aus, und Traudl muss sich nicht mehr schämen.

Wir spazieren den schmalen Kellerbergweg hinauf, haben den Blick zuerst über das Parkhaus, dann auf die Stadt und schließlich oben angekommen die »Aussicht« schlechthin auf Wasserburg – rechts bis hinter zur Brücke der Umgehungsstraße und links, also nach Süden, nicht ganz bis zur Staustufe.

Diese Stadt in der engen Innschleife ist schon etwas Besonderes. Ich kann mir von hier aus immer wunderbar vorstellen, wie die Salzfuhrwerke aus Reichenhall über die Brücke gefahren sind und beim Zollhaus angehalten wurden, um Passierentgelt zu bezahlen. Da gab es den Brückenzoll und auch einen Salzscheibenpfenning als Abgabe.

Wasserburg war eine reiche Stadt, denn es lag auf der Strecke nach München, die mehr genutzt worden sein soll als die Alternative über Rosenheim. Rumpelnde Wagen, Wiehern, die Unterhaltungen zwischen Zöllner und Kutscher. Dazwischen Frauen, die den Vorbeifahrenden Brot anboten oder Bier, wenn sie keine Zeit für eine Rast hatten. Anschließend ging es für die Gespanne durch die Stadt und den Berg hinauf, über die heutige Berggasse, deren Beginn nun hinter einem Holztor verborgen ist. Wen es interessiert: An der Stelle weist das Schild »Gwelb« darauf hin. Die Reisenden nahmen angeblich meist den Weg am Inn entlang und quälten sich nicht mehr den Köbinger Berg hoch. Wie es wohl gewesen sein mag – tagelang auf dem Kutschbock zu sitzen und mit kostbarem Gut durch die Gegend zu fahren? Sicher gab es damals auch jede Menge Überfälle.

George ist eifrig mit der Nase am Boden unterwegs. Ich träume noch etwas vor mich hin, dann machen wir uns auf den Rückweg. Es ist vier Uhr, allmählich wird es kühl. Ich hoffe sehr, dass viele warme Oktobertage kommen, sonst wird mir der Winter, der hier oft aus Nebel, Nebel und noch mal Nebel besteht, sehr lang. Zu dieser Zeit würde ich schon lieber Richtung Chiemsee wohnen, wo die Sonne viel häufiger zu sehen ist. Doch das denke ich nur, das sage ich niemals laut.

Auf dem Weg hinab fällt mein Blick auf den Lüftungsschacht, hinter dessen Tür sich ein Gang befindet, der bis in die Keller führt. Die Vorstellung, dass hier früher das Personal rein und raus musste, vermutlich nur im Notfall, finde ich erschreckend. Damals war der Schacht zugänglich, aber natürlich hatten sich irgendwann kleine Abenteurer auf den Weg nach unten gemacht. Es war zu gefährlich, weshalb nun ein Gitter den Eingang sichert.

Warum habe ich die zwei Schritte vom Weg weg getan, um nachzusehen? Ich weiß es nicht, war es der Minnie-Riecher?

Auf jeden Fall steht das Gitter einen Spalt weit offen!

Gustl geht nicht ans Telefon, er ist wahrscheinlich erschöpft vom ständigen »Ich muss aufpassen, was ich sage« auf dem Sofa eingenickt.

Wiggerl meldet sich auch nicht. Der ist in der Arbeit, denn die Kellerfreunde machen das alles ja ehrenamtlich.

Bleibt nur der Gerhard.

»Servus, Gerhard, da ist die Minnie.«

»Ah, die Ermittlerin, die nichts preisgeben darf. Der Gustl hat mich übrigens noch nicht informiert.«

Er klingt ein bisschen angesäuert, was ich verstehen kann.

»Mei Gerhard, der wird sich hingelegt haben. Das Ermitteln ist anstrengend.«

Ein Schnauber lässt mich seine Einstellung hören. »Der ist in Pension und muss ja ned arbeiten. Ich aber schon, Minnie, schönen Tag.«

»Gerhard, stopp! Ich muss dich was fragen.«

»Denk ich mir, allerdings bin ich nicht befugt, Erkenntnisse weiterzugeben.«

Das tut er zwar seit Jahren, doch ich will kein Öl ins Feuer gießen.

»Ja, ich weiß, Gerhard. Es ist quasi auch eher eine Meldung, die ich machen will. Vielleicht brauchst du es bei deinen Ermittlungen.«

Schweigen. Nun kämpft er mit sich selbst. Und verliert.

»Was gibt es denn, Minnie?«

»Der Lüftungskamin zu den Bierkellern ist offen. Der ist sonst immer zu. Ist das schon länger?«

Ich höre an seiner Stimme, dass er mit einem Schlag hellwach ist.

»Nein, der war zu. Wir haben, nachdem der Alois den Rucksack reingelegt hat und wir ihn am Sonntag rausgeholt haben, abgesperrt.«

»Was bedeutet das jetzt? Ist wieder einer unten?«

»Minnie, du glaubst mir das, oder?«

»Ja, freilich, Gerhard.«

»Heut hat noch keiner dort nachgeschaut, aber gestern Mittag bei der Kontrolle war ganz sicher abgesperrt.«

»Komisch. Wenn einer den Schlüssel hat, dann ist es doch deutlich bequemer, durch die Haupttür am Inn zu gehen.«

»Wir fahren öfter mit der Streife vorbei. Vielleicht hat das einer mitbekommen. Minnie, du gehst da ned rein, gell?«

»Nein, wirklich ned. Da bringen mich keine zehn Pferde durch.«

»Gut. Ich schick ein paar Leute zum Nachschauen und sag dem Wiggerl und den Rosenheimern Bescheid. Das kann allerdings dauern, bis von denen einer Zeit hat.«

»Danke, Gerhard, es wird schon nicht so dringend sein.«

Der Gustl geht immer noch nicht ran, deshalb frag ich bei der Traudl nach. »Der ist um halb drei heim und wollt sich hinlegen. Vielleicht schläft er recht tief. Ich schau mal rüber zu ihm.«

Das Angebot meiner Mutter macht mich jetzt ein bisschen nervös. Hat sie Angst, dass etwas nicht stimmt?

»Warum machst du dir Sorgen, Traudl? Ist es ihm ned gut gegangen?«

»Doch, aber die Planetenkonstellation gefällt mir nicht. Mars trifft heute auf Pluto. Ich schau lieber nach.«

George und ich stehen an der Abzweigung zum Parkhaus, wo der kürzeste Weg zu den Kellern abgeht. Und ich weiß, ich kann nicht anders. Pluto hin oder her, auch ich hab ein richtig ungutes Gefühl. Ich rufe den Ludwig an, der gerade auf dem Rückweg vom Peter Lambrecht ist. Sie haben die Sauen in Peters »Metzgerei« eingesperrt und der Polizei Wasserburg Futterproben für die KTU vorbeigebracht sowie den genauen Fundort vom Wastl für weitere Untersuchungen beschrieben.

Ludwig verspricht, in fünf Minuten an den Kellern zu sein. Ich gehe derweil zum Vortragsraum der Kellerfreunde, da gibt es ein nettes Stüberl, wo wir gern zusammensitzen. Und wo der Wiggerl seit dem Vorfall einen Notfallschlüssel für die Keller hinterlegt hat. Ich hab einen Schlüssel zum Stüberl, weil ich bereits öfter die Diashow begleitet und erklärt habe.

Gerade als ich mit Schlüssel und Taschenlampen vor dem Metalltor hinter dem Parkhaus ankomme, ist auch der Ludwig da. Den Champ lässt er im Auto, wir wollen ja nur kurz reinschauen.

Traudl ruft an, und ich halte Ludwig auf.

»Und ist er wach?«

»Er ist nicht daheim, Arminia. Das ist komisch. Wo bist du?«

»Bei den Kellern. Ich schau nach.«

»Arminia! Bleib draußen und ruf die Polizei!«

»Hab ich schon. Der Gerhard ist informiert, und der Ludwig geht mit rein. Und George.«

»Das gefällt mir nicht.«

Aber sie zögert, und ich weiß warum. Sie hat das gleiche saublöde Gefühl wegen Gustl wie ich!

»Ich bin vorsichtig, Traudl, und melde mich wieder«, sage ich leise. Dann gehen wir die Treppe hinauf, durch das Gittertor, und ich sperre das Tor zu den Kellern auf. Zuletzt betätige ich den großen Hebel der Kühltür, und wir treten ein.

Der Ludwig hat sein Gewehr dabei, was mich nicht glücklich macht, sondern eher nervös. Irgendwie traue ich fast keinem mehr.

Ich befehle George, neben mir zu bleiben, während wir nach Gustl rufen und einen Keller nach dem anderen absuchen.

Wir rufen nach Gustl, bekommen aber keine Antwort.

»Lass deinen Hund los, Minnie. Er kennt den Gustl, oder?«

»Freilich. George, such den Gustl. Hörst du?«

Das kann er sogar, denn ich weiß ja nie, in welchem Café Gustl gerade residiert. Und weil er sein Telefon oft nicht eingeschaltet hat, hatte ich George eine Zeit lang auf ihn angesetzt. Bis sich Gustl beschwert hat, dass ihn jeder anredet, dass er seinen Hund an die Leine nehmen soll. Was ich persönlich recht lustig fand.

George läuft eifrig voraus, und ich habe nun Angst.

Was bedeutet es, falls der Gustl hier irgendwo ist und nicht antwortet? Oder sehe ich viel zu schwarz? Ich will keine Leiche finden – wirklich nicht!

In diesem Augenblick schlägt George an wie ein echter Jagdhund. Flink saust er um das nächste Eck und wieder den Gang entlang. Und der Ludwig und ich immer hinterher.

Diesmal ist es der Jakob-Beer-Keller, in der mein braver Schnüffler fündig wird. Hier sind riesige metallene Gärbottiche verbaut, in die man hineinschauen kann, wenn man ein Gerüst besteigt. Sie sind nicht hoch, aber vom Kellerboden aus ist nicht zu erkennen, ob sich eventuell etwas oder jemand darin befindet. Ich stehe stocksteif vor der kleinen Treppe, denn ich habe unglaublichen Bammel vor dem, was ich finden könnte.

George ist schon oben und hat die Pfoten auf den Bottichrand gelegt. Schwanzwedelnd starrt er hinein.

Er hat den Gustl gefunden, das ist klar. Doch in welchem Zustand?

»Bitte lass ihn noch leben, bitte, bitte«, murmle ich vor mich hin. Meine Zähne beginnen zu klappern, und der Ludwig schaut mich unsicher an.

Da hören wir es beide: einen Rums aus dem Bottich vor uns. Als würde einer gegen die Blechwand schlagen.

Ich springe die Stufen hinauf und fange vor Glück das Heulen an, als ich Gustl darin liegen sehe: mit lebendigen, offenen Augen, einem Klebeband über dem Mund und strampelnden, gefesselten Beinen. Über seine Schläfe läuft Blut, und jemand hat ihm die Arme hinter den Körper gebunden. Die Arme werden eingeschlafen sein, fürchte ich, je nachdem wie lange er hier schon liegt.

Ich lege meine Taschenlampe auf den breiten Rand und klettere hinein, der Ludwig ebenfalls. Vorsichtig richten wir den Gustl auf. Ludwig befreit ihn mit seinem Jagdmesser, das er aus einer Gürteltasche zieht, die mir bisher nicht aufgefallen ist.

Gustls Hände sind eiskalt. Er zittert so, dass ich ihm das Klebeband abziehe, denn nach seinem Gefuchtel zu urteilen, muss er uns unbedingt etwas mitteilen. Ich leide mit ihm, das tut bestimmt weh. Seine Lippe beginnt zu bluten, trotzdem fängt er sofort an zu reden: »Gut, dass ihr da seid. Wir müssen gleich die Polizei anrufen. Ich bin ihnen auf die Schliche gekommen.«

»Erst einmal sollten wir dich ins Warme bringen, Gustl, du bist eiskalt.«

Er lässt sich aus dem Bottich helfen, doch wir müssen ihn auf dem Weg vom Gerüst stützen. Das Adrenalin lässt ihn wohl die Schmerzen nicht spüren, aber der Schwindel macht ihm zu schaffen. So jung ist er eben auch nicht mehr. Die Lichter unserer Taschenlampen leuchten wie wild durch die Gegend, weil wir sie nicht stillhalten können.

»Wie lange warst du da schon drin, Gustl?«

»Seit heute nach dem Mittagessen. Ich wollte heim und mich hinlegen, da hab ich den Grabmeier gesehen. Mir ist sofort aufgefallen, dass er die gleichen auffälligen Stiefel in Orange hat wie der Ludwig. Ich bin unauffällig hinterher, und sie sind glatt schnurstracks hierher gegangen.«

»Er war nicht allein? Wer war bei ihm, Gustl?«

In diesem Moment bellt George, der vorausgelaufen ist.

»Ja, was macht denn der Kreiz-Köter da?« Ich identifiziere problemlos die Stimme des Unsympathen.

»Ludwig!«, sage ich, und will eigentlich vorschlagen, dass er sein Gewehr bereithält.

Er hat jedoch den Gustl am Arm hängen, und bevor er ihn absetzen kann, steht der Grabmeier schon vor uns – mit dem Gewehr im Anschlag und grimmigem Gschau.

Der immer noch bellende George verfolgt ihn und springt wütend um ihn herum. Der Grabmeier schlägt mit dem Gewehrkolben nach ihm, aber mein Hund weicht geschickt aus. George ist unglaublich aufgebracht.

Ohne jede Vorwarnung, und ohne uns Zeit für eine Reaktion zu lassen, schießt der Mann Ludwig die Taschenlampe aus der Hand, es fliegen Glassplitter umher. Nun richtet sich das Gewehr auf mich. Schnell lege ich die Lampe zur Seite auf den Boden, bevor sie auch abgeschossen wird.

»Gut so!«, meint er grantig und holt wieder nach George aus.

Was sollen wir nur tun?

Da taucht ein Mann aus dem Schatten des Gangs rechts von uns.

»Fessel die drei!«, schreit ihn der Grabmeier an und zielt nun auf den mit gefletschten Zähnen vor ihm stehenden Hund. Er kippt den Lauf und lädt damit nach, weshalb ich zu kreischen anfange: »George, geh weg! Geh!«

Im letzten Moment macht er sich aus dem Staub, der abgefeuerte Schuss geht daneben und zerreißt uns schier die Trommelfelle.

Dann ist der zweite Mann im Lichtkegel meiner Lampe zu erkennen.

»Markus!«, sagt Ludwig entsetzt zu seinem Spezl. »Was hast du mit der Sache zu tun?«

»Fessel sie! Mach schon!«, schreit der Grabmeier wieder, während er erneut die Waffe nachlädt und auf meinen Hund schießt, der seinen Kopf um die Ecke gestreckt hat. Aber diesmal von der anderen Kellerseite her. Ein schlaues Kerlchen, fällt mir trotz aller Panik auf.

»Ich muss den Hund loswerden, der nervt mich. Außerdem hab ich keine Lust, dass er irgendwann zubeißt. Halt sie derweil in Schach!«, befiehlt der Groblackel.

Nun zieht auch Markus eine Waffe. Eine Pistole, klein, jedoch nicht weniger tödlich! Und im Gegensatz zum Gewehr seines Kumpanen mit mehr als einer Kugel im Lauf.

»Setzt euch auf die Treppe!«, meint er energisch. Seine Taschenlampe leuchtet uns direkt ins Gesicht, was es uns unmöglich macht, etwas zu unternehmen. Wir setzen den Gustl vorsichtig auf der Treppe zum Gerüst ab, bleiben aber stehen. Was mir nicht leicht fällt, denn meine Beine zittern fürchterlich. Derweil hören wir, wie der Grabmeier hinter George durch die Gänge trampelt und schreit.

»Dein Gewehr, Ludwig!«, fordert Markus, und wir sehen eine Hand im Licht auftauchen.

Ludwig zögert. »Hast du was mit dem Tod von meinem Vater zu tun, Markus?«

Die Stimme seines Freundes klingt höhnisch, und was er sagt, ist unglaublich gemein.

»Umgebracht hat ihn der Grabmeier, aber ich sag dir ehrlich, ich hätt es auch am liebsten getan. Ich hab eine Sauwut gehabt, als er mich als Mitgeher abgelehnt hat. Dabei hätt er Hilfe gebraucht! Ich sei ein schlechter Schütze, hat er gesagt.«

»Geh, Markus, deswegen bringt man doch keinen um«, versuche ich es und rede schnell weiter. »Komm, hilf uns zu verschwinden. Die Polizei ist eh gleich da.«

Darauf geht er nicht ein, er ist völlig in Rage wegen dem Weidenbaum senior und dessen Kritik.

»Ich hätt ein angeschossenes Reh ned nachgesucht, hat er behauptet, das Arschloch. Obwohl ich mindestens eine Stunde gesucht hab. Mein Hund ist halt nix! Vor allen Jägern hat er mich zamgstamperlt.«

»Markus, die Polizei ist unterwegs. Sei ned dumm und zieh deinen Kopf aus der Schlinge!«, beschwöre ich ihn nochmals.

Nun klingt seine Stimme erstaunt: »Wieso sollten die kommen?«

»Weil ich sie informiert hab, dass der Lüftungszugang nimmer abgesperrt ist. Sie wissen, dass wir hier reingegangen sind und werden nachschauen. Und der Gustl hat im Café und auch meiner Mutter erzählt, dass er hierher geht, weil er dem Grobmeier, äh Grabmeier, gefolgt ist. Es ist aus, Markus. Lass dich von dem ned tiefer mit reinziehen.«

Die Taschenlampe wackelt etwas. Hat er es kapiert? Glaubt er mir meine Teilschwindelei?

Der Ludwig nimmt das Gewehr von der Schulter und tut so, als wenn er es hinlegen will. Doch dann macht er was, was eigentlich saublöd und unvernünftig ist: Er holt mit dem Kolben aus und erwischt den Arm vom Markus, der glücklicherweise nicht abdrückt.

Ich schnappe mir meine Taschenlampe und leuchte Markus voll ins Gesicht. Nun packt ihn der Ludwig und verpasst ihm eine Rechte, die sich gewaschen hat.

Es tut einen Rums, und Markus liegt am Boden. Ich sause und hole die Seilstücke, mit denen Gustl gefesselt war und die wir neben den Bottich gelegt haben. Wir helfen zusammen. Es muss flott gehen, denn wir hören das Hundegebell und Geschrei näherkommen.

»Schnell!«, sage ich zu den beiden Männern. Ludwig rollt den gefesselten Markus hinter das Gerüst, was ihn zwar nicht unsichtbar machen wird, uns jedoch vielleicht ein paar Sekündchen mehr Zeit verschafft.

Wir haken den Gustl unter und machen uns auf dem Weg zum Eingang. Zwischendrin halten wir an, aber es scheint nicht so, als wenn uns der Grabmeier direkt auf den Fersen wäre. Es sind doch einige hundert Meter in diesem Irrgarten zurückzulegen.

»Hat er ein Nachtsichtgerät auf dem Gewehr?«, frage ich Ludwig.

»Nein, das ist nicht erlaubt. Ich hab auch keines bei ihm gesehen.«

Nun klingt es leider, als käme der Unmensch näher. Wir haben mittlerweile den Andrä-Niggl-Keller erreicht. Hier hängen die Gerätschaften, die die Bierbrauer damals am Staudhamer See zum Eisschlagen gebraucht haben. Der Gustl macht wieder einen fitteren Eindruck. Er bewegt sich sicher und recht flink.

Der Wiggerl wird es mir schon verzeihen, hoffe ich, als ich einen der Holzhammer mit langem Stiel ergreife. Das ist eine der kleineren »Waffen« an der Mauer. Die Sägen sind mir zu gruselig, ich will ja niemanden amputieren, sondern nur etwas in der Hand haben, mit dem ich mich wehren kann. Dabei denke ich jetzt nicht an eine Kugel, die ich weghämmere, während sie auf mich zufliegt. Ich bin ja nicht Thor.

»Versteckt euch, ich lenke ihn ab. Oder noch besser, verschwindet und holt die Polizei!«, schlägt mein Ermittlungspartner vor, doch ich lasse ihn auf gar keinen Fall allein.

»Die sind wirklich bald da, Gustl. Also eine Viertelstunde hin oder her kann ich halt ned versprechen.«

Plötzlich spüre ich etwas Feuchtes an meiner Hand und kann nur mit Mühe einen Schrei unterdrücken.

»George! Ich glaub, ich krieg gleich einen Herzkasperl!«

Dann lob ich meinen braven Hund, während ich erleichtert meine Arme um ihn schlinge. »Du bist mein Held! Ich bin so froh, dass es dir gut geht.«

Leider will nun ein anderer den Helden spielen: Ludwig hat sein Gewehr in die Hand genommen und ist verschwunden.

Ich stelle die Lampe zwischen Gustl und mich auf den Boden.

»Ja und jetzt?«, frage ich ratlos. Gustl schüttelt den Kopf.

»Der Depp. Wir sollten schauen, dass wir rauskommen.«

Aber er zögert ebenso wie ich. Den Ludwig im Stich lassen? Der vor lauter Ärger über den Verrat seines Freundes und der Trauer über den Tod des Vaters sicher nicht ganz klar denkt?

Wir brauchen eine Strategie, und zwar schnell.

»Versteck dich mit dem Hammer, ich lenke den Kerl ab.«

»Gustl, sobald er da ist, schießt er auf dich!«

»Entweder ist der Ludwig dann direkt hinter ihm, oder du nimmst den Hammer her.«

Wir hören einen Schuss, der anders klingt als der vorige. Glaube ich, der CSI-Fan. Der Grabmeier schreit gern und bei jeder Gelegenheit, habe ich das Gefühl. Doch diesmal hört es sich nach Schmerzen an. Gut so! Mein Mitgefühl ist ziemlich aufgebraucht.

Es fällt noch ein Schuss. O Gott, was machen die da? Haben sie sich gegenseitig erschossen?

Jetzt nähern sich Schritte, und wir sehen, dass ein Licht näherkommt. Ist es Ludwig oder der Grabmeier?

Das ist wie in einem Psychothriller, und die mag ich nicht.

Der Gustl stellt sich dem Kommenden in den Weg, senkt aber die Lampe. Einen Bewaffneten zu blenden, kann bös ausgehen. Vor allem, wenn der nicht mehr viel zu verlieren hat, weil er schon einen Mord auf dem Gewissen hat.

Ich verziehe mich mit George ins Dunkel und ducke mich.

Es ist leider der Grabmeier, der aus dem Gang auftaucht. Ganz offensichtlich mit einer Schusswunde, denn er hält die Lampe nicht ordentlich. Was ist nur mit dem Ludwig geschehen?

Gustl versucht es mit ruhiger Logik.

»Grabmeier, geben Sie auf, die Polizei ist auf dem Weg. Minnie hat sie informiert.«

Ich spüre, wie George anfängt zu beben, und habe Angst, dass er gleich bellt. Deshalb lege ich ihm die Hand auf die Schnauze. »Bleib!«, befehle ich leise und schleiche mich hinter den Grabmeier, während der dem Gustl gerade erklärt, dass er keine Zeit hat, zu diskutieren.

Gustl redet trotzdem fleißig weiter, während ich zögere. Kann es sein, dass ich den Mann mit einem Holzhammer erschlage? Oder ist er dann nur ausgeknockt?

»Warum haben Sie den Weidenbaum erschossen?«

»Weil der einfach ned gescheit gearbeitet hat. Hätt er wenigstens sein Revier geteilt, wär es mit den Wildsauen ned so weit gekommen. Er rückt den ganzen Hegering in ein schlechtes Licht. Die Bauern schimpfen, die Zeitungen schreiben drüber, und wer sind die Bösen? Die Jäger!«

»War es Notwehr?«

Der Dreckskerl lacht. »Eher nicht! Ich weiß, was ich tue! Vor allem, nachdem mir jemand erzählt hat, dass ich bei der Vorstandswahl und Reviervergabe wieder das Nachsehen haben würde. Und wissen'S warum? Weil der Weidenbaum schon die Fäden gezogen hatte, hintenrum und heimlich, der Saukerl.«

Gustl spielt auf Zeit, aber ich höre ihm an, dass es ihn anstrengt.

»Und wie sind Sie an seine Waffe gekommen? Die hätte er Ihnen doch nie freiwillig gegeben.«

»Nein, hat er auch nicht. Ich hab ihn mit meinem Gewehr davon überzeugt, dass er seines hergibt, weil ich mit ihm reden muss. Ein ernstes Gespräch unter Jägern. Schließlich hat er mich mal wieder ausgebootet. Er ist ihm nichts anderes übriggeblieben, als seine Waffe unter den Hochsitz fallen zu lassen. Und mei, er war ned der Wendigste; bis der sich umgedreht und den ersten Fuß auf der Leiter hatte, hatte ich mir sein Gewehr schon geschnappt, angelegt, und peng. Auf die Nähe war der Treffer sogar mit einer fremden Waffe sicher.«

Mir wird ganz kalt, weil er so kaltblütig darüber spricht, wie er einen Menschen getötet hat. Das »Peng« klingt eher verspielt als dramatisch. Als sei es ihm völlig gleichgültig.

Gustl ist ebenfalls fassungslos: »Sie haben ihn von hinten erschossen!«

Und jetzt, mit einem Mal, hört man dem Grabmeier die ungeheure Wut an, die ihn hat ausrasten lassen.

»Der war auch ned besser, der hinterfotzige Kerl. Er hat mich und die anderen Jäger beschissen, indem er sich das Revier unter der Hand unter den Nagel reißen wollt. Das geht ned!«

Ich glaube, ich muss mich allmählich entscheiden. Ludwig kommt wohl nicht, um uns zu retten.

Da knurrt George. Es klingt wie in einem der Werwolffilme, wenn das Untier angreift. Die mag ich übrigens auch nicht, die Werwolffilme.

Der Grabmeier fährt herum, seine Waffe zeigt auf meinen George, und ich bekomme dadurch meine Initialzündung. Der erschießt meinen Hund nicht!

Ich spiele tatsächlich Thor und schwinge den Hammer. Es macht DONK, der Grabmeier schreit und lässt sein Gewehr fallen. Immerhin ist er noch auf den Beinen, ich habe also niemanden gemeuchelt.

Gustl schnappt sich das Gewehr, mit dem er glücklicherweise umgehen kann. Ich umrunde den Grabmeier in großem Abstand und nehme Gustl die Taschenlampe ab, damit der sich aufs Schießen konzentrieren könnte, wenn es sein müsste.

Der Mörder steht stocksteif vor dem furchterregend aussehenden George, sodass ich die Gelegenheit nutze und ihm auch seine Lampe entreiße, nicht dass er mir den Gustl blendet. Denn der schießt vermutlich nicht einfach so drauflos.

Und plötzlich ist der Ludwig wieder da.

Mit dem Gewehr im Anschlag baut er sich vor dem Mörder seines Vaters auf. An seinem Bein blutet er, der

Grabmeier hat ihn wohl vorhin erwischt. Die Wut springt ihm geradezu aus den Augen, den bewaffneten Gustl ignoriert er völlig. Den weiblichen Thor mit dem Holzhammer sowieso.

»Du Drecksau, jetzt kannst nimmer aus!«

Ich versuche, ihn abzulenken: »Ludwig, Gott sei Dank ist dir nix passiert.«

»Angeschossen hat er mich, der Sauhund.«

Ziemlich viele Sauen sind gerade unterwegs, aber sein Zorn ist nachvollziehbar.

»Gut, dass die Polizei bald kommt«, plappere ich weiter. »Lass uns zum Ausgang gehen, Ludwig, ich ruf noch den Krankenwagen dazu, damit sich einer deine Wunde anschaut.«

»Ich geh nirgendwohin, solange der Mörder aufrecht steht.«

»Du kannst ihm ja so einen Haken verpassen wie dem Markus, der ist dann auch nimmer gestanden.«

Jetzt wirft er mir einen genervten Blick zu.

»Minnie, was soll das Gequatsche?«

Ich trete vorsichtig neben ihn und lege ihm die Hand auf den Arm ohne Gewehr. Er zuckt zusammen, lässt jedoch den Grabmeier nicht aus den Augen.

Ruhig und eindringlich sage ich: »Ich will ned, dass du dich unglücklich machst, Ludwig. Der Mann kommt eh hinter Gitter. Der sieht sehr lange keinen Wald mehr, keinen Sonnenaufgang vom Hochsitz aus, und er schießt auch keine Wildsauen mehr. Aber du musst nach dem Rechten schauen in eurem Revier. Oder für einen ordentlichen Nachfolger sorgen.«

Ludwig schweigt, doch der Grabmeier, dem wohl eben die Folgen seines bösen Tuns so richtig klar geworden sind, stößt ein unmännliches Wimmern aus.

Ich lege nach mit meinem Beruhigungsgeschwafel.

»Glaubst du ned, dass das deinem Vater wichtiger gewesen wäre als Rache?«

Er lässt das Gewehr sinken und schaut mich traurig an.

»Von hinten hat er ihn erschossen, Minnie. Ein Jäger den anderen. Mieser geht es nimmer.«

»Ja, das ist wahr. Dabei hat er noch so groß getönt: ›Ein Jäger wäre nie so feig, jemanden von hinten zu erschießen.‹ Ein Feigling ist er, trotz dem vielen Geschrei.«

Und endlich – es kommt mir vor wie eine Ewigkeit – hören wir Sirenen näherkommen. Vermutlich hat jemand die Schüsse aus dem Lüftungsschacht gehört, und dem Gerhard ist eingefallen, dass wir vielleicht warten könnten.

Ludwig verpackt sein Gewehr, als die Beamten der Kripo und der Wasserburger Inspektion hereinkommen, mit den Waffen im Anschlag. Ganz ruhig, als hätte er nie etwas anderes vorgehabt.

Die Wut sieht man ihm erst wieder an, als Markus an ihm vorbei abgeführt wird. Sein Freund, der ihn und den Stand der Jäger verraten hat.

Die Sankas sind auch bald da, und die Sanis kümmern sich um Ludwig, Gustl und den Grabmeier. Der Wiggerl kommt dazu und aus dem Kopfschütteln nimmer raus.

Er informiert die Frau Weidenbaum, dass sie ihren Sohn später aus dem Krankenhaus holen kann. Denn sie und Alois sind mittlerweile auf freiem Fuß. Und ich sag der Traudl Bescheid, dass es uns gut geht. Alles andere kann bis morgen warten. Sogar die Informationen zu dem Fall.

George und ich bringen Gustl nach Hause, wo Traudl bereits eine Brotzeit hergerichtet hat. Ich frage nicht, warum sie einen Schlüssel zu Gustls Wohnung hat. Ich hab ja auch einen, aber das ist vermutlich nicht das Gleiche.

Nach der Brotzeit packen wir den Helden ins Bett.

Traudl schenkt uns ein Glas Wein ein, und wir setzen uns an den Tisch – zuerst schweigend. Ich fühle mich wie gerädert und schlafe wahrscheinlich gleich im Sitzen ein.

Meine Mutter seufzt aus tiefstem Herzen, das höre ich, und es tut mir wirklich leid.

»Arminia, ihr beide lasst mich vorzeitig altern, das sag ich dir.«

»Ich verstehe, was du meinst, Traudl, aber ich kann nichts dafür. Ich habe nichts anderes gemacht, als bei einer Führung auszuhelfen. Und dann nach dem Gustl zu suchen. Wenn ich das ned gemacht hätte …«

Sie fasst nach meiner Hand. »Du hast recht, entschuldige.«

Wir schauen uns an, und ich gähne herzhaft. »Macht es dir etwas aus, wenn ich gehe?«

Sie lächelt. »Nein, geh nur. Ich bleib bei ihm. Alex hat mich angerufen, weil er dich nicht erreicht hat. Er wartet in deiner Wohnung auf dich. Apropos Alex: Gibt es da was Neues?«

»Keine Ahnung, er wird es mir schon mitteilen, wie es weitergeht.«

Es ist mir gerade nichts so wichtig wie mein Bett. Alex sieht es mir an und fragt nicht lange. Ich spüre im Einschlafen noch seinen Kuss.

Alpakas und Rumpelstilzchen

Als ich am nächsten Morgen erwache, steht die Sonne schon recht hoch über dem Inn. Ich krame nach meinem Handy: elf Uhr.

Überraschenderweise riecht es nach Kaffee, obwohl Alex längst in der Bank sein müsste. Neugierig tapse ich in meinen Kuschelsocken in die Küche. Mein Freund schaut von der Zeitung auf und lächelt mich an. Auf dem Tisch liegen ein Schokocroissant und ein paar Vollkornsemmeln. Er war schon beim Bäcker.

»Guten Morgen, hast du heute frei?«

»Ich wollte für dich da sein, Minnie, wenn du wach wirst. Ich hab dich in letzter Zeit oft genug vernachlässigt.«

Ich ignoriere das Croissant vorerst, was mir nicht leichtfällt. Stattdessen setze ich mich auf Alex' Schoß und schlinge meine Arme um seinen Hals.

Nach einem sanften Kuss lege ich meine Wange in die Lieblingskuhle in seiner Halsbeuge ab. »Ich bin froh, dass du da bist.«

»Ich auch, Minnie-Maus.« Mehr sagt er nicht.

»Ist alles in Ordnung, Hase?« Er seufzt.

»Mir ist klar geworden, dass ich – obwohl ich immer zu spät komme, um dich zu retten – nicht weggehen kann. Ich will zumindest da sein, wenn du gerade mal wieder knapp davongekommen bist. Wäre ich jetzt in Frankfurt, würde ich am Rad drehen.«

Ich lehne mich zurück und schaue ihn an.

»Alex, mir ist natürlich am liebsten, wir bleiben beide hier in Wasserburg. Aber ich will auch nicht schuld sein, dass sich deine Karriere nicht so entwickelt, wie du es möchtest.«

»Ich habe heute Nachmittag einen Termin mit unserem Personalchef und lasse mich beraten. Du weißt ja, viele Wege führen nach Rom.«

Alex zieht den Teller mit dem Croissant heran. »Iss schon, der Gustl hat sich angekündigt, wer weiß, ob dir dann was übrigbleibt.«

»Der mag lieber Butterbrezen oder einen Wurstsalat, da hab ich keine Angst«, meine ich und beiße herzhaft in das weiche Teil, wobei der Schokoladengeschmack auf meiner Zunge explodiert.

Und wisst ihr, was ich an Croissants noch so gerne mag? Man kann sie schlecht verspeisen, ohne dass Krümel oder Schokoreste in den Mundwinkeln hängenbleiben. So kommt auch Alex zu seinem Anteil.

Leider hat sich Besuch angesagt. Als die Türklingel ertönt, sind wir gerade mit dem Frühstück auf die eine oder andere Weise fertig. Während Alex die Tür öffnet, schlüpfe ich in Leggins und einen langen Pulli und richte mich ein bisschen her.

Erstaunlicherweise hat der Gustl den Gerhard dabei plus Butterbrezen. Ich lasse für die Herren ein Bier springen.

»Hast du heut frei, Gerhard?«, erkundige ich mich, nachdem ich mich nochmals bei ihm bedankt habe.

»Nein, das ist eine vorgezogene Mittagspause.«

Ich verkneife mir die Frage nach der Anzahl der bereits verspeisten Wurstsemmeln; sie seien ihm alle vergönnt. Denn es war Gerhard, der den Rettungstrupp informiert und sogar nachgerufen hat, dass sie sich beeilen sollen. Noch vor den Schüssen, die ein Anwohner gemeldet hat.

Ich war gestern um jede Minute froh, die wir nicht länger auf die Polizei warten mussten: mit zwei wütenden Verletzten – dem Mörder und dem Rächer – einem Mittäter, einem angeschlagenen Gustl und einem Hund, der seine Zähne gerne in den Grobmeier versenkt hätte.

Schließlich geben meine Lieblingsinformanten preis, worauf ich neugierig bin. Der Gustl bestätigt, was wir uns in Bezug auf den Markus schon gedacht haben:

»Der kannte sich aus, weil er sich doch mal dafür interessiert hatte, Führungen zu machen. Er wusste auch, dass in den nächsten zwei Wochen normalerweise keine stattgefunden hätten. Den Schlüssel hat er sich, als er den Sohn vom Wiggerl besucht hat, dort quasi geliehen, als der Wiggerl auf Fortbildung war. Seine Frau hat also ganz richtig gesehen, dass der Schlüssel gefehlt hat.«

»Das ist ein echter Kleinkrimineller, der Markus. Der hat Kontakte, die ihm sogar einen Schließanlagenschlüssel nachgemacht haben. Eigentlich zwei, den einen hat er dem Grabmeier gegeben und seinen hat er später der Dorothea untergeschoben«, fügt Gerhard hinzu. Nun wechseln sich die beiden mit dem Erzählen kollegial ab. Manches wusste ich schon, aber Alex ist nicht auf dem Laufenden. Und manches macht mich auch beim zweiten Mal Hören noch genauso fassungslos.

»Der Grabmeier wollte einen härteren Kurs bei der Jagd und zudem Hege-Vorsitzender werden. Und vor allem bei der nächsten Reviervergabe das wertvolle Revier vom Weidenbaum bekommen. Er hat den Weidenbaum gezwungen, sein Gewehr vom Hochsitz zu werfen und dann runterzukommen.«

»Das hat der glatt gemacht, weil er nie geglaubt hätte, dass ihn der Grabmeier von hinten erschießt. Er wirft also sein Gewehr auf den Boden, dreht sich um, um runterzuklettern, und peng!«

Jetzt schweigen wir alle einen Moment, denn das war eine sehr bildliche Vorstellung. Gerhard hat die Szene im Vergleich zur Grabmeier-Erzählvariante drastisch betont und sogar nachgestellt.

»Den Dackel hat er auch erschossen, weil der ihn angegriffen hat. Der Markus hat dem Grabmeier beim Verstauen der Leiche hinter den Fässern geholfen, weil der ihn erpresst hat. Er hätte ja die Schlüssel beschafft und würde deshalb mit drinhängen.«

»Dann haben sie den Boden gereinigt, damit die Schleifspur nicht auffällt. Wäre keine Führung gewesen – außer der Reihe – und hätte nicht das Pärchen versucht, hinter den Fässern Spaß zu haben, hätte es Monate dauern können, bis die Leiche entdeckt worden wär. Die Kellerfreunde krabbeln ja ned bei jeder Reinigung da hinten hin.«

»Aber das Blut beim Hochsitz hätte die Polizei entdeckt, wenn ihn die Frau Weidenbaum als vermisst gemeldet hätte«, hake ich nach.

»Ja, dass der Weidenbaum vermutlich tot ist, wäre sicher bald klar gewesen, allerdings ned, wo die Leiche ist. Und da war der Zeitfaktor wichtig. Denn der Grabmeier wollte verhindern, dass der Weidenbaum wieder als Vorsitzender gewählt wird und auch für weitere fünf Jahre das Revier bekommt. Die Wahl wäre entschieden gewesen. Und je später man die gekühlte Leiche gefunden hätte, umso weniger hätte man es mit der Wahl vom Grabmeier in Verbindung gebracht.«

Nun fallen mir eine Menge Fragen ein.

»Was wollte der Grobmeier gestern in den Katakomben?«

Gustl ist in seinem Element, während er sich zwischendrin mit einem Biss in die Brezel stärkt.

»Er hatte das Gewehr da deponiert, damit es keiner bei ihm finden kann. Dass es gefunden worden ist, hätte die Polizei natürlich dem Landratsamt melden müssen, das wurde halt vergessen. Und dann hätte es der Grabmeier vermutlich auch erfahren.«

»Oder auch nicht, weil alle so gern mit ihm zu tun haben«, meine ich und ernte dafür einen dankbaren Blick von Gerhard, der wohl für die Meldung zuständig gewesen wäre.

»Das Gewehr zu behalten, wäre zu gefährlich gewesen. Und nun hatte der Markus einen Käufer im Ausland aufgetrieben, also wollten sie das Gewehr aus den Kellern holen. Und den Rucksack mit der teuren Wärmebildkamera aus dem Personalausgang. Der Markus hat nämlich gesehen, wie der Alois den da versteckt hat.«

»Ein einziges Hin und Her und Wirrwarr«, mir brummt beinahe der Kopf, die Wirkung des Kaffees verzögert sich offensichtlich.

»Ja, schon. Und deswegen war die Gittertür offen. Und statt die Sachen mitnehmen zu können, mussten beide stocksauer feststellen, dass sowohl das Gewehr als auch der Rucksack weg waren. Und in dem Moment läuft ihnen der Gustl über den Weg.«

»Ist das nicht kurzsichtig? Ein Käufer kann so ein Gewehr doch nie hernehmen, wenn es so besonders ist«, wundere ich mich, aber Alex meint: »Es gibt viele Kunstliebhaber, die geklaute Kunstwerke in ihren Häusern verstecken, damit nur sie allein die anschauen können.«

»Ja stimmt«, räume ich ein und überlege, ob mal irgendwer gestohlene Wolpertinger mit den Künstlerinitialen M. M. im Keller horten wird. Man weiß ja nie.

»Also sind sie mit dem Schlüssel vom Grobmeier in die Keller, um das Gewehr zu holen. Und warum haben sie dich gefesselt?«, wende ich mich an Gustl.

»Weil ich ihnen gefolgt bin. Sie haben mich erwischt, weil ich mich in den Katakomben verlaufen hab. Und als ich ihnen erzählt habe, dass sie das Gewehr, den Rucksack und den anderen Schlüssel nicht mehr suchen müssen, weil sie die Polizei hat, haben sie gewusst, dass sie aufgeflogen sind.«

»Und wahrscheinlich hast du auch von dem Schuhabdruck berichtet und vom Babypuder, den nur der Grobmeier verwendet?«

Der Gustl nickt, und ich explodiere.

»Ja, kein Wunder, wenn man so dumm ist und einen Mörder provoziert, dass er einem eins über die Rübe gibt und einen verschnürt in den Bottich wirft. Mensch Gustl, das kann doch nicht wahr sein!«

Nun drehe ich mich zu Alex um, der ein bisschen zurückschreckt. Vermutlich schlagen gerade Flammen aus Nasenlöchern und Ohrmuscheln bei mir wie bei einem Drachen.

»Und da sagt ihr, du und die Traudl, ich wäre leichtsinnig. Das trifft ja wohl eher auf den Supermann hier zu. Was hast du denn geglaubt, was sie machen, Gustl? Sich auf den Boden werfen und weinen?«

Der Gustl schluckt hart, dann fängt er an zu lachen.

»Du hast ja recht, Minnie. Aber am Schluss hat er fast geweint. Wie du dem Ludwig erzählt hast, dass der Grabmeier keinen Sonnenaufgang auf dem Hochsitz mehr sehen wird. Das war super psychologisch gedacht.«

»Da kannst mir schon schmeicheln, Gustl. Deshalb war das ned weniger blöd!«, murmle ich etwas besänftigt.

»Meine supervorsichtige Psychologin«, neckt mich Alex, und nun muss ich auch lachen.

»Der größte Held war auf jeden Fall George.«

Der hebt den Kopf, als ich seinen Namen sage.

»Na komm her, du Held. Die drei haben ihre Butterbrezen und das Bier, ich das Schokocroissant, und du kriegst einen richtig tollen Knochen.«

Wir erzählen Gerhard und Alex, wie George den Grabmeier auf Trab gehalten und am Ende den Werwolf gemimt hat, und am Schluss kugeln wir uns alle vor Lachen. Und vor Erleichterung.

Und sind sehr schadenfroh, als Gerhard erzählt, dass heute Abend der Tag der Vorstandswahl beim Hegering ist und auch das Revier weitergegeben wird, weil es wegen der vielen Wildsauen pressiert. Der Peter Lambrecht hat gute Chancen, und der Grabmeier kriegt beides nicht!

Dann verschwindet Gerhard zurück in die Inspektion und Gustl heim aufs Sofa, weil er immer noch etwas Kopfweh hat. Und ich mache mit meinen Männern einen schönen Spaziergang am Inn entlang.

Danach hat Alex seinen Termin beim Personalchef, und ich gehe – um mich abzulenken – in die Werkstatt.

Das heißt, ich mache mich auf den Weg, bleibe jedoch wie angewurzelt stehen, als ich Harriet in ihrem Studio erblicke.

Sie trägt eine blaue Jeans und ein braunes T-Shirt – nichts Weißes ist an ihr – und ist offensichtlich am Packen.

»Harriet, was ist los?«

Sie blickt kurz auf, dann nimmt sie die bunten Deko-Bänder aus den Regalen und stopft sie in die Kiste vor sich am Boden.

»Ich habe das Studio gekündigt, Minnie. Es macht keinen Sinn mehr.«

»Aber wieso? Du hattest alles so schön eingerichtet. Und Kunden waren auch da.«

Sie seufzt und schaut mich aus ihren blauen Augen diesmal einfach nur traurig an.

»Mein Ruf ist hinüber. Ich höre überall, wo ich bin, das Getuschel über die beiden verpatzten Coachings. Außerdem habe ich eine Klage dieser Psychologin am Hals. Das Einzige, was mich aufbaut, ist, dass das Mädchen wohl sagt, wie gut es ihm getan hat, aufzubegehren.«

»Als es ihrem Vater die Meinung gesagt hat?«

Harriet nickt. »Trotzdem ist es meine Schuld, dass es wieder in der Psychiatrie gelandet ist.«

Was soll ich nun sagen?

»Das ist sehr schade, Harriet. Ich hätte es dir wirklich gewünscht. Und wir haben uns ganz gut zusammengerauft, oder?«

»Das ist lieb von dir, aber ich passe nicht hierher. Du bist der bessere Coach mit deinem gesunden Menschenverstand.«

»Du meinst in dem Hausfrauenstreik-Fall?« Ich muss lachen. »Das war doch kein Coaching, Harriet. Ich habe nur versucht, zu verhindern, dass sie dir dein Studio zerlegen oder dich anzeigen. Du kannst das schon gut. Wenn du mir einen Rat erlaubst?«

Sie nickt, und ein Regenbogen aus Plastik wandert in die Kiste zu den Bändern.

»Frag die Leute vorher etwas mehr aus, die meisten erzählen gern von sich. Und du weißt dann eher, worauf du dich einlässt.«

»Ja, das werde ich. Vielleicht biete ich sogar eine kostenlose Erstsprechstunde an, wie die Anamnese eines Heilpraktikers.«

»Warum nicht?«, erwidere ich höflich. »Wann reist du denn ab?«

»In zwei Stunden kommt der Umzugswagen. Ich gehe zurück nach Frankfurt.«

Was haben eigentlich alle mit diesem Frankfurt?

»Soll ich dir beim Einpacken helfen?«

»Das wäre sehr lieb. Wenn du Zeit hast.«

Und so verpacken wir gemeinsam Ordner und Terminkalender, bunte Bälle und Werbeartikel, CDs und CD-Player und 100 Bögen Briefpapier, die wohl in der Tonne landen werden. Ich biete Harriet allerdings keine Entsorgung an, das erscheint mir grausam.

Wir trinken noch Tee, bevor auch Teebeutel, Kanne und Tassen säuberlich eingewickelt im Karton verschwinden.

Das letzte Teil, das da liegt, ist der weiße Teppich.

»Was mache ich mit dem?«, überlegt Harriet, den roséfarben bemalten Fingernagel an die zarte Wange gelegt. »Er ist doch nicht so geeignet. Irgendwie sind Haare auf ihm gelandet. Vermutlich hatte eine meiner Kundinnen zuhause einen Hund oder eine Katze.«

Mir fällt ein, dass George darauf gelegen ist, aber ich erspähe trotz genauer Betrachtung nicht mehr als zwei braune Haare. Dennoch plagt mich das schlechte Gewissen.

»Hm, Harriet, ich weiß nicht, wie teuer er ist. Ich würde ihn dir sonst abkaufen, wenn ich es mir leisten kann.«

Sie schaut mich verdutzt an.

»Passt er denn in deine Wohnung, Minnie?«

Eigentlich hatte ich mehr an einen Schlafplatz für George auf dem Werkstattboden gedacht.

»Ja, möglicherweise«, schwindle ich, und sie beginnt zu strahlen.

»Wir könnten tauschen, zur Erinnerung aneinander. Du behältst den Teppich, und ich bekomme von dir etwas Getöpfertes. Was hältst du davon?«

»Natürlich, gerne. Dann schau mal, was dir gefällt.«

In der Werkstatt geht sie schnurstracks auf das Regal zu, in dem die wild gemischte Tierparade steht, die ich über die Jahre so geschaffen habe. Zielsicher greift sie sich einen Elefanten mit buntem Rüssel. Bunt, nicht regenbogenfarben.

»Minnie, dieser Elefant und die Rückschläge mit Menschen haben mich zu Neuem inspiriert.«

Ich starre sie an. Was kommt jetzt?

»Ich werde an Zoos herantreten und Tiere coachen, oder die Pfleger«, erklärt sie freudestrahlend.

»Ja, was denn nun? Sind das nicht völlig unterschiedliche Ansätze und Ausbildungen?«, frage ich verdattert und wohl etwas sehr direkt.

Aber der Schatten des Zweifels auf ihrem Gesicht legt sich gleich wieder. »Ich lote einfach mal aus, wofür mehr Bedarf besteht.«

Diesmal verkneife ich mir meine prompte Reaktion ›Wahrscheinlich weder noch. Schon gar nicht von dir!‹ und sage nur lahm: »Ja, in diesem Fall viel Erfolg, liebe Harriet.«

Mich wundert gar nichts mehr, denke ich, als ich ihr nachwinke, wie sie mit ihrem Auto hinter dem Umzugswagen das letzte Mal am Marienplatz vorbeifährt. Dann verschwindet sie in der engen Gasse.

George taucht eben von einem Spaziergang auf.

»Hallo, mein Großer, stell dir vor, worauf du jetzt entspannen darfst: auf einem echten Coaching-Entspannungsteppich.«

Meine Mutter ruft an und ist bereits voller Tatendrang, was die Nachfolgesuche für den Laden angeht. Wen oder was wird sie mir wohl als nächsten Mieter präsentieren? Ich werde es einfach akzeptieren. Diese fatalistische Einstellung, verbunden mit dem Mich-wundert-gar-nichts-Mehr nehme ich kurz darauf zurück, als ich nach einer Alpaka-Töpfer-Session mit George in Richtung Bank spaziere.

Alex hat mir geschrieben, dass er mich zum Essen einlädt, es gebe etwas zu feiern. Mein Herz klopft nervös, während mein braver Hund geduldig und ich – eher weniger entspannt – neben dem Haupteingang warten.

So nach und nach kommen die Angestellten heraus und gehen in den wohlverdienten Feierabend. Die meisten kenne ich, und sie winken mir zu oder grüßen mich freundlich.

Mit Ralf unterhalte ich mich eine Weile über George. Er hat auch einen Hund. Und weil der nicht so will, wie Ralf will, besuchen sie jetzt ein Hunde- und Herrchentraining. Interessant, was unerzogene Hunde so alles anstellen.

Ich blicke auf meinen Hund, der gemütlich neben mir liegt und die Welt betrachtet. Außer, dass er ein Streuner ist, weiß ich nichts über ihn. Ich gewähre ihm seine Freiheit, um ihn nicht zu vertreiben. Immerhin hat er sich neulich brav impfen lassen.

Dazu hat er Hausbesuch bekommen, da ich eine Tierärztin kenne, die ratzifatzi arbeitet. Die ist so schnell, dass sie schon wieder weg war, bis der Hund den Pieks bemerkt hat. George hat ihr nur etwas dümmlich hinterhergeschaut, das war's. Und vermutlich bringt er den Pieks nicht mal mit ihr in Verbindung, weil sie so fix war. Es gibt Tierärzte, die reden so lange auf ein Tier mit süßlicher Stimme ein, dass das ja Lunte riechen muss. Da ist mir ratzifatzi viel lieber, weil auch ich dann auch nur kurze Zeit unter Anspannung stehe.

Hinter mir klappert die Eingangstür zur Bank, und auf Ralfs Miene erkenne ich Unbehagen. Er verabschiedet sich rasch, und ich drehe mich neugierig um, um zu sehen, wen er nicht mag oder sogar fürchtet. Gerne hätte ich meine Drehung zurückgenommen, denn Anja steht vor mir. Mit hochrotem Gesicht, das nicht so gut zu dem blonden Haar und der roséfarbenen Jacke passt. Sie spart sich jede Begrüßung und fällt gleich über mich her.

Höflichkeit wird meiner Ansicht nach niemals überbewertet, schon gar nicht bei serviceorientierten Mitarbeitern in einer Bank. Aber was weiß ich dumme Keramikerin von den Gepflogenheiten der großen weiten Welt?

»Du weißt, dass du ihm die Karriere versaust, oder? Er hätte in Frankfurt in die Riege der Börsenspezialisten aufsteigen können, doch du kettest ihn an diese poplige Kleinstadt.«

»Hallo Anja, auch schön dich zu sehen«, bemühe ich mich, möglichst trocken und natürlich höflich zu erwidern. Dem Miststück zeige ich nicht, dass mich ihr Vorwurf tief im Herzen trifft.

»Ich versteh sowieso nicht, was er an dir findet. Du bist nur winzig und seltsam. Und geistig zwei Nummern zu klein für jemanden mit Alex' Aussehen und Intellekt.«

Wow, das ist jetzt wirklich starker Tobak. Nun hat sich mein Quantum an Höflichkeit in Rauch aufgelöst, der eben in meinem Inneren aufsteigt und hinaus will.

»Dir muss ich ja nicht gefallen, Anja, ich steh eh nicht so auf Mädels. Und wenn, dann kenne ich da liebenswertere. Du meinst also, alle Kleinen sind eher dumm?«, frage ich provokativ, weil praktischerweise gerade Emma aus der Bank tritt. Sie ist Abteilungsleiterin und mit Müh und Not zwei Zentimeter größer als ich.

Mich wundert, dass Anja bei dem Blick, den sie von ihr abbekommt, nicht tot umfällt. Immerhin zuckt sie zusammen, als sie ihre Vorgesetzte wahrnimmt, die Rotfärbung im Gesicht nimmt wieder zu. Peinlich, peinlich. Ich kann trotz der unangenehmen Situation und der Gemeinheiten, die sie mir entgegenschleudert, nicht anders, als zu grinsen. Was sie nun völlig austicken lässt.

»Wenn dir das Schlammspielen reicht, bitteschön. Aber Alex stehen Welten offen. Was will er mit dir?«

»Das musst du ihn selbst fragen, möglicherweise liegt es an unserem phänomenalen Sex.«

Jetzt fängt sie glatt an zu kreischen. Die Vorstellung, dass der tolle Alex mit der winzigen, dummen Minnie Spaß hat, macht sie offensichtlich nicht glücklich.

»So was ist nur von kurzer Dauer, wenn er unglücklich ist!«

Sie registriert nicht, dass Alex und sein Chef mittlerweile neben sie getreten sind, während sie vor mir Rumpelstilzchen spielt. Und diesem Zornpinkerl geben sie Gewalt über Kundengelder?

Alex und ich sehen uns an. Er ist stocksauer, und ich hoffe, er macht nichts Dummes. Um das zu verhindern, lächle ich ihn an und sage zum Rumpelstilzchen: »Da muss ich dich enttäuschen. Der Sex ist schon seit Jahren phänomenal. Vielleicht liegt es an den Händen, die so gerne mit Schlamm spielen«, kann ich mir nicht verkneifen und wackle mit allen zehn Fingern vor Anjas Gesicht, woraufhin Alex laut zu lachen beginnt. Sein Chef kämpft mit einem Schmunzeln, während Anja herumfährt und fassungslos die beiden Männer ansieht.

Alex kommt an meine Seite und legt den Arm um mich. Ich liebe es, wenn er anderen gegenüber autoritär wird. Mir läuft eine Gänsehaut über den Rücken.

»Anja, du musst das nicht verstehen, es geht dich auch nichts an. Und jetzt würde ich dich bitten, zu verschwinden, denn Minnie und ich machen uns einen besonderen Abend.«

Der exakt geschminkte Mund klappt zweimal auf und wieder zu, dann rauscht sie ab. Doch Alex' Chef stoppt sie ab: »Frau Werther, morgen um neun auf ein Wort in meinem Büro!«

Er nickt uns zu. »Minnie, Alex, genießt den schönen Abend.«

Wir erwidern den Gruß und sehen ihm und Anja nach, wie sie in verschiedene Richtungen davoneilen.

Alex sieht mich forschend an.

»Was hat sie gesagt, Minnie? Es klang sehr bösartig.«

»Ab wo hast du mitgehört?«

»Ab der Passage mit dem phänomenalen Sex«, grinst er.

»Was sonst? Selbst wenn du vorher da gewesen wärst, wäre der Rest aus dem Gedächtnis gelöscht worden.«

»Es gibt eben so Trigger, die den Kurzzeitspeicher eines Mannes löschen.«

»Fast hätte ich gefragt, was mit dem Langzeitspeicher ist, aber ich bin ja nur klein und dumm«, sage ich und schlucke nun doch ein wenig. »Ich glaube, es hat mich noch nie zuvor jemand so beleidigt wie diese blöde Kuh!«

»Ich drehe ihr morgen die Gurgel um«, erwidert Alex, und ich höre, wie seine Zähne knirschen.

»Hör auf mit dem Knirschen, sonst kriegst du eine Beißschiene. Das ist nervig in der Nacht.«

Das Grinsen ist wieder da. »Und bei ordentlichen Küssen hinderlich.«

»Sehr.«

Ich suche nach Worten, denn ich muss es wissen: »Alex, bremse ich dich aus? Versaue ich dir die Karriere?«

Er legt die Arme um mich und murmelt in mein Haar: »Ich brauche keine Karriere zum Glücklichsein, ich hab dich, Minnie.«

»Aber …«

»Ich erzähle es dir gleich beim Essen. Sie haben mir eine superspannende Alternative hier in Wasserburg angeboten.«

Nur ich höre die Steine vom Herzen poltern, die man glücklicherweise auch nicht sieht. Dann fällt mir auf, dass mein Hund nicht mehr neben mir liegt. »George war doch gerade noch hier.«

»Der hat sich mit eingezogenem Schwanz davongemacht, als Anja zu kreischen angefangen hat.«

»Verständlich, bei dem empfindlichen Hundegehör. Meine Ohren haben auch eben erst aufgehört zu klingeln.«

Alex lenkt mich mit sanften Worten, einigen unter die Haut gehenden Küssen und kurz darauf wunderbaren Penne all'arrabiata ab, die wir uns mit in seine Wohnung nehmen.

Dort erzählt er mir dann von seinen Plänen, die mich begeistern.

Am nächsten Morgen weihe ich Traudl ein – mit Alex' Erlaubnis, weil sie nicht mehr mit ihm gesprochen hat, seit Frankfurt im Raum stand.

»Sie haben Alex eine Änderung in seinem Personalentwicklungsplan angeboten. Er nimmt in den nächsten zwei Jahren an Seminaren teil – da muss er zwar zwischendrin immer mal weg, ins Altmühltal – aber er bleibt hier in Wasserburg. Damit bekommt er eine Stelle als Betreuer für Firmenkredite und soll vor allem Start-Ups übernehmen, dabei denken sie an die ökologische Schiene. Da muss er sich mit öffentlichen Fördergeldern auskennen und Finanzierungspläne erstellen. Er ist also gefordert. Und es steht einer zusätzlichen Qualifizierung für den Vorstand nicht im Weg. Es bleiben ihm alle Möglichkeiten offen.«

Traudl ist hochzufrieden und Alex erneut auf der Position des Wunschschwiegersohns gelandet, wie sie mir sofort mitteilt. Was ich ignoriere, womit alles beim Alten ist. Beruhigenderweise.

Anschließend sieht sie mir zu, wie ich das Schild ins Schaufenster stelle: »Laden zu vermieten«.

»Da bin ich schon gespannt, wer sich meldet«, meint sie gemütlich.

»Vielleicht kein Versicherungsfuzzi, sonst nervt mich wieder ständig einer.«

»Und George und du müssen durchgehen dürfen, ich weiß.«

In dem Moment kommt die Frau Kreuzpointner daher: »Mei Minnie, gut dass ich dich treffe. Mein Wasserhahn tropft.«

»Im Bad oder in der Küche?«

»In der Küche.«

»Ich hol das Werkzeug und komm sofort rauf.«

»Geht es in einer Stunde, Minnie? Ich muss jetzt geschwind zur Margarethe. Die hat grad von einem Verbrechen gehört.«

Selten, aber wahr: Meine Mutter und ich stöhnen gemeinsam. »Bitte nicht schon wieder!«

Die Kreuzpointnerin wirft uns einen ungläubigen Blick zu.

»Da muss sich doch jemand drum kümmern: Eine Frau ist von der Polizei angerufen worden, dass irgendwer auf ihr Konto zugreifen kann und gerade ihr Geld abräumt. Und sie soll den Beamten, die gleich vorbeikommen, ihr Passwort geben, damit die das verhindern können. Und die hat das glatt gemacht. Kann man so dumm sein?«

»Manche lassen auch Spendensammler in die Wohnung und mit dem Geldbeutel allein«, erinnere ich sie an ihre eigene Dummheit vor Kurzem. Die Kreuzpointnerin hat jedoch ein dickes Fell.

»Minnie, des ist doch ganz etwas anderes. Ich wollt ja nur nett sein, das haben die Bazin ausgenutzt. Und es bereut.«

»Ja, aber ned weil sie Ihr Geld genommen haben, Frau Kreuzpointner, sondern weil einer erschossen worden ist. Man muss immer vorsichtig sein.«

»Und misstrauisch«, sagt meine Mutter mit strengem Blick zu mir.

Den Satz versteh ich nicht. Den Markus und den Grobmeier hab ich schließlich von Anfang an nicht mögen. Bevor ich diskutieren kann, ruft der Wiggerl an. Das ist sicher gut so, weil ich im Allgemeinen in Diskussionen mit meiner Mutter unterliege.

»Kommt ihr heute Abend auf ein Bier zu uns ins Kellerfreunde-Stüberl, Minnie? Du und der Alex. Der Gustl hat schon zugesagt, der Gerhard ebenfalls. Der Ludwig, seine Mutter und der Alois sind auch da. Wir wollen das leidige Thema Mord abschließen und hören, wie es weitergeht.«

Da sind Alex und ich gerne dabei. Die Traudl dagegen schüttelt den Kopf, sie will nichts mehr davon hören, in welcher Gefahr wir uns befunden haben.

»Ich befrage lieber die Sterne, ob ihr einen Anruf von diesen Betrügern bekommt und wieder mitmischen müsst«, schlägt sie vor, was mich zum Lachen bringt.

»Gute Idee, denn dann weißt du, dass ich nicht an Bord sein werde. Mir reicht es mit Mord und Totschlag für die nächste Zeit. Ich konzentriere mich jetzt ganz auf flauschige Alpakas«, sage ich und streichle George liebevoll über den Rücken.

Ende

Krimi-Minnies dritter Fall

Alpakas beschäftigen die Minnie tatsächlich sehr in nächster Zeit – und das nicht nur beim Töpfern. Sie kann halt nicht aus, wenn es um kriminelle Machenschaften in Wasserburg geht. Und Traudls Horoskope warnen eindeutig!

Doch diesmal ist es kein Geringerer als Alex, der seine Minnie in die Gefahr hineinzieht, denn er ist persönlich betroffen.

Und dann gibt es da noch den Landwirt, der seine Verlobte vermisst. Er wohnt neben dem Alpaka-Hof, wo das Hoffest stattfinden soll, für das Minnie so fleißig töpfert.

Spannend bleibt auch, wer wohl in den Laden einzieht. Traudl schafft es mit ihrer Wahl, dass Minnie der Mund offen stehen bleibt.

Backgroundinfos

Habe ich schon erwähnt, wie sehr ich Wasserburg mit seinen alten Mauern und Gassen liebe? Und damit die Recherche, bei der ich immer wieder, nach bald 20 Jahren, eine Gasse oder Treppe finde, die ich noch nie gegangen bin.

Wasserburg bietet über das Jahr verteilt viele Highlights: Neben Konzerten im Rathaussaal und Marktsonntagen gibt es den inzwischen deutlich verkleinerten Taubenmarkt, »Wasserburg läuft«, das Frühlings- und das Nationenfest, das Weinfest, den Nachtflohmarkt, das Inndammfest, »Wasserburg leuchtet« und an den Adventswochenenden den Christkindlmarkt. Und natürlich jede Menge an Events, auch zur Brauchtumspflege, im nahen Umkreis.

Die Geschäfte, Cafés und Eisdielen sind ein wichtiger Teil der Stadt – nicht nur für Minnie und Gustl: die Wasserburger Markthallen und der Stechl-Keller, die Bohnenrösterei Rechenauer und die Deliano-Backstube, der Bergmeister und die Schranne. Das Queens-Café und Pub, der Rote Turm, die Pizzeria La Famiglia und viele mehr, die sicher in den nächsten Minnie-Geschichten ihren Platz finden werden.

Eine ganz besondere Location für die Handlung waren diesmal die Wasserburger Bierkeller.

Personen, die im Krimi um diese Örtlichkeiten vorkommen, haben dazu keinerlei Bezug und sind bis auf wenige Ausnahmen völlig frei erfunden.

Hier die Ausnahmen bzw. Infos zu Menschen, die mich beeinflusst und beraten haben.

Ein riesiges Dankeschön geht an diese drei, die mich bei der Recherche sehr unterstützt haben. Ich glaube, sie hatten ebenso viel Spaß dabei wie ich:

Franz, ein guter Freund und ehemaliger Personaler (heute Human Resources) einer Bank: Er hat mir bei dem Personalentwicklungsplan für Alex geholfen. Franz und seine Frau Gaby gehören zu den Menschen, die ich nach unserem Wegzug aus München nach wie vor vermisse. Mein Mann und ich haben die beiden auf einer Rundreise in Thailand kennengelernt. Wir hatten unglaublich viel Spaß zusammen: vom steckengebliebenen Jeep im roten Schlamm des Berglandes bis zum Handeln auf dem Nachtflohmarkt in Chang Mai. Die Frankfurter in der Reisegruppe haben wir mit der Beschreibung der Klohäuschen im Garten schockiert – bis zuletzt haben sie uns diese als typisch bayerisch und immer noch gebräuchlich abgekauft – zu unserer großen Freude. Wir vier sehen uns viel zu selten!

Raffael, Lehrer und Jäger: Seine begeisterten Beschreibungen von der Arbeit eines (Öko-)Jägers mit persönlichen Eigenheiten – auch die liebevolle Schilderung seiner Jagdhündin Burgi – sowie die Erklärungen zu Waffen haben mir sehr weitergeholfen und viel zum sinnvollen Mordmotiv beigetragen. Wir hatten ein tolles und unterhaltsames Recherchegespräch über fast drei Stunden im Lockdown via Skype. Raffael hat mir auch den Begriff »ausrasten« erklärt: Er stammt aus der Waffenkunde und passt daher sehr gut zu meinem Mörder. Nachdem der Schütze den Abzug gezogen hat, rastet der Zündmechanismus aus. Der Schuss wird unweigerlich durch die Mechanik ausgelöst, es sei denn, der Zünder der Patrone wäre fehlerhaft und damit ein »Rohrkrepierer«.

Last but not least:

Witgar, Vorsitzender der Kellerfreunde, der mit seinem Team die Bierkeller in gutem Zustand hält und die besonderen Führungen anbietet. Er steht Pate für den Wiggerl. Für mich überaus praktisch: Er ist zudem Kripo-Beamter und hat mir nicht nur die Katakomben in einer Spezialführung nähergebracht, sondern war sehr einfallsreich bei der logischen Konstruktion des Falls. Bilder und Infos zu den Recherchen findet ihr auf meinem Blog unter www.monika-nebl.de.

Die Besichtigung der Bierkeller kann ich jedem empfehlen, der sich für Geschichte, alte beeindruckende Gewölbe oder auch »nur« für Bier interessiert.

Sie sind buchbar auf:

www.wasserburg.de/bierkatakomben/kellerfuehrung/fuehrungen-fuer-einzelpersonen

Herzlichen Dank an euch drei, die ihr Minnies zweitem Fall ein solides Fundament und spannende Wendungen beschert habt.

Den Coaches, die ich persönlich kenne und schätze, möchte ich an dieser Stelle Abbitte leisten, weil ich ihren Job durch Harriet möglicherweise ein wenig ins Lächerliche gezogen habe. Das gehört eben zu einem Humorkrimi dazu.

Aber ich weiß, dass viele von ihnen – ganz gleich, ob sie zur gesunden Ernährung, inneren Stabilität oder Teamfähigkeit beraten – ihre Erfahrung und Ausbildung hervorragend und im geeigneten Maß einbringen. Darunter sind mitfühlende Menschen, die das richtige Wort im passenden Moment sagen und damit helfen.

Unter den Kolleginnen meines Autorenstammtischs gibt es solche Fachleute, die ich sehr schätze!

Habt ihr eine Minute Zeit?

Wie schön, dass ihr Minnies zweiten Fall bis zum Ende verfolgt habt! Wenn er euch gefallen hat, dann freue ich mich über ein kurzes Feedback. Am liebsten als Rezension bei Amazon und Co, auch gerne über Social Media sowie persönlich.

Ihr denkt daran, dass es sich bei der Krimi-Minnie-Reihe nicht um Psychothriller handelt? Falls jemand enttäuscht ist, weil er sich Buchbeschreibung und Cover nicht genau angesehen hat, tut es mir leid. Aber dafür kann ich nix! Herzlichen Dank!

Nachdem mich der Spaß, den ich zunehmend beim Verfassen meines Lokalkrimis empfinde, selbst überrascht hat – in diesem Genre wollte ich »eigentlich« (überflüssiges Füllwort!) nie schreiben –, hat sich die Minnie mittlerweile fest in mein Herz geschmuggelt. Alex hat meinen Mann und meinen Sohn als Fürsprecher an seiner Seite. (Warum nur?) Und wer kann dem Gustl und dem Gerhard schon böse sein, wenn sie nicht ganz gesetzeskonform handeln?

Natürlich sollte ein Hund in der Stadt an die Leine. George ist allerdings kein typischer Hund, sondern Minnies Seelenverwandter. Da muss doch zumindest im Buch eine Ausnahme erlaubt sein. Liebe Hundebesitzer, bitte nehmt euch diese Freiheit nicht zum Vorbild à la »aber der Hund der Mayrhofer Minnie darf das auch …«

Eine echte Sauerei: Was ich im Buch todernst meine, ist meine Ansicht zum Müll-aus-dem-Auto-Werfen. Ich HASSE es, wenn ich auf meinem Spazierweg an Tüten, Bechern und anderem Zeugs vorbeikomme, das nicht in die Landschaft gehört!

Und weil man ein Buch nie mit Gemecker aufhören sollte, müssen ein paar Jägerwitze – noch vor dem bairischen Glossar – her:

Schießt der Jäger mal links und mal rechts am Reh vorbei, nennt sich das Statistik, denn dann ist das Reh im Durchschnitt tot.

Die Frau des Jägers serviert zum ersten Mal einen Braten. Ihr Mann lobt: »Der schaut ja guad aus, mit was hast du ihn denn gefüllt?« Sie sieht ihn erstaunt an: »Wieso hätt ich den füllen sollen? Der war doch gar nicht leer.«

Früher war die offizielle Berufskleidung der Jäger weiß. Aber sie bekommen für jeden Fehlschuss einen grünen Punkt.

Was ist der Unterschied zwischen Jäger und Jagdhund? Der Jagdhund muss mehr Prüfungen absolvieren.

Treffen sich zwei Jäger – beide tot.

Bayerisch-hochdeutsches Glossar

Abortdeckel = Toilettendeckel, hier als Vergleich: sehr große Hände
Aufbrezeln = schick machen
Aufmüpfig = aufsässig
Baaz = Schlamm, Dreck, Morast
Bazi = Schlawiner, Durchtriebener (Plural Bazin)
Bisserl = bisschen
Busserl = kleiner, zarter Kuss
Brotzeiten = bayerische Vesper mit Brot, Radi (Rettich) und Wurst oder Käse
Jemanden/etwas dick haben = nicht leiden können
Freilich = selbstverständlich, allerdings
, *gell?* (Nachsatz) = , nicht wahr?
Goschn = Mundwerk
Gschafkopft = von Schafkopf, ein bayerisches Kartenspiel
Gschau = Gesichtsausdruck
*Gscheithafer*l = Klugscheißer
Gschert = unhöflich bis gemein
Gschnackelt = wenn es bei jemandem gschnackelt hat, ist der Groschen gefallen (nicht zu verwechseln mit *schnakseln* = Sex haben)
Gschnappig = in spitzem Tonfall, verärgert oder auch nur zickig
Grantig = böse, schlecht gelaunt
Groblackel = Mensch mit schlechtem Benehmen und kaum feinfühlig
Herumpfludern = sich lebhaft (in der Luft) bewegen (lose Federn, Vögel und Lebensgeister)
Herzkasperl = Herzinfarkt
Hinterfotzig = hinterlistig, unfair, hinten herum
Kasweiß = leichenblass

Klopfer = kleine Schnapsfläschchen, mit denen auf den Tisch geklopft wird, bevor sie in einem Rutsch getrunken werden.
Klupperl = Klammern (meist bei Wäsche)
Krischperl = zierliche Person (eher wenig muskulös)
Lamperl = Lamm, also sanftmütig und brav
Mistkrippe(l) = Mistkerl (hinterlistiger Mensch)
Narrisch = verrückt, wahnsinnig
Nicht unrecht = in Ordnung, fast sympathisch (Person)
Picobello (ja, ich weiß, das ist eigentlich italienisch, wird aber oft verwendet) = tipptopp, 1a, sehr ordentlich
Es gibt in Bayern übrigens viele Ausdrücke fremdsprachiger Herkunft vor allem aus Frankreich dank der damalig »innigen« Beziehung zu Napoleon, wie Trottoir, Spektakel oder vis-a-vis.
Pressieren = es ist eilig (von *presser*, ebenfalls französisch)
Ratschkatl = Jemand, dem man besser kein Geheimnis anvertraut
Ratzefummel = (nicht unbedingt nur bairisch) Radiergummi
Resch = beim Reden knapp und direkt, bei der Semmel knusprig
Schachterlteufel = Kinderspielzeug; Figur, beispielsweise in einer Streichholzschachtel verborgen, die beim Aufmachen entgegenspringt und erschreckt
Schlaazen = Schlaaz meint eine Art Lehm-Ton-Gemisch, hier als Verb: etwas wird großzügig damit vollgekleckert
Schmarrn = Unsinn
schnurstracks = auf direktem Weg
Schwammerl = Pilz
Sich schleichen = davonmachen
Spechten = spähen, heimlich gucken, ein Auge werfen auf

Spezi/Spezl = Freund, manchmal mit Wertung/Warnung (Komm du mir heim, Spezi!)
Staad = still
Strietzi = durchtriebener Kerl
Verhunzt = verpatzt
Viecherl = Tier
Wadlbeißer = kleiner, bissiger Hund (in Wadenhöhe) oder jemand, der sich verbeißt und auch mit Zynismus umzugehen weiß
Werkeln = Arbeiten (meist tatkräftig)
Wief = listig
Wurscht = wenn es einem egal ist oder das Metzgerei-Erzeugnis
Wurstsemmel = in Bayern ist das eine einfache weiße Semmel (Brötchen) mit mindestens drei Wurstscheiben (*Wurstspeidln*) und Essiggurken, ebenfalls in *Speidln.*
zamgstamperlt = zusammengestaucht
zuaglangt = zugeschlagen
Zornpinkerl = Furie
Zupfgeign = abfällige Bezeichnung für eine möglicherweise leicht verrückte Frau
Zwetschgendatschi = Zwetschgenkuchen mit Hefeteig (ich liebe ihn!)

Außerdem bitte ich um Nachsicht, dass in den Gesprächen häufig, wie im Bairischen üblich, fälschlicherweise der Dativ verwendet wird. Gemäß dem Spruch: »Der Dativ ist dem Genitiv sein Tod.«

Natürlich gibt es zu den Sauen jede Menge Sprichwörter: Derbe Formulierungen wie *Oa Sau schmeggt de anda* = gleich und gleich gesellt sich gern,

gemäßigte Varianten wie *Dahoam is do, wosd song konnst, wosd wuisd, weil da eh koa Sau zuaheard* = Daheim kannst du frei von der Leber weg reden, weil dir sowieso keiner zuhört.
Und neutrale Weisheiten, die eben oft passen: *Es pressiert wia d'Sau* – das kenne ich im Gegensatz zur Minnie leider schon, wenn sich die Arbeit türmt. Die Minnie lässt sich schlauerweise nicht hetzen.

Karte von Wasserburg

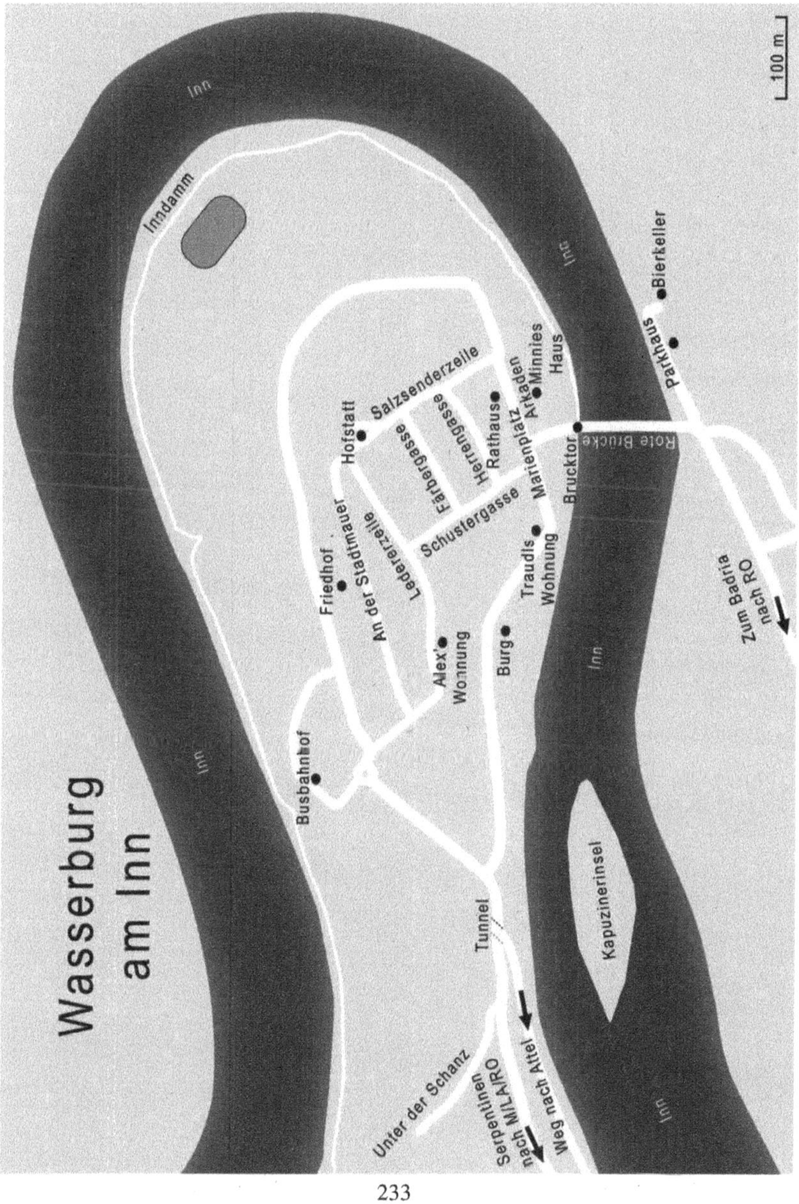

Weitere Bücher der Autorin

Regionalkrimi:

»Mords-Trara«
Wasserburg-am-Inn-Regionalkrimi, Band 1

Der Fall:
Haustürbetrug und Mord … und mittendrin mal wieder die »Krimi-Minnie«, wie die Beamten der örtlichen Polizei die Mayrhofer Minnie liebevoll-spöttisch nennen.

Ihr Steckbrief:
neugierige Lebenskünstlerin mit kriminalistischer Spürnase

Im ersten Band der heiteren und spannenden Reihe macht sich Minnie mit Ratschkatl und Ex-Polizist Gustl auf Mördersuche in den mittelalterlichen Gassen.
Und was sie entdeckt, raubt Freund Alex den letzten Nerv …

Liebesromane/Romantikthriller:

(Veröffentlicht unter dem Pseudonym Katie S. Farrell)

Die Dawson-Reihe

Jeder Roman der Dawson-Reihe ist in sich abgeschlossen und kann unabhängig von den anderen gelesen werden. Kein Cliffhanger!

»Jolene – Sehnsucht im Herzen«
Die Dawsons, Band 1

Den Mann vergessen oder stalken? Einfühlsamer Liebesroman mit Nervenkitzel auf einer modernen Ranch

Soll sich die attraktive Jolene auf eine leidenschaftliche Affäre einlassen, obwohl sie unter der unerwiderten Liebe zu Raine Dawson leidet? Der verschlossene Polizeichef von Boulder hütet ein Geheimnis und scheint keineswegs an ihr interessiert zu sein.

Jolene leitet eine Ferienranch, aber ein Mord und eine Gruppe Jugendlicher stellen ihr Leben mit einem Mal auf den Kopf.

Als Raine erkennt, dass der Mörder ganz in Jolenes Nähe ist, müsste er handeln! Doch berechtigte Bedenken halten ihn zurück. Ist Jolene damit verloren?

»Erin – Zauber der Insel«
Die Dawsons, Band 2

Fliehen oder lieben? Bewegender Liebesroman mit viel Nervenkitzel im geheimnisvollen Irland

Kinderpsychologin Erin folgt ihrem Traummann Josh auf die magisch scheinende, grüne Insel, doch dort wartet nicht nur eine heiße Affäre, sondern auch ein Mord auf sie.

Josh Sinclair, Erbe eines Guts in Irland, erobert ihr misshandeltes Herz mit seiner Leidenschaft.

Kann Erin dem smarten Iren vertrauen? Denn ihr Liebhaber hätte einen guten Grund gehabt, diesen Mord zu begehen!

»Savannah – Lockruf der Freiheit«
Die Dawsons, Band 3

Spiel mit zu hohem Einsatz? Mitreißender Liebesroman mit viel Nervenkitzel im mondänen Denver

Mühsam erholt sich die kämpferische Savannah auf der Double-J-Ranch von ihrem Absturz in die Kriminalität. Ihre unsicheren Gefühle für Womanizer Riff Dawson bringen sie in Bedrängnis, als dieser als Tatverdächtiger in einem Mord verhaftet wird. Savannah flieht und genießt an der Seite des charmanten Hoteliers Eden in Denver ein neues Leben. Doch Riff setzt alles auf eine Karte, um Savannah zu erobern und zurückzuholen. Pokert er zu hoch um seine Liebe? Und wer versucht, ihm einen Mord anzuhängen?

»Magnolia – Sommer des Lebens«
Die Dawsons, Band 4

Stolz wärmt kein Herz! Sexy Liebesroman mit viel Nervenkitzel und Südstaatenflair

Die rassige Magnolia Dawson, genannt Nola, hat aus verletztem Stolz den Mann vertrieben, der ihr Herz im Sturm erobert hat. Nun will sie ihn zurück. Deshalb folgt sie Ex-Marine Jake bis in die geheimnisvollen Sümpfe der ehemaligen Südstaaten, ins verführerische New Orleans – und damit mitten in einen Mordfall. Jakes Familie braucht Nolas Unterstützung, und so bleibt ihr nicht viel Zeit, Jake von ihren leidenschaftlichen Gefühlen zu überzeugen.

Bekommt ihre Liebe rechtzeitig eine zweite Chance? Denn der Mörder erkennt, dass die Dawson-Schwester seinen heimtückischen Absichten im Weg steht.

»Lana – Auf gefährlichen Pfaden«
Die Dawsons, Band 5

Adrenalinkick oder echte Gefühle? Heißer Liebesroman mit nervenzerfetzender Spannung mitten im wilden Nirgendwo

Die eigenwillige Polizistin Lana begleitet eine Urlauberfamilie durch die Wildnis Colorados als Schutz vor einem entflohenen Serienkiller. An ihrer Seite ein attraktiver Surferboy: der ehemalige Adrenalinjunkie und jetzige Tourguide Finn.

Als der heimtückische Psychopath Jagd auf die Gruppe macht, müssen die ungleichen Abenteurer Zusammenhalt lernen. Zu allem Überfluss bricht der Winter zwischen reißenden Flüssen und hohen Gipfeln über sie herein.

Eine ungünstige Zeit, um über prickelnde Gefühle nachzudenken, doch Finn fasziniert Lana mehr, als ihr lieb ist!

Gewinnt Finn Lanas Vertrauen, oder scheitert er durch seine Art, der Gefahr zu begegnen? Das Überleben aller hängt davon ab!

»Darcey – Intermezzo Liebe«
Die Dawsons, Band 6

Heiße Affäre oder Stockholm-Syndrom? – Sexy Liebesroman mit viel Nervenkitzel auf einem Roadtrip durch Irland

Geigerin Darcey platzt bei einem Pubbesuch nach einem Gig in der Nähe von Dublin in die Planung eines bösartigen Verbrechens. Eigentlich spielt Musik die erste Geige in ihrem Leben, doch nun trifft sie auf einen faszinierenden Mann, der ihre Planung auf den Kopf stellt. Nach kürzester Zeit findet sich Darcey mitten im gefährlichen Chaos und der Leidenschaft wieder.

Sie könnte sich aus der riskanten Situation retten, aber was geschieht dann mit Pubbesitzer Ciaran, der die größte Gefahr für sie bedeutet?

Ist Verrat ihr einziger Ausweg?

Weitere Liebesromane

»Tausche Traummann gegen Liebe«

Besessenheit bis zum Mord – Berührender Liebesroman mit viel Nervenkitzel

Frankokanadierin Samantha de Montfort hat ihre Lebensplanung auf den gutaussehenden Charmeur und angehenden Diplomaten Dan ausgerichtet. Den Traummann zu heiraten und Journalistin zu werden, sind ihre einzigen Ziele. Völlig unerwartet angelt sich eine Rivalin den begehrten Mann, und Sammy startet ihre

Karriere in Montréal, der Metropole mit dem französischen Flair, deshalb unglücklich und einsam.

Sammys Chef und High Society-Mitglied Alexandre ist gerne bereit, sie zu trösten – ebenso wie ihr Kumpel, der junge Staatsanwalt Larry. Doch gerade, als sie sich in der wunderbaren Stadt zuhause und glücklich fühlt, holt sie die Vergangenheit ein. Nach einem Mord ganz in ihrer Nähe wird klar, dass nicht nur der Tod eines Kindheitsfreundes mit ihr selbst zu tun hat! Und genau in dieser beängstigenden Zeit steht überraschend ihre Jugendliebe wieder vor ihrer Tür. Der Zeitpunkt macht Sammy misstrauisch.

Hat Dan etwas mit den Verbrechen zu tun, oder gibt es einen anderen, der für ihre Zuneigung sogar mordet?
Sammy weiß, sie muss nicht nur den Täter finden, sondern auch ihre wahre Liebe.

»Vertraue mir«

Bedeutet Erinnerung das Ende? – Bewegender Liebesroman mit viel Nervenkitzel

Der einsame Bergwerksbesitzer Gabriel Bennett ist gerade noch einem Mordanschlag entgangen. Ein Schneesturm zwingt ihn, mit der faszinierenden Attentäterin in einer Hütte in den Rocky Mountains zu bleiben. Obwohl diese weder ihre eigene Identität noch den Grund für ihre Tat kennt, verliert er sich mit ihr in einer leidenschaftlichen Affäre.

Gabe will der schönen Fremden gegen alle Vernunft vertrauen, und tatsächlich erblüht nach ihrer Rückkehr in die Weinberge des Napa Valley, eine tiefe Liebe.

Es gibt jedoch jemanden, der mehr über die Vergangenheit der jungen Frau mit dem militärischen Hintergrund weiß als sie selbst. Denn der Todesfall, der ihre Welt vor über einem Jahr erschütterte, war allem Anschein nach kein Unfall. Und ganz oben auf der Liste der Mordverdächtigen steht Gabe.

Viel Zeit zum Nachforschen bleibt dem Paar nicht, weil ein Unbekannter gezielt Jagd auf die beiden macht.

Was verschweigt Gabe, der seine Geliebte nicht verlieren möchte? Und was wird geschehen, wenn sie sich endlich an den Grund erinnert, warum sie ihn töten wollte?

Fantasy-Liebesromane:

(Veröffentlicht unter dem Pseudonym **Ainoah Jace**)

Die Sternenflut-Trilogie

Vertrauen ist gut, List ist besser! Komplexe Fantasy-Saga inmitten der griechischen Mythologie von Weltenbauerin Ainoah Jace

Cassians leidenschaftliche Gefühle für eine verführerische und unberechenbare Nixe erschweren die Reise zu einer Versammlung, auf der zornige Götter und Sternenwächter über das Schicksal der Menschheit entscheiden werden. Sie übertragen Cassian eine Aufgabe, die ihn zwingt, sich mit seinen Gefährten auf eine gefährliche Suche aufzumachen. Bald schon begreift er, dass jemand ein böses Spiel mit ihm treibt.

»Die Reise«
Sternenflut-Trilogie, Band 1

Der Flusshändler Cassian, in dem weit mehr steckt, als er zugibt, hat einen gefährlichen Weg vor sich. Ist die kapriziöse Mirja wirklich auf seiner Seite? Nixen sind verführerisch, aber man sollte ihnen nicht trauen!

Hat die leidenschaftliche Verbindung zwischen Mensch und Wasserwesen wirklich eine Zukunft?

»Die Suche«
Sternenflut-Trilogie, Band 2

Die Sternenwächter haben dem verliebten Cassian eine möglicherweise unlösbare Aufgabe übertragen. Die Suche nach drei wichtigen Personen führt ihn aus den heimatlichen Flusslanden auf das offene Meer und mitten unter mächtige Feinde.

»Die Prüfung«
Sternenflut-Trilogie, Band 3

Flusshändler Cassian ist mit den Menschen, denen er das Bestehen der Götterprüfung zutraut, auf dem gefährlichen Weg zum Austragungsort, der Arena von Olytaurus. Dort muss er feststellen, dass die Prüfungen nicht nur alles von seinen Auserwählten fordern – sondern auch von ihm, der so kurz vor der Erfüllung seiner Träume steht.

Kann Cassian seine Auserwählten überreden, die Gefahren einer Prüfung auf sich zu nehmen?

Die Traumwandlerin-Saga

Welten voller Gefahr und Hoffnung! – Fesselnde und traumhafte Fantasy-Saga

Nell leidet seit Langem unter Alpträumen, und ihr »Traumwandeln«, bekommt in den fantastischen Welten, die sie durchreist, einen gefährlichen Sinn. An ihrer Seite: Ihr Verlobter Shane, der in dem Mädchen widersprüchliche Gefühle weckt, obwohl sich die beiden nicht leiden können.

Die Zeit drängt, der Vollmond naht! Welche Kreaturen wird Eiskönig Shahatego auf die Traumwandlerin und ihre Freunde hetzen, um die Rebellion zu beenden?

»Rebellen«

Die Traumwandlerin-Saga, Band 1

Ausgerechnet die Schwarzen Reiter entführen die schüchterne Nell, als sie vor ihrem missmutigen und untreuen Verlobten Shane flieht. Doch damit bringen sich die Kämpfer der geheimen Rebellion gegen den grausamen Eiskönig Shahatego selbst in tödliche Gefahr.

»Jäger«

Die Traumwandlerin-Saga, Band 2

Die Rebellen wissen nun, dass Nell die Letzte in einer Reihe von Traumwandlerinnen und stets auf der Suche nach den vier Schlüsseln zu Shahategos Brücke ist. Mit diesen könnte sie die Macht des Eiskönigs brechen, der deshalb die Jagd auf das Mädchen eröffnet.

Im Dschungelreich Djamila scheint die Rebellion jedoch am Ende angekommen zu sein, denn die Amazone Zafira zeigt kein Interesse an einem Bündnis.

»Gejagte«
Die Traumwandlerin-Saga, Band 3

Die Anführer der Rebellion sitzen hinter Gittern, deshalb starten Nell und Tiger eine spektakuläre Befreiungsaktion. Das Auffinden des letzten Schlüssels durch die Traumwandlerin kann der Eiskönig ebenfalls nicht verhindern, doch dabei bringt er Nell in seine Gewalt. Eisgeister beginnen, das Mädchen in ein Geschöpf Shahategos zu verwandeln.
Shane steht mit einem Mal vor der grausamen Wahl zwischen Nell und dem Sieg der Rebellion!

Beretar – Expedition in verborgene Welten

Eine starke Frau auf direktem Weg in die Gefahr
Dystopische Fantasy in zwei Bänden

»Terra Obscura«
Beretar, Band 1

Nichts reizt den attraktiven, zynischen Fürstensohn Naim mehr als die kaltblütige Admiralin der Luftschiff-Flotte. Doch Talin liebt nur ihren Job. Bei einer waghalsigen Expedition in unbekannte dunkle Schluchten muss sie sich mit Naims Begleitung und einem eigenwilligen blinden Passagier abfinden.

So kämpft sie nicht nur gegen die flammende Gefahr aus dem Dunklen Tor, sondern auch gegen die Ablenkung durch einen Mann, dem nichts ferner liegt, als sich der faszinierenden Frau unterzuordnen.

Kann der junge Wissenschaftler Elion seinen Wert für die Expedition beweisen? Und wer sind die Wesen, die furchtbar zugerichtet aus den Flammen kommen?

»Porta Caelesta«

Beretar, Band 2

Nur ein mutiger Schritt des Fürstensohns konnte Talins Leben retten. Nach ihrer gemeinsamen Flucht ergibt sie sich der Leidenschaft für Naim und liebt das erste Mal aus tiefstem Herzen. Doch die beiden sind auf der Himmelsscholle nicht sicher. Jemand spielt in dieser Idylle ein grausames Spiel mit den seltsamen Bewohnern und auch mit ihrem Heimatplaneten Beretar.

Die Chance auf Rettung endet für die Liebenden in einer tödlichen Falle, und auch die Mission ihrer Freunde auf den Airballoons gerät in höchste Gefahr.

Wer ist der wirkliche Feind Beretars? Kann die dunkle Magie, die hier am Werk ist, von Menschen aufgehalten werden, oder weiß der schlaue Elion eine Lösung?

Das Buch der Zaramé

Die Krone & Feuer Fantasy-Trilogie

Eine Hexe und ein Krieger suchen nach der Vergangenheit. Romantische und spannende All Age Fantasy-Saga

»Dunkle Prophezeiung«
Das Buch der Zaramé, Band 1

Die temperamentvolle junge Zaramé und der Krieger Niall sind auf der Suche nach den fehlenden Seiten eines Buches voller fantastischer Erzählungen ihrer Vorfahren. Ist das Buch vollständig, bedeutet es die Rettung des mittelalterlichen Landes Erimalia.

Als sich Zaramé mit dem Tyrannenherrscher Nozak anlegt, wagt sie viel. Denn er ahnt, wer sie wirklich ist: Eine Hexe, deren Eltern ihm in der Vergangenheit gefährlich wurden und die dafür teuer bezahlen mussten.

»Fluch über Kaligor«
Das Buch der Zaramé, Band 2

Niall bleibt nach der Befreiung aus dem Kerker nur die Flucht aus Kaligor. Er hat keine Wahl und muss Zaramé zurücklassen, um seinen eigenen Weg zu gehen. Doch die junge Hexe sucht sich wehrhafte Verbündete der ganz anderen Art. Und während ihre magischen Fähigkeiten zunehmen, zeigt Prinz Karim sein wahres Gesicht.

»Krieger und Drachen«
Das Buch der Zaramé, Band 3

Für die Liebe bleibt Zaramé und Niall nicht viel Zeit. Finden sie den Drachen nicht bald, ist der näher rückende Feind übermächtig. Auf der Suche nach weiteren Seiten des Buches entdecken sie in den Totensümpfen unter dem Vulkan Fürchterliches. Kann Zaramé das Rätsel um ihre und Nialls Herkunft rechtzeitig lösen?

Informationen und Kontakt

Weitere Informationen zur Autorin, zum Blog, Leseproben, Downloads und Kontakt:

monika-nebl.de
facebook.com/MonikaNeblAutorin
twitter.com/NeblMonika
instagram.com/monikanebl.autorin

katiesfarrell.com
facebook.com/katiesfarrell
twitter.com/katiesromantic
instagram.com/katiesfarrell.autorin

ainoahjace.com
facebook.com/ainoahjace
twitter.com/ainoahfantastic
instagram.com/ainoahjace.autorin